ELMORE LEONARD

Heidengeld

Buch

Pater Terry Dunn entspricht – nicht zuletzt wegen seiner Rockstar-T-Shirts – nicht gerade den gängigen Vorstellungen, die man von einem Gottesmann hat. Er hat es sich in seiner kleinen Missionspfarrei in Ruanda ganz gut eingerichtet; er hält an Ostern und Weihnachten eine Messe und nimmt seinen Schäfchen die Beichte ab. Nach fünf Jahren in Ruanda kehrt er nun in seine Heimatstadt Detroit zurück, um für die Waisenkinder seiner Gemeinde Geld zu sammeln. Dort lernt er Debbie Dewey kennen, die gerade aus dem Gefängnis entlassen wurde. Von Terrys Spendenaktion gerührt, entwickelt sie mit dem falschen Priester einen todsicheren Plan: Debbies Exfreund Randy ist durch Heiratsschwindel zu Geld gekommen. Nun führt er ein Nobelrestaurant. Wenn Terry etwa in dessen Restaurant stürzte, könnte ein gerissener Rechtsanwalt eine hohe Schadensersatzsumme herausschlagen. Wie es der Zufall will, ist ausgerechnet Terrys Bruder Anwalt und auf derartige Fälle spezialisiert. Doch so gut wie alles an diesem Plan geht daneben und der vermeintlich einfache Coup wird zu einem Kampf mit ausgesprochen unangenehmen Gegenspielern …

Autor

Die genaue Anzahl von Elmore Leonards Romanen ist umstritten. Es sind etwa so viele wie Lebensjahre: 75. Einigkeit herrscht allerdings über die Qualität. Die »New York Times« nennt ihn schlicht den »größten lebenden Krimiautor«. Etliche seiner Romane wurden verfilmt, darunter »Schnappt Shorty« (mit John Travolta, Gene Hackman und Danny DeVito), »Zuckerschnute« (»Out of Sight«, mit George Clooney und Jennifer Lopez). Quentin Tarantinos »Jackie Brown« basiert auf Leonards Roman »Rum Punch«. Elmore Leonard lebt mit seiner zweiten Frau in Birmingham, Michigan.

Von Elmore Leonard außerdem bei Goldmann lieferbar:

Alligator. Roman (43206)
Zuckerschnute. Roman (Out of Sight/43819)
Cuba Libre. Roman (Manhattan/54104)
Schnappt Chili. Roman (Manhattan/54108)

Elmore Leonard

Heidengeld

Roman

Aus dem Amerikanischen
von Hans M. Herzog

GOLDMANN

Die Originalausgabe erschien 2000
unter dem Titel »Pagan Babies«
bei Delacorte Press, New York.

Umwelthinweis:
Alle bedruckten Materialien dieses Taschenbuches
sind chlorfrei und umweltschonend.

Deutsche Erstausgabe Januar 2002

Umschlaggestaltung: Design Team München
Umschlagfoto: Bavaria
Satz: deutsch-türkischer fotosatz, Berlin
Druck: Elsnerdruck, Berlin
Verlagsnummer: 45053
Redaktion: Dr. Jochen Stremmel
TH Herstellung: Sebastian Strohmaier
Made in Germany
ISBN 3-442-45053-5
www.goldmann-verlag.de

3 5 7 9 10 8 6 4 2

Für Jackie Farber

1

Die Kirche war zu einem Grab geworden, in dem siebenundvierzig zu Leder und Flecken getrocknete Leichen seit fünf Jahren auf dem Beton herumlagen, wenn auch nicht an den Stellen, wo man sie mit Kalaschnikows erschossen oder mit Macheten tot gehackt hatte. Die Bänke waren entfernt und die Körper wieder zusammengefügt worden: Da lagen Männer, Frauen und kleine Kinder aufgereiht, Schädel und Rückgrate, Oberschenkelknochen, Kleidungsreste hingen an mumifizierten Resten, vielen Erwachsenen fehlten Füße, allen fehlten Knochen, die hungrige Hunde weggetragen hatten.

Da die Lebenden die Kirche nicht mehr betraten, nahm Pater Terry Dunn die Beichte im Garten des Pfarrhauses ab, im Schatten alter Pinien und silbriger Eukalyptusbäume.

»In Reue und Demut bekenn ich meine Sünden. Is jetz zwei Monate her, dass ich letzte Mal bei Beichte war. Seither hab ich bloß dreimal mit 'ner Frau aus Gisenyi Unzucht getrieben, und was anderes hab ich nich gemacht.«

Sie füllten ihre Münder mit den englischen Wörtern und betonten jedes einzelne sorgfältig und mit einem Akzent, den es Terrys Meinung nach nur in Afrika gab. Ehebrechern gab er zehn Vaterunser und zehn Ave-Maria auf, murmelte eine Art Absolution, während der Büßer bereute, und dann entließ er sie mit der Mahnung, Gott zu lieben und hinfort nicht mehr zu sündigen.

»In Reue und Demut bekenn ich meine Sünden. Is schon lange her, dass ich letzte Mal hier war, is aber nicht meine Schuld, weil Sie nich immer Beichte abnehmen, Pater, wenn Sie's sagen. Meine Sünde ist, ich hab in der Nähe von Nyundo eine Ziege gestohlen, für meine Familie zum Essen. Meine Frau hat sie en brochette zubereitet, auch als Eintopf mit Kartoffeln und Paprika.«

»Gestern beim Abendessen«, sagte Terry, »habe ich zu meiner Haushälterin gesagt, dass mir ein Ziegeneintopf viel besser schmecken würde, wenn nicht so verdammt viele Knochen drin wären.«

Der Ziegendieb sagte: »Wie bitte, Pater?«

»Diese spitzen Knöchelchen, die man in den Mund kriegt«, sagte Terry und erlegte dem Mann zehn Vaterunser und zehn Ave-Maria auf. So ziemlich jeder musste zehn Vaterunser und zehn Ave-Maria sagen.

Einige kamen und fragten ihn um Rat.

»In Reue und Demut bekenn ich meine Sünden, die ich zwar noch nicht begangen hab, aber es kann passieren. Ich hab einen von den Männern zurückkommen sehen, die meine Familie umgebracht haben. Ein Hutu, einer von der *Interahamwe*-Miliz, der is aus dem Flüchtlingslager in Goma zurückgekommen, und ich würd ihn gern töten, aber ich will nicht ins Gefängnis und auch nicht in die Hölle. Kannst du dafür sorgen, dass mir Gott vergibt, bevor ich den Mann töte?«

Und Terry sagte: »Ich glaube, da macht Er nicht mit. Das Beste wäre, wenn du den Mann dem *conseiller* im Bezirksbüro meldest und versprichst, beim Prozess als Zeuge auszusagen.«

Der Mann, der noch niemanden getötet hatte, sagte: »Pater, wann soll das sein? Ich hab in *Imvaho* gelesen, dass hundertvierunzwanzigtausend in Gefängnissen sitzen und auf Prozess warten. In wie viele Jahre wird der Mann dran sein, der meine Familie ermordet hat? In *Imvaho* steht, zweihundert Jahre, um alle vor Gericht zu stellen.«

Terry sagte: »Ist der Typ größer als du?«

»Nein, er ist Hutu.«

»Geh zu dem Typ«, sagte Terry, »und schlag ihm so fest du kannst auf den Mund, mit einem Stein. Dann fühlst du dich besser. Und jetzt leiste schön Abbitte für alles, was du getan und vergessen haben könntest.« Terry konnte ihnen vorübergehend Erleichterung verschaffen, aber nichts, was ihr Leben veränderte.

Die Büßer knieten auf einem Betschemel und sahen sein Profil durch ein gerahmtes Rechteck indischer Baumwolle, das an dem Kniestuhl befestigt war: Pater Terry Dunn, ein bärtiger junger Mann in einer weißen Soutane, der auf einem Korbsessel saß. Wenn er seitlich an der Trennwand vorbeisah, blickte er auf einen Vorgarten voller Unterholz und Unkraut und auf die Straße, die vom Dorf Arisimbi her an der Kirche vorbeiführte. Gewöhnlich nahm er einmal wöchentlich die Beichte ab, las aber nur ein paarmal im Jahr die Messe, in der Schule: am ersten Weihnachtstag, Ostersonntag und wenn jemand starb. Der ruandische Bischof von Nyundo, der fünfzehn Kilometer die Straße rauf wohnte, ließ Pater Dunn ausrichten, er möge vorbeikommen und Rechenschaft ablegen.

Terry fuhr in dem gelben Volvo-Kombi hin, der dem Priester vor ihm gehört hatte, und saß im Büro des Bischofs zwischen afrikanischen Skulpturen und Schmuckkörben, wo Schonbezüge mit gewagtem Sternmuster Sofa und Sessel bedeckten, an der Wand hing ein Kunstdruck vom Abendmahl sowie ein Foto des Bischofs mit dem Papst. Terry trug seine Soutane. Der Bischof in einem weißen Pullover wollte wissen, ob er eine neue Sekte unter dem Dach der Kirche gründen wolle. Terry verneinte, er habe einen persönlichen Grund, warum er nicht als Vollzeitpriester arbeite, wolle ihn aber nicht verraten. Dann sagte er zum Bischof: »Sie können ja Verbindung zum Orden aufnehmen, der die Mission unterhält, den Missionary Fathers of St. Martin de Porres in Bay St. Louis, Mississippi, und sie bitten, mich abzuberufen und einen Nachfolger zu schicken; aber falls Sie das tun, wünsche ich Ihnen viel Glück. Heutzutage rennen die jungen Männer nicht gerade die Türen des Priesterseminars ein, um dort aufgenommen zu werden.«

Das war jetzt etliche Jahre her. Der Bischof blieb kopfschüttelnd zurück, als Terry ging, und heute war er immer noch allein da.

An diesem Nachmittag stand der Betschemel unter einem Dach aus Palmwedeln und Stroh, das sich vom Pfarrhaus bis in den Garten erstreckte. Eine Stimme, die laut wurde, um das Prasseln des Regens zu übertönen, sagte: »In Reue und Demut bekenn ich meine Sünden« und legte sofort los: »Ich hab sieben Leute umgebracht, als ich noch Jugendlicher war und wir die *inyenzi* getötet haben, die Kakerlaken. Ich hab vier Leute in der Kirche umgebracht, als du dort die Messe gelesen und es mit angesehen hast. Weißt du, wir haben fünfhundert in Nyundo umgebracht, dann sind wir hierher gekommen und haben hier im Dorf wohl noch hundert umgebracht, bevor alle weggerannt sind.«

Terry betrachtete weiter den Garten, der sanft zur Straße hin abfiel, der festgetretene Lehm färbte sich im Regen dunkel.

»Und wir haben noch ein paar mehr umgebracht, als wir die Straßensperre errichtet, alle Fahrer angehalten und die Ausweise überprüft haben. Die wir wollten, ham wir in den Busch mitgenommen und umgebracht.«

Der Mann hörte auf zu reden, und Terry wartete. Der Typ beichtete seine Sünden nicht, er gab damit an.

»Haben Sie mich gehört, Pater?«

Terry sagte: »Red weiter« und fragte sich, wo das wohl enden sollte.

»Ich kann Ihnen sagen, sehr bald werden noch mehr sterben. Woher ich das weiß? Ich bin Visionär, Pater. Die Heilige Jungfrau sagt mir in Visionen, ich soll es tun, soll die *inyenzi* töten. Ich verrat Ihnen das, und Sie sagen nichts weiter, stimmt's?«

Terry antwortete nicht. Die manchmal schrille Stimme des Mannes kam ihm bekannt vor.

»Nein, das kannst du nich«, sagte die Stimme. »Klar, du kannst mir sagen, ich soll das sein lassen, aber du darfst es keinem andern verraten, nich der RPA, nich dem *conseiller*, keinem, weil ich dir das beichte, und man darf nich weitersagen, was man bei der Beichte hört. Hörst du mir zu? Wir schneiden ihnen die Füße ab, bevor wir sie töten. Weißt du, warum wir das machen? Du warst damals hier, darum verstehst du's. Aber du hast keine Macht, darum hast du's nich verhindert. Hör zu, wenn wir dich sehen, wenn wir kommen, 'n großen Kerl wie dich, wir schneiden dir auch die Füße ab.«

Terry saß in seinem Korbstuhl und betrachtete den Regen, den fahlen Himmel, den Dunst über den Hügeln. Das Problem bestand darin, dass sie dazu durchaus in der Lage waren. Sie hatten es schon einmal getan, es waren keine leeren Drohungen, der Typ quatschte nicht nur.

Jetzt sagte er: »Gibst du mir keine Buße auf?«

Terry antwortete nicht.

»Na gut, ich bin fertig.«

Der Mann erhob sich von dem Kniestuhl, und kurz darauf sah ihm Terry nach, wie er sich davonmachte, barfuß, auf dürren nackten Beinen, ein Strichmännchen, das ein grün kariertes Hemd und heute, wegen des Regens, einen zerschlissenen Strohhut mit heruntergeklappter Krempe trug. Terry brauchte das Gesicht des Kerls nicht zu sehen. Er kannte ihn, so wie er die Dorfbewohner an ihrer Kleidung erkannte, immer dieselben Klamotten, die sie jeden Morgen anzogen, wenn sie nicht darin schliefen. Das grüne Hemd hatte er erst kürzlich gesehen, vor ein paar Tagen…

Bei den Verkaufsständen auf dem Marktplatz.

Der mit dem Hemd und drei seiner Freunde hatten aus einem Blechtrog Bananenbier getrunken, der Trog lang genug, dass sich alle vier drum herumhocken, Schilfhalme in die sämige Brühe tunken, die Köpfe senken und das warme Zeug einsaugen konnten, das Bier brachte sie zum Glühen, was sich in dem verträumten Ausdruck ihrer Augen zeigte, die aufsahen, als Terry an dem offenen Stand vorbeikam; Terry bemerkte den Blick und dass der in dem grünen Hemd eine Bemerkung machte, wozu die anderen lachten, seine Stimme wurde lauter, schrill, und folgte Terry bis zu einem Mann, der in einer Pfanne mit glühenden Kohlen Mais röstete. Das war Thomas, in einem gelben T-Shirt, das Terry ihm vor Monaten geschenkt hatte. Als er Thomas nach dem Typ mit der schrillen Stimme fragte, antwortete Thomas: »Och, Bernard der Visionär. Wenn der Bananenbier trinkt, spricht unsere Mutter Gottes zu ihm. Manche Leute glauben ihm.«

»Was erzählt er gerade?«

»Als du vorbeigehst: ›Da kommt ja *umugabo wambaye ikan-*

zu‹, er nennt dich ›der Mann, der ein Kleid anhat‹. Dann sagt er, du kommst, um das Essen zu kaufen, das dir deine Tutsi-Nutte kocht, mit der du fickst, was aber keiner erfahren soll, weil du Priester bist. Bernard sagt, die Mutter Gottes hätte ihm verraten, was du treibst. Jetzt sagt er, er fürchtet sich nicht vor dir. ›*Oli enyamaswa*.‹ Du stammst von Tieren ab.«

»Ich kenne ihn gar nicht. Was hat er vor?«

»Er redet, um dich vor den Leuten hier zu entehren. Er nennt dich ›*injigi*‹.« Thomas zuckte mit den Schultern. »Erzählt allen, du bist dumm.« Thomas hob das Gesicht in die Sonne und lauschte wieder. Vorne auf seinem T-Shirt standen die Wörter THE STONE COYOTES und auf der Rückseite ROCK WITH A TWANG. »Jetzt erzählt er allen, er hat dich gesehen, und du hast ihn auch gesehen, aber nichts unternommen.«

»Wann hab ich ihn gesehen?«

»Er meint wohl zurzeit des Genozids, als er bei der Hutu-Miliz war und töten konnte, wen er wollte. Ich war nicht hier, sonst wär ich wohl auch tot.« Dann sagte Thomas an jenem Tag auf dem Markt: »Aber du, Pater, du warst hier, stimmt's? In der Kirche, als sie da eingedrungen sind?«

»Das ist fünf Jahre her.«

»Sieh mal«, sagte Thomas, »der Visionär geht. Siehst du, dass sie alle Macheten haben? Sie würden's gern noch mal machen und die Tutsi umbringen, die ihnen beim ersten Mal entgangen sind.«

Terry sah dem grünen Hemd nach, das sich entfernte.

Heute sah er aus dem Korbstuhl zu, wie das grüne Hemd an dem Strichmännchen im Regen zur Straße ging, noch im Garten war, als Terry ihm nachrief.

»Hey, Bernard?«

Da blieb er stehen.

»Ich hab auch Visionen, Mann.«

Francis Dunn hörte höchstens drei- oder viermal im Jahr von seinem Bruder. Fran überwies gelegentlich telegrafisch Geld an die Banque Commerciale du Rwanda, schickte eine Ladung alter Klamotten und T-Shirts oder ein halbes Dutzend Filmrollen, und etwa einen Monat später bedankte sich Terry schriftlich bei ihm. Er verlor ein paar Worte über das Wetter, wurde während der Regenzeit ausführlicher, und damit hatte es sich. Fotos schickte er nie. Fran sagte zu seiner Frau, Mary Pat: »Was macht er wohl mit den vielen Filmen, die ich ihm schicke?«

Mary Pat sagte: »Wahrscheinlich tauscht er sie gegen Schnaps.«

Terry hatte kaum etwas über die Lage dort erzählt, seit der Zeit des Genozids, als die damals herrschende Schicht, die Hutu, die Grenzen dicht machten und versuchten, die gesamte Tutsi-Bevölkerung auszulöschen, wobei sie in einem Vierteljahr achthunderttausend Menschen ermordeten – ein umfassend geplanter Völkermordversuch, der in den Abendnachrichten nur beiläufig Erwähnung fand. Terry schrieb auch nicht viel über seine Arbeit in der Mission, was er da genau machte. Fran stellte sich gern vor, wie Terry in einer weißen Soutane und Sandalen Kinder um sich versammelte, fröhliche kleine Eingeborene, die ihre weißen Zähne bleckten.

In letzter Zeit hatte Terry ein wenig mehr preisgegeben und in einem Brief geschrieben: »Die Großen und die Kleinen gucken sich immer noch gegenseitig scheel an, ansonsten scheint sich die Lage wieder normalisiert zu haben, nach hiesigen Maßstäben. Ich weiß inzwischen, was die wichtigsten Dinge im

Leben sind: Nägel, Salz, Zündhölzer, Kerosin, Holzkohle, Batterien, Fanta-Limonade, Zigarettenpapiere und Johnnie Walker Red Label, Black Label für besondere Anlässe. Strom fließt im Dorf bis etwa zehn Uhr abends. Aber es gibt immer noch nur ein Telefon. Das klingelt im Bezirksbüro, in dem die RPA hockt, die Ruandische Patriotische Armee, womit zur Abwechslung mal ganz vernünftige Leute die Polizei darstellen.«

Der letzte Brief hatte noch ein zweites Blatt. »Hör dir das an«, sagte Fran zu Mary Pat. »Er listet die verschiedenen Gerüche auf, die einem im Dorf auffallen, in denen sich das Wesen des Ortes manifestiert. Hör zu. Er schreibt: ›Der Geruch von Schimmel, der Geruch von rohem Fleisch, Bratöl, Holzkohlenfeuer, der Geruch von Latrinengruben, der Geruch von Milchpulver am Morgen – die Leute essen ihren Haferschleim. Der Geruch von Kaffee, überreifem Obst und Eukalyptus in der Luft. Der Geruch von Tabak, ungewaschenen Körpern, und der Geruch von Bananenbier im Atem eines Mannes, der seine Sünden beichtet.‹«

Mary Pat sagte: »Igitt.«

»Schon, aber weißt du, was«, sagte Fran, »allmählich klingt er wieder wie er selbst.«

Mary Pat sagte: »Ist das gut oder schlecht?«

2

Der kommandierende RPA-Offizier nahm den Anruf vom Bruder des Priesters in Amerika entgegen und fragte, wie er ihm helfen könne. Während er lauschte, legte er die Hand auf das nicht am Hörer liegende Ohr. Er sagte, oh, das täte ihm aber Leid. Aber ja, natürlich werde er es Pater Dunn erzählen. Was?

… Nein, der Krach stamme von dem auf das Dach prasselnden Regen, es sei ein Blechdach. Ja, nichts weiter als Regen. Diesen Monat regne es jeden Nachmittag, manchmal den ganzen Tag. Er machte hmmmm, mmm-hmm, während er sich anhörte, wie der Bruder alles, was er soeben gesagt hatte, noch einmal wiederholte. Schließlich sagte der RPA-Offizier, aber ja, natürlich, er werde sich gleich auf den Weg machen.

Dann fiel ihm etwas ein. »Ach ja, heute kam auch ein Brief von Ihnen.«

Der Bruder des Priesters sagte: »Mit Neuigkeiten, die ihn sehr froh machen werden. Anders als dieser Anruf.«

Der Offizier hieß Laurent Kamweya.

Er war ein in Ruanda geborener Tutsi, der aber den größten Teil seines Lebens in Uganda gelebt hatte, wo die offizielle Sprache Englisch war. Laurent hatte in Kampala studiert, mit Guerillas der Ruandischen Patriotischen Front trainiert und war mit der Armee zurückgekehrt, um die Regierung von den Hutu-*genocidaires* zu übernehmen. Er war erst ein knappes Jahr in Arisimbi, und zwar als stellvertretender *conseiller*, der Leiter der örtlichen Administration. Laurent wartete, bis der Regen nachgelassen hatte und die Teeplantagen auf den Bergen im Osten wieder grün leuchteten, dann wartete er noch ein Weilchen.

Eine Stunde vor Sonnenuntergang, der Priester würde nun mit seiner Flasche Johnnie Walker im Freien sitzen, setzte sich Laurent ans Steuer des von der RPA gestellten Toyota Land Cruiser und fuhr den Hügel hinauf – vielleicht um mehr über diesen seltsamen Priester herauszufinden, obwohl er lieber nach Kigali fahren würde, wo man in den Hotelbars attraktive Frauen kennen lernen konnte.

In diesem primitiven Nest tranken die Leute Bananenbier

und fristeten ihr Dasein als Bauern, sie bearbeiteten den Boden, gruben, hackten, sammelten, bauten Mais, Bohnen und Bananen an, ließen kein Fleckchen Erde, nicht einmal die kleinsten Felder, ungenutzt, bauten sogar auf der Straße und in der Nähe ihrer Behausungen Mais an; die aus Lehmbacksteinen errichteten Häuser hatten dieselbe rötliche Farbe wie die Straße aus rotem Lehm, der Laurent folgte, den Hügel hinauf bis zur Schule und dem Süßkartoffelfeld, auf dem die Kinder arbeiteten. Hier machte die Straße einen Bogen, verlief oberhalb der Schule, und Laurent näherte sich der Kirche, der alten weißen Basilika St. Martin de Porres, von der die Farbe abblätterte, in ihren Backsteinmauern zeigten sich Lücken, Mauersegler huschten in die Glockenstube hinein und wieder heraus. Eine Kirche voller Geister, ein Haus, für das die Lebenden keine Verwendung mehr hatten.

Die Straße machte noch einem Bogen und führte oberhalb der Kirche zum Pfarrhaus, inmitten der Bäume, die auf dem Hügelkamm wuchsen.

Da stand er, ein Stückchen abseits der Straße, ein von Schlingpflanzen bewachsener Bungalow, dessen Kalkanstrich sich pellte und abblätterte, da sich, wie Laurent gehört hatte, niemand mehr um das Gebäude kümmerte, seit der alte Priester gestorben war, der hier fast sein ganzes Leben verbracht hatte.

Und da war der verbliebene Priester, Pater Terry Dunn, im Schatten des Strohdachs, das seitlich am Haus emporragte wie ein Zimmer ohne Wände, wo er manchmal abends saß, um die Beichte abzunehmen, er und sein Johnnie Walker. Laurent hatte auch gehört, er rauche Ganja, das ihm seine Haushälterin in Gisenyi kaufe, im Café Tum Tum Bikini. Den Scotch erwerbe er kartonweise in Kigali, auf seinen Fahrten in die Hauptstadt.

An seinem Äußeren, den Shorts und den T-Shirts, auf denen

die Namen von Rockbands oder verschiedenen Ereignissen in Amerika gedruckt waren, merkte man, dass er gar nicht versuchte, wie ein Priester zu wirken. Der Bart könnte darauf hindeuten, dass er ein ausländischer Missionar war, manche legten sich das als Markenzeichen zu. Was machte er eigentlich? Er verteilte Kleidung, die ihm sein Bruder schickte, er nahm die Beichte ab, wenn ihm danach zumute war, hörte zu, wenn sich die Leute über ihr Leben beschwerten, wenn sie das Auslöschen ihrer Familien beklagten. Er spielte mit den Kindern, fotografierte sie und las ihnen aus den Büchern eines gewissen Dr. Seuss vor. Doch die meiste Zeit, so nahm Laurent an, saß er mit seinem Freund Mr. Walker hier auf seinem Hügel.

Wo der Priester sich vom Tisch erhob, als er den Land Cruiser der Ruandischen Patriotischen Armee zu einem Besuch näher kommen und in den Garten einbiegen sah, wo der Wagen hinter dem gelben alten Volvo-Kombi des Priesters hielt. Laurent machte den Motor aus und hörte Musik, die vom Haus kam, nicht laut, aber ein angenehmer Rhythmus, der vermutlich … ja, es war Reggae.

Gerade kam Chantelle, die Haushälterin des Priesters, mit einer Schale Eis und Gläsern auf einem runden Tablett aus dem Bungalow. Chantelle Nyamwase. Sie trug die Scotchflasche unter dem Arm – eigentlich eingeklemmt zwischen ihrem schlanken Körper in dem weißen Unterhemd und dem Stumpf ihres Arms, des linken, den man knapp über dem Ellbogen abgetrennt hatte. Chantelle deckte den Stumpf nur selten ab. Sie sagte, er erzähle, wer sie sei, dabei genügte ein Blick auf ihre Gestalt, um zu sehen, dass sie eine Tutsi war. Manche Leute behaupteten, sie habe im Hotel des Milles Collines in Kigali als Prostituierte gearbeitet, könne dieser Tätigkeit aber wegen ihrer Verstümmelung nicht mehr nachgehen. Zu dem sauberen weißen Unterhemd trug sie ein glattes enges *pagne* über den Hüften, einen bis auf die weißen Tennisschuhe reichenden Rock, mit einem Muster in verschiedenen blauen und beigen Farbtönen und weißen Einsprengseln.

Sobald Laurent aus dem Land Cruiser gestiegen war, strich er die Jacke seines Kampfanzugs glatt und nahm das Barett ab. Als er sich dem Garten näherte, erkannte er die nun aus dem Pfarrhaus kommende Musik, Ziggy Marleys Stimme und den Song »One Good Spliff«, den man auch in Le Piano Bar des Hotel Meridien in Kigali hörte, Ziggy war gerade an der Stelle, wo es hieß: »Me and my younger sisters we take a ride.« Chantelle stand jetzt neben dem Priester, Tablett und Johnnie Walker standen auf dem Tisch, der mittlerweile ausgeblichen war, weil er immer in der Sonne stand, die Flasche war versiegelt, wie Laurent bemerkte, ehe er zu dem Priester sagte:

»Pater, es tut mir wirklich sehr Leid, aber ich muss Ihnen etwas von Ihrem Bruder bestellen. Ihre Mutter ist im Krankenhaus gestorben. Ihr Bruder lässt Ihnen ausrichten, dass die Beerdigung in zwei Tagen stattfindet.«

Der Priester hatte ein T-Shirt an, auf dem NINE INCH NAILS – THE PERFECT DRUG stand, quer über seinem Brustkorb. Er nickte zweimal, ließ sich viel Zeit.

»Ich danke Ihnen, dass Sie gekommen sind, Laurent.«

Mehr sagte er nicht. Dann schaute er auf die Kirche, in die Ferne oder zu den Hügeln im Hintergrund, ein Dunstschleier lag auf den Bergwiesen.

Laurent fiel noch etwas ein, was ihm der Bruder gesagt hatte: »Ja, und ich soll Ihnen ausrichten, dass Ihrer Schwester gestattet wurde, die Beerdigung zu besuchen, aus … von da, wo sie lebt. Bei dem Regen habe ich ihn nicht so gut verstanden.« Laurent wartete.

Diesmal hing der Priester offenbar seinen Gedanken nach und hörte nicht zu. Oder seine Schwester war ihm egal.

Chantelle sagte: »Seine Schwester Therese wohnt in einem Konvent« und fuhr dann in ihrer Sprache Kinyarwanda fort, erzählte Laurent, die Schwester gehöre dem Orden der Karmeliterinnen an, die in klösterlicher Abgeschiedenheit lebten und ein Schweigegelübde abgelegt hätten; offenbar brauche Therese eine Erlaubnis, um das Kloster zu verlassen und an der Beerdigung teilzunehmen. Laurent fragte, ob auch der Priester teilnehmen werde. Chantelle sah zuerst den Priester an, ehe sie antwortete, sie wisse es nicht. Laurent sagte ihr, seine eigene Mutter sei im Krankenhaus gestorben, und erzählte, wie die Interahamwe, die Hutu-Banden, mit Bambusspeeren in die Station gekommen seien –

Chantelle hielt den Finger an ihre Lippen, damit Laurent schwieg, nahm dann den Priester am Arm, um ihn zu trösten, die Berührung eines vertrauten Menschen.

Laurent hörte sie sagen: »Terry«, ihre Stimme ein leises Murmeln, »kann ich etwas tun?«

Sie redete ihn mit Vornamen an – Chantelle musste mehr für ihn sein als eine Haushälterin. Wer würde zum Kochen und Saubermachen eine Einarmige nehmen? Sehr flott sah Chantelle aus, attraktiver sogar als die Huren in der Bar des Mille Collines, für ihre Schönheit bekannte Frauen, viele waren deswegen umgebracht worden.

Laurent forderte sich insgeheim auf, Geduld zu haben, Johnnie Walker würde schon nicht weglaufen. Lass dem Priester Zeit, den Tod seiner Mutter zu akzeptieren, einer ihm nahe stehenden Person, aber weit weg in Amerika. Dass in seiner Nähe Menschen starben, war er ja gewohnt, drüben in der Kirche, keine hundert Meter entfernt. Sah der Priester die Kirche, oder hing er seinen Gedanken nach und sah gar nichts? Oder lauschte er Ziggy Marley and the Melody Makers, die gerade bei »Beautiful Day« angelangt waren? Ziggys jamaikanische Stimme schwebte über die Hügel Westruandas. Laurent registrierte, wie sich sein Körper ganz leicht wiegte, und er zwang sich, still zu stehen, ehe der Priester oder Chantelle es merkten.

Der Priester wandte sich ab, um zu gehen, blieb dann aber stehen und sah sich zu Laurent um.

»Kennen Sie einen jungen Burschen namens Bernard? Einen Hutu, hat ein grünes kariertes Hemd an, manchmal einen Strohhut auf dem Kopf.«

Das kam für Laurent überraschend, er hätte gedacht, dass der Priester seine Mutter betrauerte.

»Er ist mir bekannt, ja. Er ist aus Goma zurückgekommen, dem Flüchtlingslager. Die Leute von den Hilfsorganisationen können die Guten nicht von den Bösen unterscheiden. Die RPA kommt, die Hutu flüchten, und die Helfer geben ihnen Decken und Nahrungsmittel. Ja, ich kenne ihn.«

»Er erzählt allen, er habe am Genozid teilgenommen.«

Laurent nickte. »Genau wie die meisten, denen er's erzählt.«

»Er gibt zu, dass er Menschen ermordet hat. In der Kirche.«

»Ja, ich hab's gehört.«

»Warum nehmen Sie ihn nicht fest?«

»Ihn festnehmen? Wer hat denn gesehen, wie er Leute umbrachte? Wer dabei war, ist ja jetzt tot. Wer soll vor Gericht als Zeuge aussagen? Hören Sie, wenn RPA-Soldaten von einem wie Bernard erfahren, würden sie ihn am liebsten in den Busch bringen und erschießen. Aber wenn sie das machen, werden sie verhaftet. Es wurden bereits zwei Soldaten vor Gericht gestellt und hingerichtet, weil sie verdächtige Hutu getötet hatten. Wir können ihn nur im Auge behalten.«

»Aber wenn irgendein Mann, kein Soldat«, sagte der Priester, »jemanden sieht, der seine Familie ermordet hat, und Rache nimmt …«

Als der Priester verstummte, sagte Laurent: »… hätte er meine Sympathie.«

»Würden Sie ihn festnehmen?«

Laurent antwortete, und dabei sah er dem Priester in die Augen: »Ich würde melden, dass ich ihn gesucht, aber nicht gefunden habe.«

Der Priester nickte, hielt Laurents Blick stand, drehte sich dann um und ging, als Laurent plötzlich der Brief einfiel. Er sagte: »Pater« und zog den Brief aus seiner Tasche, »ich habe das hier, auch von Ihrem Bruder.« Chantelle nahm den Umschlag entgegen, brachte ihn dem Priester und ließ dabei wieder die Hand auf seinem Arm liegen; Laurent beobachtete die beiden: Der Priester betrachtete den Briefumschlag und sprach dann mit seiner Haushälterin, berührte mit der Hand ihre Schulter, Laurent sah, wie vertraut die beiden miteinander umgingen.

3

Chantelle kam zum Tisch zurück, während der Priester weiter zum Haus ging.

»Er bittet Sie, doch einen Schluck zu trinken.«

»Kommt er wieder?«

»Das hat er nicht gesagt.«

Sie klang müde.

»Mit Eis«, sagte Laurent und trat an den Tisch. »Mich hat überrascht, wie er gesprochen hat. Ich dachte, er sieht die Kirche an, und der Tod seiner Mutter erinnert ihn an die Toten im Inneren.«

Sie unterhielten sich jetzt auf Englisch, das Laurent am besten sprach.

»Er will sie begraben«, sagte Chantelle, »aber der *bourgmestre*, derselbe übrigens, der den Hutu-Milizen gesagt hat, sie sollten in die Kirche gehen und die Leute umbringen, war dagegen, es solle so bleiben, als Mahnmal für die Toten.« Sie gab Laurent seinen Drink. »Erklären Sie mir das, wenn Sie können.«

»Er nennt es ein Mahnmal«, sagte Laurent, »und man soll glauben, dem *bourgmestre*, Mr. Schicker Anzug, tut es jetzt Leid, er zeigt Reue. Aber ich glaube, er lässt die Toten in der Kirche, damit er sagen kann: ›Seht euch an, was wir gemacht haben‹, er ist stolz drauf. Sie waren damals hier, in der Kirche?«

»Ich wollte herkommen, aber nein, ich war in Kigali«, sagte Chantelle, »hab den ganzen Tag das Radio nach Neuigkeiten abgehört. Der Discjockey hat die Hutu aufgerufen, ihre Pflicht zu tun, auf die Straßen zu gehen und zu morden. Von ihm hatten sie Informationen wie: ›Im Büro von Air Burundi an der Rue du Lac Nasho sind Tutsi. Zieht los und bringt sie um. In der Bank an der Avenue de Rusumo sind Tutsi.‹ Als ob das Radio Augen hätte. Ich hör den Discjockey sagen, auf dem Land würden Milizen gebraucht, in verschiedenen Gemeinden, und dann nennt er diese hier, wo meine Familie lebt.«

»Sie haben sich bestimmt Sorgen um sie gemacht.«

»Und ob, ich bin aber nicht mehr rechtzeitig hergekommen.«

»Und der Priester? Wo war er?«

»Hier«, sagte Chantelle und goss sich einen Drink ein, auf Eis, »während Sie in Uganda waren, sonst wären Sie jetzt tot oder hätten irgendein Körperteil weniger. Ja, Pater Dunn war hier, hat aber am selben Tag im Krankenhaus von Kigali den alten Priester besucht, Pater Toreki, den sein Herz im Stich ließ. Nur zwei Wochen später war er tot. Als er starb, war Pater Toreki vierzig Jahre hier gewesen, sein halbes Leben. Als ihn Pater Dunn damals besucht, hören sie auch im Radio die Aufforderung an die Hutu-Milizen, in die Gemeinden einzufallen. Pater Toreki fordert Pater Dunn auf, nach Hause zu fahren und möglichst viele Menschen in die Kirche zu bringen, denn die Kirche sei schon immer ein Ort der Zuflucht gewesen. Es sind also sechzig oder siebzig Menschen da drin, so verängstigt wie noch nie in ihrem Leben. Pater Dunn, am Altar, ist gerade mit dem heiligsten Teil der Messe beschäftigt, der Wandlung, und hebt die Hostie hoch. In diesem Augenblick kommen sie in die Kirche gestürmt, brüllen ›Tötet die Kakerlaken!‹, die *inyenzi*, und sie bringen alle um, bis hin zum letzten Baby. Wer versucht wegzulaufen, hat keine Chance. Einige der Frauen haben die Schlächter ins Freie geschleppt und vergewaltigt, jeder kam mal dran, und sie anschließend umgebracht. Können Sie sich das vorstellen? Pater Dunn stand am Altar und musste mit ansehen, wie seine Gemeinde getötet wurde.«

Laurent sagte: »Er hat nicht versucht, sie aufzuhalten?«

»Wie denn? Was konnte er schon tun? Im Kloster Mokoto sind die Priester weggegangen, und Tausende wurden ermordet.«

Nun hatte Laurent Stoff zum Nachdenken. Er hielt ihr sein Glas hin, und sie goss Whisky ein, während Laurent sagte, dass er geglaubt habe, sie sei hier in der Kirche verstümmelt worden.

»Auf dem Weg hierher«, sagte Chantelle, »während ich um meine Mutter und meinen Vater Todesangst ausstand, auch um meine Schwester. Sie wohnten nicht im Dorf, sondern auf einem Bauernhof in den Bergen, wo mein Vater seine Kuhherde hatte.« Chantelle schüttelte den Kopf und fuhr mit leiser Stimme fort: »Niemand hat sie gesehen oder weiß, wo ihre Leichen sind. Vielleicht hat man sie in eine Latrine gestopft oder in einem Massengrab am Straßenrand verscharrt. Ich glaube aber, eine der heute noch in der Kirche liegenden Toten könnte meine Schwester sein. Ich gucke mir die Schädel an und denke: Ist das Felicité oder ein alter ägyptischer König, den sie in einem Grab gefunden haben?«

»Sie waren auf dem Weg hierher.« Laurent betätigte sich als Stichwortgeber.

»Ein Freund hat mich gefahren, ein befreundeter Hutu. Er sagte, es gäbe kein Problem, er würde sich für mich verbürgen. Aber dann kamen wir zu anderen Autos, die schon an einer Straßensperre hielten, wo jeder seinen Ausweis vorzeigen musste. Den Tutsi befahl man, ihre Wagen zu verlassen. Mein Freund konnte nichts sagen, um mich zu schützen. Man brachte mich aus seinem Auto in den Wald, wo schon Leute aus anderen Autos warteten, manche mit ihren Kindern, die sich an sie klammerten.« Chantelle hielt inne, räusperte sich. »Die Hutu, hauptsächlich Jugendliche aus den Straßen Kigalis, aber jetzt waren sie *Interahamwe*, sie hatten das Kommando, und alle waren betrunken, völlig unkontrollierbar. Sie kamen auf uns zu, sie hatten Macheten und *masus*, mit Nägeln gespickte Keulen, und keiner konnte glauben, dass sie uns töten würden, wie wir da im Wald standen, ein Stück von der Straße entfernt. Menschen begannen zu schreien und um ihr Leben zu flehen, Mütter stellten sich schützend vor ihre Kinder. Die Hutu schrien auch und lachten, sie waren völlig überdreht und hackten mit ihren Macheten auf uns ein, als wären wir Bananenstauden. Ich hob den Arm, um mich vor der Klinge zu schützen …« Chantelle verstummte erneut; diesmal nippte sie an ihrem Drink, schloss dabei kurz die Augen. »Der eine packte meine Hand und schlug zu, als ich mich losreißen wollte, mit ausgestrecktem Arm.« Sie sagte: »Ich sehe sein Gesicht vor mir« und verstummte wieder. »Als ich fiel, befand ich mich in der Menschenmenge, und andere, tot oder im Sterben, fielen auf mich drauf. Es war nachts, und in ihrem Mordrausch achteten sie nicht darauf, ob wir auch wirklich alle tot waren. Lange lag ich da, ohne mich zu bewegen.«

»Hat man Sie vorher vergewaltigt?«

»Nein, aber andere haben sie gefickt wie Hunde.«

»Sie hätten verbluten können«, sagte Laurent.

»Ich hatte Perlenketten, die hab ich mir um den Arm geschlungen.«

»Dennoch …«, sagte Laurent.

»Hören Sie, ich weiß von einer Frau in Nyarubuye, wo tausend oder mehr ermordet wurden, die sich über eine Woche lang unter Leichen versteckt hielt. Nachts kam sie hervor, um Wasser und Essen zu suchen, und morgens kehrte sie zurück, verscheuchte die Ratten und vergrub sich wieder unter den Toten. Ich hatte großes Glück, dass mich mein Freund, der Hutu, fand und nach Kigali ins Haus eines Arztes brachte. Der war ebenfalls Hutu, aber kein Extremist, genau wie mein Freund. Der Arzt schloss meine Wunde und ließ mich ein paar Tage bleiben. Danach konnte ich mich im Mille Collines verstecken, weil ich den Geschäftsführer kannte, der Hunderten das Leben gerettet hat. Er hat sogar die Frauen von Regierungsbeamten versteckt, von Hutu-Politikern, die mit Tutsi-Frauen verheiratet waren. Als die Gefahr vorbei war und die feigen Hutu vor eurer Armee flohen, bin ich wieder hergekommen, um meine Familie zu suchen.« Chantelles schmale Schultern bewegten sich in dem Unterhemd, sie zuckte mit den Achseln. »Und geblieben, um dem Priester beizustehen.«

»Um ihm mit einer Hand das Haus zu führen«, sagte Laurent.

Sie sah zum Pfarrhaus hinüber. Die Musik war vor einiger Zeit verstummt, aber der Priester war nirgends zu sehen. »Sie wollen glauben, dass ich mit ihm ins Bett gehe, auch wenn sie unmöglich wissen können, ob es stimmt.«

»Ob Sie's tun oder nicht«, sagte Laurent, »ist mir egal. Ich begreife nur nicht, was der Mann hier will, warum er bleibt, obwohl er nur einige Pflichten eines Priesters erfüllt. Er ist schon so lange hier, liest die Messe aber nur, wenn er Lust hat? Wenn man so hört, welche Gründe die Leute dafür nennen … er muss sparsam mit den Hostien umgehen, weil die Nonnen tot sind, die sie für den alten Priester gemacht haben. Oder er trinkt den Messwein zum Abendessen.«

Er sah Chantelle müde lächeln. »Glauben Sie das?«

»Sagen Sie mir, was ich glauben soll.«

»Er hat Weihnachten die Messe gelesen und an jedem Ostersonntag. Er ist ein guter Mensch. Er spielt mit den Kindern Fußball, liest ihnen Geschichten vor, macht Fotos von ihnen … Warum wollen Sie an ihm herummäkeln?«

»Das ist seine Aufgabe hier, mit Kindern spielen?«

Sie sagte: »Sie stellen so viele Fragen«, schüttelte müde den Kopf und sah wieder zum Haus.

»Finden Sie nicht«, sagte Laurent, »dass er anders ist als andere Priester, die Sie kennen?«

»In welcher Hinsicht?«

»Er hält sich nicht für etwas Besonderes, hat nicht die Lösung für alles, für alle Probleme des Lebens.«

Das war offenbar auch ihre Meinung, sie sah ihn nämlich an, als sei sie kurz davor, ihm endlich die Wahrheit über den Pater zu erzählen. Doch dann sagte sie nur: »Er ist hergekommen, um dem alten Priester beizustehen.«

Laurent sagte: »Ja …?«, ließ nicht locker.

»Und jetzt setzt Pater Dunn dessen Arbeit fort.«

»Tatsächlich?«, sagte Laurent, mit einem Unterton, der sie augenscheinlich ärgerte, sie wollte nicht über ihren Priester reden. Doch Laurent gab nicht auf. »Sie sagen, er sei hergekommen … Aber hat ihn nicht der Orden geschickt, dem auch der alte Priester angehörte? Ich glaube nicht, dass ich den Namen kenne.«

»Die Missionary Fathers of St. Martin de Porres«, sagte Chantelle, »genauso wie die Kirche.«

»Und die haben ihm diesen Posten zugewiesen?«

Sie zögerte, sagte dann: »Was macht das für einen Unterschied, wie er hierher gekommen ist?«

Jetzt hatte er sie in die Enge getrieben, glaubte Laurent. »Sie sehen müde aus«, sagte er und zeigte auf den Tisch.

Sie saßen einander gegenüber, Chantelle hatte die Hand um ihren Armstumpf gelegt. Es wurde allmählich dunkel, Insektenlärm erfüllte die Luft, und vor dem helleren Himmel zeichneten sich dunkle Flecken ab, in die Eukalyptusbäume huschende Fledermäuse.

Sie sagte: »Sie klingen wie ein Polizist mit Ihren Fragen. Ich kann Ihnen nur sagen, dass Pater Dunn herkam oder hergeschickt wurde, weil der alte Priester, Pater Toreki, sein Onkel war, der Bruder seiner Mutter, die jetzt gestorben ist.«

»Ach ja?«, sagte Laurent. Das schien ihn zu interessieren.

»Alle fünf Jahre«, fuhr Chantelle fort, »flog Pater Toreki nach

Hause nach Amerika, um zu predigen und für seine Mission Geld zu sammeln. Jedes Mal wohnte er bei Pater Dunns Familie, und zwar seit Terry ein kleiner Junge war.«

Jetzt nickte Laurent. »Und bei diesen Besuchen unterzog der alte Priester den Knaben einer Gehirnwäsche mit seinen Geschichten über Ah-fri-ka, wie er unter Wilden lebte, die sich die Gesichter anmalten und mit Speeren Löwen jagten.«

Chantelle sagte: »Wollen Sie reden oder zuhören?«

Laurent gestikulierte mit seinem Glas in der Hand, sagte: »Bitte sehr«, eine Aufforderung an sie, weiterzureden.

»Im Laufe der Jahre«, sagte Chantelle, »kamen er und Pater Toreki sich sehr nahe, sie schrieben einander Briefe. Da war nichts mit Gehirnwäsche, der alte Priester hat Pater Dunn, als der noch ein Junge war, vorgelebt, wie man zu einem Mann wird, wie er einer war, der ein Herz für Menschen hatte und sich um sie kümmerte.«

Laurent nickte, hielt den Mund.

»Pater Dunn sagte, seine Mutter habe ihn gedrängt, Geistlicher zu werden, sie habe betont, wie stolz sie darüber wäre, so wie jede Mutter.«

Laurent nickte wieder. »Ja, mir ist klar, wie Mütter sind.«

»Seine Mutter«, sagte Chantelle, »ging ihr Leben lang jeden Morgen um sechs Uhr zur Messe und zur Heiligen Kommunion, und Pater Dunn war auch mit dabei, sobald er alt genug war, als Messdiener. Pater Dunn hat erzählt, seine Mutter sei sehr religiös gewesen, habe täglich gebetet, dass er Priester würde.«

Laurent sah zu, wie die Haushälterin ihr Glas hob und einen Schluck Whisky trank, sich Zeit ließ, um das zu begutachten, was ihr gerade durch den Kopf gehen mochte. Es dauerte ewig.

Schließlich sagte Laurent: »Und das hat er dann auch gemacht, hmmm? Er wurde Priester, als er alt genug war.« Er wartete, während die Haushälterin ihren Gedanken nachhing und beiläufig ihren Armstumpf befingerte.

Sie sagte: »Ja, es kam die Zeit, da besuchte er ein Priesterseminar in Kalifornien. Es war das St. Dismas Novitiate. Das hab ich schriftlich gesehen, in Unterlagen von ihm, St. Dismas, der afrikanische Heilige, der mit dem Heiland gekreuzigt wurde. Von dort kam er erst zwei oder drei Wochen vor Beginn der Gemetzel hierher.«

Jetzt war Laurent an der Reihe, eine Pause zu machen, während er das im Gedächtnis unterbrachte und prüfte.

»Sie wissen genau, dass er zum Priester geweiht wurde.«

»Er hat es mir selbst erzählt, ja.« Weil Laurent zwar schwieg, sie aber immer noch ansah, fuhr sie fort: »Er lügt mich nicht an, wenn Sie das meinen. Warum sollte er auch.« Und weiter: »Was hat er von mir schon zu befürchten? Ich würde ihm nicht schaden, selbst wenn ich könnte.«

Wieder fragte sich Laurent, welche Beziehung wohl zwischen Haushälterin und Priester bestand. Offenbar steckte mehr dahinter, als dass sie nur das Bett teilten, falls das stimmte.

Er sagte: »Ihr redet miteinander.«

»Aber ja.«

»Darüber, was ihm durch den Kopf geht?«

»Er erzählt mir alles Mögliche, und ich höre zu«, sagte Chantelle.

»Sie erzählen ihm auch alles Mögliche?«

»Ich versuche, ihn zu schützen.«

»Wovor?«

Erneut ließ sie sich Zeit. »Davor, dass er zu viel nachdenkt.«

»Ich dachte, dafür sei Mr. Walker zuständig.«

»Er trinkt nicht, weil er hier ist oder lieber woanders wäre, sondern weil er gern trinkt. Mir hat er gesagt, er weiß, dass er kein Alkoholiker ist, weil er nie in Versuchung geriet, Bananenbier zu probieren.«

»Erzählt er Ihnen auch, dass Sie schöne Augen haben?«

»Er erzählt mir, in der Nähe von Ruhengeri seien zerstückelte Leichen gefunden waren, diesmal Touristen, die sich die Gorillas ansehen wollten, der Genozid gehe wieder los.«

»Sie haben im Muhabura Hotel gewohnt«, sagte Laurent, »und eine Wanderung unternommen … Touristen, Besucher, wie Sie schon sagten. Das kann man nicht Genozid nennen.«

»Aber es geht wieder los.«

»Man könnte auch sagen, es geht immer weiter«, sagte Laurent, »aber als Zwischenfälle, als unzusammenhängende Gräueltaten.«

»Egal wie Sie's nennen wollen«, sagte Chantelle, »bald ist es auch in diesem Dorf wieder so weit.«

»Woher wissen Sie das?«

»Er hat es mir gesagt.«

»Aber woher weiß er es?«

»Sie beichten es ihm.«

4

Terrys Bruder praktizierte als Anwalt in Detroit, spezialisierte sich auf Personenschäden und Körperverletzung, dabei legte er sich mit Ärzten, großen Firmen und deren Versicherungen an. Im Winter und in den trüben Frühlingsmonaten flog Fran gern nach Florida, wo er Golf spielte und mit Immobilien spekulierte.

Am ersten Morgen dieser Reise sagte er zu Mary Pat, er wolle sich ein Grundstück neben einer Neubausiedlung ansehen, dann fuhr er von Boca Raton bis Fort Lauderdale und noch fünfzig Kilometer ins Landesinnere zur Sawgrass Correctional Institution, einer Justizvollzugsanstalt für Frauen. Dort besuchte Fran eine junge Dame namens Debbie Dewey, die wegen gefährlicher Körperverletzung mit einer tödlichen Waffe eine dreijährige Gefängnisstrafe absaß.

Vor ihrer Inhaftierung hatte Debbie Ermittlungen für Anwälte durchgeführt, einen Großteil für Fran, sie hatte Unfallopfer überprüft, die ausgerutscht und hingefallen waren und von Fran bei Prozessen gegen die Örtlichkeiten vertreten wurden, wo sie ausgerutscht und hingefallen waren. Außerdem überprüfte sie die Unterlagen von Ärzten, die, wie Fran vermutete, für Fehldiagnosen und Behandlungsfehler bei seinen Mandanten verantwortlich waren.

Debbie trug ein graugrünes Sackkleid, Gefängnisausgabe, das sie enger gemacht und gekürzt hatte. Fran sagte ihr, sie sähe niedlich aus, ihm gefalle ihre Kurzhaarfrisur. Heute war es hellbraun, manchmal auch blond. Debbie fuhr sich mit den Fingern durch die Haare und schüttelte den Kopf, damit Fran sah, dass sie nicht verwuschelten, sie sagte, ihr gefalle die Frisur auch, die sie einen Sawgrass-Bubikopf nannte. Sie saßen an einem Picknicktisch im Besuchsbereich, umgeben von einem oben mit Stacheldraht gesicherten Doppelzaun. An den anderen Tischen saßen Häftlinge mit Eltern, Ehemännern oder Freunden, manche hatten kleine Kinder mitgebracht, damit die ihre Muttis sahen.

»Wie geht's dir?«

»Frag lieber nicht. Hast du Mary Pat und die Mädels mitgebracht?«

»Sie sind in der Wohnung. Mary Pat kommt mit, um der Putzfrau beim Staubsaugen zuzusehen, passt auf, dass sie auch wirklich unter die Möbel kommt. Die Mädchen liegen auf ihren Luftmatratzen und warten. Ich weiß nicht mehr, ob ich ihr beim Weggehen erzählt hab, dass ich Golf spielen gehe oder mir 'ne Immobilie angucken will. Wenn ich Golf spiele, mache ich auf dem Rückweg im Club Halt und ziehe mich um. Aber wenn ich mir ein Grundstück angucke, wieso komme ich dann in anderen Klamotten nach Hause?«

»Ich wünschte, ich hätte deine Probleme.«

»Wie steht's mit deiner Freilassung?«

»Nächsten Freitag, wenn ich keinen Aufseher umbringe.«

»Kommst du nach Detroit zurück?«

»Warum nicht. Weißt du, was ich mir überlege? Ich könnte es wieder mit Stand-up-Comedy probieren. Aber mit ganz neuem Material von hier, mich in unterschiedliche Situationen versetzen.«

»Machst du Witze … Knasthumor? Zum Beispiel?«

Debbie stand von dem Picknicktisch auf und hielt den Rock ihres Kleids an den Seiten hoch. »Ich zieh so was an, 'ne Übergröße mit den weißen Socken und klobigen Arschtretern. Und führe den letzten Schrei in Sachen Knastmode vor. Dann kommt ein Witz darüber, wie man ständig für irgendwas anstehen muss. In einem anderen werd ich unter der Dusche angemacht. Ich bin splitternackt, und dieses sexuelle Raubtier namens Rubella will mich vernaschen. Das Übliche halt.«

»Erzählst du, wie du versucht hast, Randy umzubringen?«

»Ich erwähne ihn in der Einleitung, als Grund, warum ich hier bin.« Sie setzte sich wieder und fragte: »Was treibt er so, irgendwas Bestimmtes?«

»Tja«, sagte Fran, »auf der Gesellschaftsseite werden wir ihn nicht mehr finden.«

Sie spitzte die Ohren.

»Seine Frau hat sich von ihm scheiden lassen und ihn aus dem Haus geworfen.«

Da setzte sich die kleine Debbie gerade hin, mit glänzenden Augen. »Ich wusste es. Wann?«

»Ist gerade erst rechtskräftig geworden.«

»Wie lange waren sie verheiratet, ein Jahr?«

»Etwas länger. Es gibt einen Ehevertrag, ihr Vermögen wird also nicht ernsthaft in Mitleidenschaft gezogen. Randy wird ausbezahlt und darf das Restaurant behalten.«

»Für ihn springt ein Restaurant dabei raus?«

Klein-Debbie zeigte sich empört.

»Im Zentrum von Detroit, an der Larned Street.«

»Dieser Drecksack. Warum hast du mir das verschwiegen?«

»Die Scheidung war erst vor ein paar Tagen.«

»Ich meine das mit dem Restaurant. Wie heißt es?«

»Randy's, wie sonst. Er hat eine Bar gekauft und 'ne Menge Geld reingesteckt, das seiner Frau.«

»Warum darf er's behalten?«

»Das gehört zum Vergleich. Sie mag die Gegend nicht. Es läuft also auf seinen Namen, allerdings könnte ein Partner beteiligt sein. Wenigstens glaubt das mein Informant.«

»Ich begreife bloß nicht«, sagte Debbie, »warum seine Frau über ein Jahr gebraucht hat, um rauszufinden, dass er eine falsche Schlange ist. Sie hätte es merken müssen, als er zum ersten Mal die Haut abstreifte.«

»Benutzt du das auf der Bühne?«

»Ist mir gerade erst eingefallen.«

»Was bedeutet es?«

»Was Schlangen halt so machen, sie häuten sich. Mal sehen, ob ich's einbauen kann.« Sie sagte: »Garantiert hat er sich auch noch ein Boot unter den Nagel gerissen, der Mistkerl.«

»Seine Exfrau behält die Boote und Country Clubs, in Detroit und Palm Beach. Randy kann seine Mitgliedschaft im DAC behalten, wenn er die Beiträge bezahlen will. Ein mit mir befreundeter Anwalt ist in derselben Kanzlei wie der Typ, der Randy vertritt. Daher weiß ich von der Scheidungsvereinbarung die zentralen Punkte. Randy kriegt das Restaurant und ein paar Millionen, nachdem der Anwalt seinen Teil abgezogen hat. Man sollte meinen«, sagte Fran, »dass seine Ex, eine Frau mit dermaßen viel Knete und Einfluss, vor einer Ehe mit Randy Nachforschungen über ihn hätte anstellen lassen.«

»Du kennst ihn nicht«, sagte Debbie, »er wickelt einen nach allen Regeln der Kunst ein, ohne dass man's merkt. Ich hab ihm schließlich auch geglaubt, oder? Und ich verdien meinen Lebensunterhalt damit, Betrügern auf die Schliche zu kommen.«

»Ich wollte dich nicht wütend machen.«

»Ich bin nicht wütend, ich bin immer noch sauer, das ist alles.« Sie sah zu einem Tisch rüber, wo ein Kind weinte, ließ den Blick wieder zurückwandern, und ihre Miene war ruhig, die blauen Augen schauten cool. »Warst du mal in seinem Restaurant?«

»Nur auf einen Drink. Sieht aus wie ein Herrenclub. Die Tische voller Geschäftsleute, Ortsfremde, Typen mit Terminen bei den Autofirmen.« Fran hielt inne. »Angeblich kann man abends dort Flittchen antreffen.«

»Ein Aufreißerschuppen?«

»Nicht das, was du meinst. Es heißt, die Damen sind Profis, Callgirls der Spitzenklasse.«

»Das muss man sich mal vorstellen«, sagte Debbie, »dein Lebensziel ist es, Automanagern einen zu blasen. Ich muss mich da mal umsehen, wenn ich wieder draußen bin, Randy hallo sagen. Ich hab schon immer gewusst, dass er ein Zuhälter ist.«

»Dir ist klar«, sagte Fran, »dass ich dir das nur trotz Vorbehalten erzählt habe.«

»Keine Angst, ich mach schon keine Dummheiten.«

»Schließlich weißt du ja jetzt, wie's hier drin ist. Nächste Woche bist du draußen und kannst wieder bei Null anfangen ... Da fällt mir ein, mein Bruder müsste bald nach Hause kommen, aus Afrika.«

»Stimmt ja, der Priester.«

»Falls es ihn nicht dahin zurückzieht. Wenn er mal einen Brief schreibt, dann übers Wetter. Oder wie's da riecht.«

»Nimmt er seinen Jahresurlaub?«

»Den ersten in fünf Jahren. Über ihm schwebt immer noch diese Anklage wegen Steuerhinterziehung. Die müssen wir aus dem Weg räumen.«

»Was hat er denn gemacht, bei seiner Einkommensteuer gemogelt?«

»Ich dachte, ich hätte es dir erzählt.«

»Das mit dem Restaurant hast du mir auch nicht erzählt.«

Randy, die falsche Schlange, ging ihr nicht aus dem Kopf.

»Der Staat Michigan ermittelt gegen ihn, der Staatsanwalt von Wayne County. Ich bin seit seiner Abreise dran. Man ist praktisch einverstanden, die Anklage fallen zu lassen, will aber vorher mit Terry reden, sobald er nach Hause kommt. Es läuft darauf hinaus, dass seine Aussage gegen die von zwei anderen steht. Doch da Terry Priester ist und ich herausgefunden habe, dass der Staatsanwalt, mit dem ich verhandelt habe, ein frommer Katholik ist –«

»Fran, ich hab keine Ahnung, wovon du da redest.«

»Echt nicht? Ich hätte geschworen, dass ich es dir erzählt habe. Die Anschuldigung lautet, Terry habe eine Lkw-Ladung Zigaretten von Kentucky nach Detroit geschmuggelt, und zwar um die staatlichen Steuern nicht zu bezahlen, Terry und zwei andere, die Pajonny-Brüder. Terry verschwand gleich nachdem die Sache aufgeflogen war, und die Pajonnys haben ihn belastet, um besser wegzukommen, sie haben behauptet, es sei seine Idee gewesen und er habe sich mit ihrem Anteil aus dem Staub gemacht. Daraufhin wurde Terry angeklagt, aber mittlerweile war er schon in Afrika.«

»Mal sehen, ob ich da nichts falsch verstanden habe«, sagte Debbie. »Dein Bruder, der Priester, ist ein flüchtiger Straftäter?«

»Er wusste nichts von der Anklage. Er ist rübergeflogen, um unserem Onkel Tibor zu helfen, der vierzig Jahre lang Missionar war, Tibor Toreki. Ich hab dir doch von ihm erzählt, der immer bei uns gewohnt hat.«

»Ich bin verwirrt«, sagte Debbie.

Jetzt schüttelte Fran den Kopf. »Ich hab das nicht richtig erzählt. Als Terry in die Zigarettensache reingerutscht ist, war er noch kein Priester. Er wurde erst drüben zum Priester geweiht, als er sein Gelübde abgelegt hat.«

Sie wirkte immer noch leicht verwirrt. »Na schön, wie wird jemand, der kurz davorsteht, Priester zu werden, zum Zigarettenschmuggler?«

»Er hat den Laster gefahren, mehr nicht. Er konnte nicht wissen, dass es das angesagte Verbrechen der Neunzigerjahre war. Der Staat hat die Steuer auf fünfundsiebzig Cent pro Packung erhöht, aber keine zusätzliche Banderole vorgeschrieben, darum haben das 'ne Menge Leute gemacht. Nicht sehr riskant, hat keinem wehgetan …« Er merkte, dass Debbie eine neue Frage ausbrütete, und wollte sie ablenken. »Du musst Terry unbedingt kennen lernen, wenn er nach Hause kommt. Du erinnerst mich an ihn, deine ganze Einstellung.«

»Die beiden Typen«, sagte Debbie, »die Pajonnys – toller Name –, waren das Freunde von ihm?«

»Schulfreunde, ist Jahre her.«

»Es war ihre Idee?«

»Sie haben Terry beauftragt, den Lastwagen zu fahren, Punkt.«

»Und dann wollten sie es ihm anhängen, aber das hat nicht geklappt.«

»Der Staat«, sagte Fran, »hat behauptet, ihm entgingen pro Jahr hundertfünfzig Millionen an Tabaksteuern, darum hat man an den Pajonnys ein Exempel statuiert, ihnen fünf bis zehn aufgebrummt. Johnny ist schon draußen.«

Debbie sagte: »Johnny Pajonny. Wird ja immer besser. Hatte er schon vorher mal Probleme?«

»Gelegentlich, hat aber noch nie in einem bundesstaatlichen Knast gesessen.«

»Und Terry?«

»Hat noch nie Ärger gehabt – obwohl er schon immer ein harter Knabe war. Als wir zur Schule gingen, und ich war... pummelig, könnte man sagen.«

»Was bist du denn jetzt, füllig?«

»Sei nett. Wer besucht dich außer mir?«

»Die anderen Kinder haben dich gehänselt.«

»Die Idioten, ›fetter Francis‹ haben sie mich genannt, sich über meinen Namen lustig gemacht. ›Och, Fran-cis, wo sind denn deine Puppen?‹ Oder sie nannten mich Frannie, das hab ich echt gehasst. Aber wenn Terry in der Nähe war, tja, dann haben sie mich in Ruhe gelassen.«

»Dein großer Bruder.«

»Er ist sogar zwei Jahre jünger, aber ein echt harter Brocken, hat auf der Highschool drei Jahre Football gespielt, hat gern geboxt – auch gegen größere Jungs, ganz egal. Sogar wenn er zusammengeschlagen wurde, er hat nie aufgegeben.« Frans Miene wurde sanft, er sah Terry vor sich, den Priester in seiner weißen Soutane. »Ich hab mir überlegt, nach fünf Jahren in einem afrikanischen Dorf – vielleicht kommt er heim, und ich erkenne ihn gar nicht wieder.«

»Vielleicht ist er ein Heiliger geworden«, sagte Debbie.

Darüber musste Fran lächeln. »So weit würde ich nicht gehen. Aber wer weiß?«

Zehn Frauen, sieben davon schwarz, saßen auf den Holzbänken mit Blick auf den Fernseher im Schlafsaal C und warteten auf den Beginn ihrer Lieblings-Sitcom. Debbie kam aus dem Zellentrakt im ersten Stock nach unten und nahm vor dem Fernseher Aufstellung.

»Was macht die denn?«

»Ihre Nummer an uns ausprobieren.«

»Ich arbeite noch dran«, sagte Debbie. »Wie ich um fünfzigtausend Mäuse betrogen wurde und im Knast landete.«

»Is es lustig?«

»Das will ich von euch wissen.«

»Fünfzigtausend? Wo hast du dermaßen viel Knete geklaut?«

»Hab dafür gearbeitet.«

»Warste anschaffen?«

»Pfui, schäm dich. Debbie ist Anwältin, die fickt Leute vor Gericht statt im Bett.«

»Ich bin keine Anwältin. Ich hab ein paar vorbereitende Jurakurse besucht, aber mehr auch nicht.«

»Warum warst du dann auf dem College?«

»Weil ich dachte, ich wollte als Anwältin arbeiten.« Debbie verstummte, beschloss, ihr Comedy-Material doch nicht an den

Mithäftlingen auszuprobieren, und sagte stattdessen: »Ich hab 'ne Frage. Wie kommt man am besten zu Geld, ohne dafür zu arbeiten?«

»Lotto spielen.«

»Dir 'nen Mann suchen, der welches hat.«

»Klar, und dir von ihm alles gefallen lassen.«

Debbie sagte: »Wie steht's mit bewaffnetem Raubüberfall?«

»Wenn du lange im Knast hocken willst, mach 'n Raubüberfall.«

»Hat eine von euch schon mal 'ne Bank überfallen?«

Sie sahen einander an und sagten: »Ja, ich kenn welche.« Und weiter: »Rosella im Block B hat's gemacht. Weißte, wen ich meine?« Und weiter: »Klar, Rosella.« Und weiter: »Rosella hat 'nem Kredithai fünfhundert geschuldet. Da isse mit der Knarre von ihrem Freund in die Bank marschiert und hat zu der Kassiererin gesagt: ›Gib mir fünfhundert Dollar, Kleine.‹ Die hat sie genommen und den Kredithai bezahlt.«

Eine andere fragte Debbie: »Was hältst du denn für die beste Methode, um an Geld zu kommen?«

»Ich will Stand-up-Comedy machen«, sagte Debbie, »aber ich will auch den Scheißkerl austricksen, der mich ausgetrickst hat.«

Die Mutter der Gruppe, die seit vierundzwanzig Jahren saß, weil sie ihren Mann mit einer gusseisernen Bratpfanne erschlagen hatte, sagte: »Spar dir die Comedy, Kleine, und tricks den Typ aus. Seit du da stehst, hast du nämlich nichts Lustiges erzählt.«

Auf der Rückfahrt zu Mary Pat und seinen zwei Töchtern widmete sich Fran seinem derzeitigen Lieblingstagtraum:

Debbie kommt frei, und auf sie wartet ein möbliertes Apartment in Somerset, wo sie früher gewohnt hat, etwa sechs Kilometer von seinem Haus in Bloomfield Hills entfernt. Er hilft ihr dabei, sich einzurichten, streicht vielleicht ein Zimmer, stellt die Möbel um, kauft ein paar Lebensmittel, Schnaps. Sie nehmen einen Drink, relaxen. »O Mann, tut gut, sich hinzusetzen, stimmt's?« Debbie lässt sich volllaufen. Natürlich ist sie ein bisschen geil, schließlich war sie fast drei Jahre lang mit keinem Mann mehr zusammen. Sie wirft ihm diesen Blick zu … auf den Fran schon seit dem Tag wartet, an dem er Debbie kennen gelernt und sie angefangen hat, für ihn zu ermitteln: der Blick, der bedeutet, es wäre okay, wenn sie intim würden, nichts Ernstes, nur so zum Spaß. Sich gehen lassen und anschließend sagen: »Wow, wie ist das denn passiert?«

Einmal, vor Jahren, hatte er Terry gestanden, er habe noch nie eine Frau in einer Bar aufgerissen, nicht mal, als er noch solo gewesen war. Terry fragte: »Hast du's nie versucht oder nie geschafft?« Fran antwortete, er habe es nie versucht. Warum war er in einer Bar nicht genauso selbstsicher wie im Gerichtssaal? Terry hatte damals gesagt: »Du bist zu zugeknöpft. Nimm ein paar Pfund ab, und geh 'ne Zeit lang nicht zum Friseur.«

Terrys Antwort auf alle Probleme lautete: Bewahre heitere Gelassenheit. Wenn du mit etwas fertig werden kannst, tu's. Wenn nicht – scheiß drauf.

5

Nachts hatte Chantelle ihre Pistole immer in der Nähe, eine Halbautomatik, eine russische Tokarew, auf dem Markt mit Geld gekauft, das sie von Terry bekommen hatte. Es gab auch Handgranaten, aber die machten ihr Angst.

An diesem Abend nahm sie die Pistole mit ins Freie und legte sie auf den Tisch, wo Terry sich gerade einen Joint drehte, den er »Yobie« nannte. Sie hatte ihm erzählt, dass man hier zu Marihuana gelegentlich *emiyobya bwenje* sagte, »das Zeug, von dem dein Kopf heiß wird«. Daraus hatte er das Wort *yobie* gemacht. Einen hatten sie vor dem Abendessen geraucht – Ziegeneintopf, der noch vom Vortag übrig war, Terry meckerte dauernd über die kleinen Knochen –, und jetzt würden sie noch einen rauchen, zum Cognac und dem Kaffee, ihre Becher, die Karaffe und eine Kerze mit Zitronenduft standen schon auf dem Tisch.

Bisher hatte er ihr beim Kiffen immer lustige Dinge erzählt, die er bei der Beichte hörte, oder was sein Bruder der Anwalt alles unternahm, um für Leute, die sich verletzt hatten, Geld herauszuschlagen. Oder er erzählte Witze, die sie nie verstand, aber sie lachte trotzdem, weil er immer über seine eigenen Scherze lachte. Doch an diesem Abend erzählte er nichts Lustiges.

An diesem Abend war er merkwürdig ernst.

Er sagte, in seinem ganzen Leben habe er noch nie so viel Scheiß-Ungeziefer gesehen. Das Schimpfwort benutzte er, wenn er zu viel trank. Das Scheiß-Ungeziefer, der Scheißregen. Er sagte, manchmal knipse er im Haus eine Lampe an, und dann sähe es aus, als bewegten sich die Scheißwände, als ändere die Tapete ihr Muster. Sie sagte: »Es gibt keine Tapete im Haus.« Er sagte, er wisse selbst, dass es keine Tapete gäbe, er meine das Ungeziefer. Es gäbe so viele, dass sie wie ein Tapetenmuster aussähen. Und sobald das Licht anginge, bewegten sich die Viecher.

Sie hatte Geduld mit ihm. An diesem Abend gab es Pausen, Chantelle wartete, während er minutenlang schwieg.

Dann, für sie völlig überraschend, sagte er aus heiterem

Himmel: »Manche wurden verstümmelt, bevor man sie umgebracht hat, stimmt's? Absichtlich verstümmelt.«

In letzter Zeit sprach er wieder häufiger über den Genozid.

Sie sagte: »Ja, so etwas machten sie absichtlich.«

»Sie haben die Füße an den Knöcheln abgehackt.«

»Und die Schuhe genommen«, sagte Chantelle, »falls die Person Schuhe trug.« Offenbar sprach er davon, wie die Hutu in die Kirche eingedrungen waren, ein Erlebnis, das er schon lange nicht mehr erwähnt hatte.

Er sagte: »Ich erinnere mich nicht dran, ob sie die Füße mit einem Schlag abgehackt haben.«

In ihren Ohren klang das so kalt. »Manchmal haben sie das getan.«

Er sagte: »Hast du das mit eigenen Augen gesehen?«

Sie mochte es nicht, wenn er so förmlich sprach. Das klang nicht nach ihm und war, neben dem Schimpfwort, ein weiteres Zeichen dafür, dass er zu viel getrunken hatte. Sie sagte: »Bei manchen taten sie es mit einem einzigen Schlag. Aber ich glaube, die Klingen wurden stumpf oder waren gar nicht geschliffen. Der mich verletzt hat – ich hob den Arm, um mich vor dem Schlag zu schützen. Als ich mich losreißen wollte, packte er meine Hand und schlug wieder zu, und diesmal trennte er den Arm ab. Ich sah, wie er ihn an der Hand hielt und betrachtete. Ich weiß noch, dass er überrascht wirkte. Dann änderte sich sein Gesichtsausdruck – ich würde sagen, zu Entsetzen oder Abscheu. Aber war er nur von dem angewidert, was er sah, oder von dem, was er mir angetan hatte?«

»Was ist, wenn du ihm noch mal begegnest?«

»Hoffentlich treffe ich ihn nie wieder.«

»Du könntest ihn verhaften und vor Gericht stellen lassen.«

»Und? Bekäme ich davon meinen Arm wieder?«

Terry rauchte im Licht der Kerzen. Nach einer Weile sagte er: »Diejenigen, die in der Kirche ermordet wurden, standen da und warteten, zusammengepfercht, einander umklammernd. Die Hutu schleiften sie in den Mittelgang, und einige der Tutsi riefen nach mir. Ich hab dir das nie erzählt, wie sie mich angefleht haben, ›Pater, bitte …‹«

Sie wollte nicht, dass er von sich erzählte, was er damals getan oder nicht getan hatte. »Weißt du«, sagte sie, »überall in Ruanda haben sie den Tutsi die Füße abgeschlagen, damit sie nicht größer als die Hutu-Mörder waren.«

Er kam wieder auf die Kirche zu sprechen: »Sie standen da und ließen es geschehen.«

Sie wünschte, er wäre wieder still. »Pass mal auf. Ihnen war klar, dass sie sterben mussten, wenn sie unbewaffnet waren. Ich hab von Leuten in Kigali gehört, die den Hutu-Mördern Geld gegeben haben, um nicht mit Macheten niedergemetzelt, sondern erschossen zu werden. Verstehst du? Sie wussten, dass sie sterben würden.«

Was sie sagte, war für ihn bedeutungslos. Er führte den Yobie zum Mund, zog aber nicht dran, sondern sagte: »Ich hab nichts getan, um ihnen zu helfen. Absolut gar nichts. Ich hab zugesehen. Die ganze Zeit, als sie ermordet wurden, hab ich nichts anderes gemacht. Nur zugesehen.«

Er sagte es ungerührt, und das machte ihr Angst.

»Aber du hast doch damals das Abendmahl gereicht. Du hast mir erzählt, wie du gerade die Hostie in den Händen hieltest, als sie reinkamen. Du konntest überhaupt nichts machen. Hättest du versucht, sie aufzuhalten, hätten sie dich umgebracht. Denen ist doch egal, dass du Priester bist.«

Wieder führte er den Yobie zum Mund, wollte dran ziehen, wartete aber noch.

»Ich möchte dich was fragen.«

Als er verstummte, sagte sie: »Ja, was denn?«

»Glaubst du, dass ich den Leuten hier wirklich helfe?«

Das klang nach Selbstmitleid.

Sie sagte: »Willst du die Wahrheit wissen? Du könntest noch mehr tun.« Und weiter: »Tu mehr. Red mit den Leuten, verbreite das Wort Gottes. Tu, was ein Priester tun sollte. Lies jeden Sonntag die Messe, was die Menschen von dir erwarten.«

»Glaubst du wirklich«, sagte er und sah sie im Kerzenlicht an, »dass ich Brot brechen und in den Leib Christi verwandeln kann?«

Wieso fragte er sie solche Sachen? »Natürlich kannst du das. Das machen Priester nun mal, in der Messe. Man wandelt das Brot und auch den Wein.« Was war bloß los mit ihm? »Ich glaube das, genau wie alle Gläubigen, die zur Messe kommen.«

»Sally, wir glauben, was wir glauben wollen.«

Er nannte sie manchmal Sally, was von *asali* kam, dem Suaheliwort für Honig.

Er sagte: »Willst du wissen, was ich glaube?«

»Ja, das wüsste ich gern.«

»Ich bin mit ein paar guten Vorsätzen hergekommen. Vor allem eins hatte ich mir vorgenommen: Ich wollte Pater Torekis Haus streichen. Auf jedem Foto, das ich von dem Haus sah, und zwar schon vor Jahren, brauchte die Fassade einen neuen Anstrich. Ich kann so was, manchmal hab ich meinem Dad bei einem größeren Auftrag geholfen, wenn er die Fassade eines einstöckigen Hauses streichen musste.«

Warum erzählte er ihr das? Vermutlich ließ er seine Gedanken schweifen, weil er zu viel getrunken hatte.

»Mein Dad war sein Leben lang Anstreicher. Mindestens vierzig Jahre lang stand er da, eine Hauswand vor dem Gesicht, und strich sie an, roch die Farbe, ging zu seinem Lieferwagen mit den Leitern drauf, um eine Zigarette zu rauchen und Wodka aus der Flasche zu trinken. Er hat mal zu mir gesagt – als ich mein Studium abgebrochen hatte und ihm zur Hand ging –, da sagte er: ›Geh wieder aufs College und such dir eine ordentliche Arbeit.‹ Und er sagte: ›Du bist zu intelligent, um dein Leben lang in Farbeimer zu pinkeln.‹ Er hat sich nur frei genommen, um im Herbst auf die Hirschjagd zu gehen. War nie beim Arzt, ist mit dreiundsechzig gestorben, als er sich gerade ein Spiel der Lions im Fernsehen anguckte, sagt mein Bruder Fran. Die Detroit Lions, eine Profi-Football-Mannschaft. Fran hat in einem Brief geschrieben, unser Dad habe als Letztes bewusst wahrgenommen, wie die Lions über das ganze Spielfeld marschieren, um dann zwei Yards vor der Grundlinie den Ball zu verlieren.«

Sie beobachtete seinen Gesichtsausdruck, als er sie ansah. Er schien zu lächeln. Oder sie täuschte sich.

»Dazu muss man meinen Bruder kennen«, sagte Terry. »Das war nicht respektlos von ihm gemeint.«

Sprach er zu ihr mit seiner leisen Stimme, oder war das ein Selbstgespräch? Er zog an seinem Yobie. Der war ausgegangen.

»Du solltest ins Bett gehen.«

»Bald.«

»Ich geh jedenfalls.« Sie stand vom Tisch auf, nahm ihre russische Pistole und sah ihn an. »Warum redest du so mit mir?«

»Wie denn?«

Im Weggehen sagte sie: »Vergiss es.«

Und hörte ihn sagen: »Warum bist du sauer auf mich?«

Als sie ruhig dalag, um zu lauschen, hörte sie, wie er im Bad zwischen den beiden Schlafzimmern duschte und sich anschließend die Zähne putzte. Wenn er zu ihr ins Bett kam, putzte er sich immer die Zähne und roch nach Zahnpasta. Einmal pro Woche brachte er zwei Larium-Tabletten, damit sie keine Malaria bekamen, und ein Glas Wasser, das sie sich teilten. Die Tabletten wirkten halluzinogen, und am Morgen erzählten sie einander ihre Träume.

An diesem Abend schlüpfte er neben sie unter das Netz und lag bewegungslos auf dem Rücken, überließ ihr, was als Nächstes geschehen würde.

Sie sagte: »Du erzählst mir, du wärst hergekommen, um ein Haus zu streichen. Ist das der Grund?«

»Das hatte ich mir vorgenommen.«

»Warum streichst du's dann nicht?«

Er antwortete nicht, sagte aber nach einer Weile: »Ich will, dass die Leichen beerdigt werden, die in der Kirche liegen, die Knochen.«

Sie sagte: »Ja?«

Doch er schwieg wieder.

Sie sagte: »Kannst du nicht mit mir reden?«

»Ich versuch's.«

Sie sagte: »Red kein Blech.« Einer seiner Sprüche, die ihr gefielen.

Mehrere Minuten lang lauschte sie den Geräuschen der Nacht, draußen, ehe sie sich auf die Seite drehte und ihm jetzt näher war, nahe genug, um sein Gesicht zu sehen, nahe genug, um ihm ihren Armstumpf auf den Brustkorb zu legen. Wenn er ihn jetzt in die Hand nahm …

Das tat er, er nahm den harten vernarbten Rest ihres Arms und liebkoste ihn zart mit seinen Fingern. Sie hob den Kopf, und er schlang seinen Arm um sie.

Sie sagte: »Ich weiß, warum du nicht mit mir redest.«

Sie wartete, und er fragte: »Warum?«

»Weil du weggehen und nicht wiederkommen wirst.«

Als sie diesmal wartete und er schwieg, hob sie den Kopf und drückte ihren Mund auf seinen.

Als sie morgens aufwachte, sah sie durch das Netz Sonnenlicht und schloss die Augen wieder, um nach Geräuschen im Haus zu horchen. Sie wusste, dass er fort war, horchte aber weiter. Manchmal kehrte er nachts in sein eigenes Schlafzimmer zurück. Manchmal stand er vor ihr auf und stellte den Kaffee zum Kochen auf den Herd. Sie lauschte, wollte ihn husten und sich räuspern hören. Sie glaubte, wenn sie ihn lange nicht gesehen hatte und dann hören würde, wie er sich in einer großen Menschenmenge räusperte, wüsste sie, dass es Terry war. Bisweilen glaubte sie, dass er sie liebte; nicht nur, wenn sie im Bett lagen und ihn nach ihr verlangte, sondern auch, wenn sie merkte, wie er sie ansah, und sie darauf wartete, dass er es sagte. Wenn sie es zu ihm sagte, lächelte sie, damit die Wörter ihm keine Angst machten. Als sie zum ersten Mal miteinander ins Bett gegangen waren, war er nachher so still gewesen, dass sie sagte: »Hör zu, es gab schon immer Priester, die mich haben wollten, ruandische Priester, französische Priester, das ist nichts Neues. Glaubst du, es kümmert die Leute, wenn wir miteinander schlafen?«

Sie schlug die Augen auf und drehte den Kopf zur Seite.

Er war weg.

Sie drehte sich auf ihre Seite des Bettes, um aufzustehen, warf einen Blick auf den Nachttisch und sah, dass auch ihre Pistole weg war.

6

Er brauchte drei Stunden für die hundertfünfzig Kilometer von Arisimbi zur Banque Commerciale und der Sabena-Vertretung in Kigali, und dann noch mal drei Stunden für den Rückweg, und er sah die Straße durch Ruanda mit ganz anderen Augen.

Kam man auf den Scheitelpunkt einer langen Steigung und schaute sich um, sah man in jeder Richtung nichts als Hügel, in Dunst gehüllte Hügel, leuchtend grüne Hügel, terrassierte und landwirtschaftlich genutzte Hügel, wo zwischen Bananenplantagen Feldfrüchte wuchsen, das gesamte Land war, so schien es Terry, ein einziger großer Gemüsegarten. Die roten Streifen auf entfernten Hügeln waren Feldwege, die roten Rechtecke überall an den Hängen Häuser, Anwesen, eine Kirche. Er fuhr auf dem zweispurigen schwarzen Asphalt und hatte alle Fenster in Torekis Volvo-Kombi geöffnet. Er hatte beim Fahren das Gefühl, jetzt einen wichtigen Schritt zu machen, dass sein Leben eine neue Richtung nehmen würde.

Der Nachteil war, dass man in den unübersichtlichen Kurven und Steigungen hinter Lastwagen klebte, auf denen sich Bananen und Säcke voller Holzkohle stapelten, mit Arbeitern beladene Trucks, ein großer gelber Sattelschlepper mit der Aufschrift PRIMUS BEER quer über dem Heck, auf die Terry kilometerlang starrte. Die Lkws und die Menschen am Straßenrand, Menschen, die in Gruppen dastanden, als warteten sie auf den Bus, und Menschen, die irgendwohin gingen, bunt gekleidete Frauen, auf den Köpfen Plastikeimer oder Tontöpfe mit dem Umfang von Medizinbällen, Jungs schoben Karren mit ineinander gestapelten Plastikstühlen, Ziegen grasten dicht neben der Straße, Ankole-Kühe mit ihren anmutigen Hörnern und dem zähen Fleisch ließen sich Zeit, um die Straße zu überqueren. Aber keine Hunde. Wo waren die Hunde? Ein Plakat am Straßenrand warnte vor Aids. Ein Schild an einem Coca-Cola-Stand verkündete ICI SALLON DE COIFFURE. Menschen schlenderten auf den Asphalt, und er drückte auf die Hupe, was er zu Hause nie machte.

Schließlich fuhr er über den höchsten Punkt einer Steigung und dann bergab nach Arisimbi, das Dorf erstreckte sich unter ihm, von links nach rechts; der Markt mit den Verkaufsständen aus Beton abseits der Hauptstraße, in einiger Entfernung vom Bezirksbüro, und den Rechtecken aus rotem Backstein zwischen Stellen mit üppiger Vegetation, die Bar, das Haus der Bierlady, das Lager, wo Laurents Einheit untergebracht war, der Brunnen, das Haus des Holzkohlenhändlers, die Siedlung, wo Thomas der Maismann wohnte, ein Flickenteppich aus Rot und Grün, der zur weißen Kirche und dem Pfarrhaus zwischen den Bäumen führte.

Terry stellte den Volvo vor dem Bezirksbüro ab und trat ein.

Laurent Kamweya in seinem gestärkten Tarnanzug schaute von dem einzigen Schreibtisch im Raum auf und erhob sich mit den Worten: »Pater, wie kann ich Ihnen behilflich sein?«

Terry mochte Laurent und glaubte, dass der Mann es ehrlich meinte. »Wissen Sie, wo ich Bernard finden kann?«

Das kam offenbar unerwartet. Laurent drehte sich halb um und zeigte auf das Fenster, dessen schwere hölzerne Läden offen standen, die Straße davor schlängelte sich durchs Dorf. »Sie sehen die weißen Blumen neben der Tür vom Haus der Bierlady«, sagte Laurent. »Heute hat sie Bananenbier, deshalb ist er da, er und seine Freunde. Verraten Sie mir, was Sie von ihm wollen.«

»Mit ihm reden«, antwortete Terry. »Mal sehen, ob ich ihn dazu bringe, sich zu stellen.«

»Sie wollen Bernard Nyikizi überreden, einen Mord zu gestehen?«

»Um seine unsterbliche Seele zu retten.«

»Ist das Ihr Ernst?«

»Ich werd's versuchen. Sind Sie beschäftigt?«, sagte Terry. »Ich möchte Sie noch etwas anderes fragen.«

Laurent sagte: »Bitte« und wies auf die andere Seite seines Schreibtischs, dessen Platte leer war, abgesehen von einem Klemmbrett, an dem ein paar Blätter Papier steckten. Die Backsteinwände des Büros waren so sauber wie der Schreibtisch. Auf dem Boden lag eine geflochtene Matte. Hier sah es immer gleich aus, ein Provisorium, viel los war nie. Laurent sah zu, als Terry die Hand in seine weiße Soutane steckte, Bargeld herausholte, zehn Fünftausend-Franc-Scheine, die neuen mit den Stammestänzern, und das Geld auf den leeren Schreibtisch legte.

»Fünfzigtausend Franc«, sagte Terry. »Ich möchte Sie um einen Gefallen bitten, wenn es Ihnen möglich ist. Verwenden Sie die Hälfte, um auf dem Kirchhof Gräber ausheben zu lassen, siebenundvierzig Gräber.«

»Haben Sie die Genehmigung des *bourgmestre*?«

»Scheiß auf den *bourgmestre*, das ist Privateigentum, der Staat hat da nichts reinzureden.«

Laurent zögerte. »Warum bitten Sie mich? Sie könnten sich selbst drum kümmern.«

»Ich reise ab, fliege nach Hause.«

»Für immer?«

»Für immer oder ewig. Heute Nachmittag.«

»Haben Sie jemand, der Ihren Platz einnimmt?«

»Das ist nicht mein Problem. Fragen Sie den Bischof.«

»Werden Sie auch weiterhin Priester sein?«

Terry zögerte. »Warum fragen Sie?«

»Sie unterscheiden sich von anderen mir bekannten Priestern. Das dürfen Sie als Kompliment auffassen.« Laurent schwieg, wartete auf Terrys Antwort, ob er auch weiterhin als Priester tätig sein wollte. Als der nichts sagte, fuhr Laurent fort: »Fünfundzwanzigtausend für das Ausheben von Gräbern ist sehr großzügig.«

»Wie viel ist das«, sagte Terry, »anderthalb Dollar pro Stück?« Er nahm fünf der Scheine auf und ließ sie näher bei dem hinter dem Tisch stehenden Laurent fallen. »Das ist für eine andere Gefälligkeit. Jemand muss mich zum Flughafen bringen.«

»Nehmen Sie den Bus«, sagte Laurent, »der ist viel billiger.«

»Ich möchte Sie aber bitten«, sagte Terry, »den Volvo zu nehmen. Bringen Sie ihn wieder zurück und geben Sie ihn Chantelle, oder verkaufen Sie ihn in Kigali und geben Sie ihr das Geld.«

»Ich muss noch einmal fragen«, sagte Laurent, »warum bitten Sie mich und nicht jemand anderes?«

»Weil Sie hier der Boss sind«, antwortete Terry. »Vielleicht haben Sie so Ihre Zweifel an mir, aber ich habe keine an Ihnen. Wenn ich mich irre und Sie den Wagen oder das Geld behalten, tja, dann hat Chantelle Pech gehabt. Es liegt also an Ihnen, Partner.«

Daran sollte er ruhig knabbern.

Terry drehte sich zur Tür, schaute sich noch einmal um. »Ich komme bald wieder.« Nach einer Pause sagte er: »Wo sind die ganzen Hunde? Das wollte ich schon lange mal fragen.«

»Die Leute haben nicht mehr gern Hunde«, sagte Laurent. »Die Hunde haben zu viele Leichen gefressen.«

Der einzige Unterschied zwischen dem Haus der Bierlady und der so genannten Bar – beide aus Lehmziegeln mit Blechdach – bestand darin, dass die Bierlady ihr eigenes Bananenbier herstellte, *urwagwa*, was sie in gebrauchten Primus-Literflaschen mit Strohhalm für fünf bis fünfzehn Cent verkaufte, je nach Vorratslage. Die Bar führte auch kommerzielle Biersorten, Primus, das mit Sorghum hergestellt wurde, und Mutzig, das Terry gelegentlich trank. Er betrat das Haus der Bierlady, wobei er als Vorsichtsmaßnahme gegen den Gestank überreifer Bananen und den Körpergeruch durch den Mund atmete, und kam in einen Raum, der mit seinen nackten Backsteinwänden einer Gefängniszelle glich.

Da saß Bernard in seinem Hemd, neben ihm einer seiner Kumpel, beide lehnten sich hinter einem Sperrholztisch an die Wand, beide sogen an Strohhalmen, die in braunen Literflaschen steckten, so oft benutzt, dass die Primus-Etiketten abgegangen waren. Der Dritte saß mit Flasche und Trinkhalm linker Hand von Bernard auf einem Stuhl mit gerader Rückenlehne, den er nach hinten gekippt hatte, sodass seine nackten Füße in der Luft baumelten. Der Vierte kam gerade von hinten aus einem Flur. Terry wartete, bis auch er im Zimmer war – dieselben vier Männer, die kürzlich auf dem Markt zusammengehockt hatten – und alle vier ihn beobachteten, während Bernard ihnen auf Kinyarwanda etwas zumurmelte. Die Bierlady war nirgends zu sehen.

Terry sagte zu Bernard: »Irgendwelche neuen Visionen?«

»Ich hab dir bei der Beichte erzählt«, sagte Bernard, »was bald passieren wird.« Er behielt beim Reden den Strohhalm im Mund und drückte sich die Flasche an den Brustkorb. »In diesem Haus erzähl ich meine Visionen nicht.«

»Das ist egal«, sagte Terry. »Du hast allen auf dem Markt erzählt, dass du mich gesehen hast und ich dich gesehen habe. Damals, als du mit deiner Machete, deiner panga, in die Kirche gekommen bist. Deine Worte ›Ich hab ihn gesehen, und er hat mich gesehen.‹ Stimmt das nicht? Ich sah, wie du vier Menschen zu Tode gehackt hast, das hast du mir erzählt, und du hast gesehen, dass ich nichts dagegen unternommen habe. Jetzt sagst du, dass du's wieder machen willst. Du willst jeden, den du nicht magst, auf sein Normalmaß zurückstutzen, auch mich. Stimmt's? Hast du das nicht gesagt?«

»Hier red ich nur mit meinen Freunden«, sagte Bernard, immer noch mit dem Halm im Mund. »Wir wollen dich nicht. Warum bist du hier?«

»Um dich aufzufordern, dich zu stellen. Dass du Laurent Kamweya gestehst, was du in der Kirche getan hast.«

Bernard lächelte jetzt, sagte: »Du musst völlig verrückt sein.« Er sprach auf Kinyarwanda mit seinen Freunden, die daraufhin alle lächelten.

Terry sagte: »Waren sie an jenem Tag bei dir?«

»O ja, sie und andere. Es war unsere Pflicht«, antwortete Bernard. »Wir sagten: ›*Tugire gukora akazi.*‹ Lasst uns an die Arbeit gehen, und das haben wir getan, nicht? Geh jetzt, wir wollen dich hier nicht.«

»Sobald ich euch eure Buße aufgegeben habe«, sagte Terry.

Er zog Chantelles Pistole aus der Soutane und schoss auf Bernard, wobei die Flasche zerbrach, die er gegen seine Brust drückte. Terry schoss auf den Mann neben Bernard, als er aufstehen wollte, eingeklemmt zwischen Wand und Sperrholztisch. Er erschoss den auf seinem gekippt an der Wand lehnenden Stuhl. Und er schoss auf den Typ hinten beim Flur, als der gerade eine Machete aus dem Gürtel zog, und er schoss noch mal auf ihn, als die Klinge einen Lichtstrahl reflektierte.

In dem engen Raum zwischen den Backsteinmauern hallten die Schüsse laut und lange nach. Terry hielt die Pistole auf Armlänge in Augenhöhe – die russische Tokarew erinnerte an einen alten 45er Colt, weil sie so groß und klobig war – und machte damit über den Toten das Kreuzzeichen. Er sagte: »Ruhet in Frieden, ihr Dreckskerle«, machte kehrt und verließ das Haus der Bierlady, um am Straßenrand zu warten.

Bald tauchte der Volvo auf, von der Vorderseite des Bezirksbüros kommend.

Sie standen in der Pfarrhausküche, Chantelle sah zu, wie Laurent einige Dinge aus den tiefen Taschen seines Kampfanzugs holte, während sich das Fenster hinter ihm eintrübte, es wurde allmählich dunkel.

»Die Schlüssel zum Volvo, fürs Haus und zur Kirche, nehme ich an.« Laurent legte sie auf den Küchentisch. »Deine Pistole. Ich kann dir eine andere besorgen, die doppelt so viel Kugeln fasst. Hier sind jetzt nur noch zwei drin.« Er legte die Tokarew auf den Tisch. »Vier Mann mit fünf Schuss, dein Priester hat sich also konzentriert. Er wusste, dass er keinen Schuss vergeuden durfte.«

»Was steht in deiner Meldung?«

»Angreifer unbekannt.«

»Das wird niemand bezweifeln?«

»Die Zeugen sind tot. Wie immer.« Laurents Hand griff in die große Tasche seines Uniformrocks. »Flugtickets für Sabena Air, die soll ich dir geben. Ich habe ihm gesagt, sogar der belgische Botschafter setzt alle Hebel in Bewegung, um nicht mit Sabena zu fliegen. Dann hab ich den Priester nach Goma gefahren und ihm einen Mann vorgestellt, der Waffen nach Congo-Zaire schmuggelt, der mit aller Welt befreundet ist. Er nimmt den Priester mit nach Mombasa. Von da kann er nach Nairobi und anschließend mit British Air nach Hause fliegen.«

Chantelle sagte: »Er hätte die Tickets umtauschen können.«

»Er will, dass du sie bekommst, du kannst dir das Geld geben lassen oder nach Brüssel fliegen, Ferien machen. Warum nicht?«

»Großzügig war er schon immer«, sagte Chantelle, »hat mir Geld zum Ausgeben geschenkt.«

»Ein Priester«, sagte Laurent, »der das Gelübde abgelegt hat, ein heiliger Mann zu sein. Oder vergessen hat, es abzulegen. Ich hab immer gesagt, dass er anders ist als alle mir bekannten Priester.«

Es sah so aus, als wollte Chantelle etwas sagen, vielleicht ihre Meinung äußern, ihren Priester verteidigen. Nein … sie zog an einer Kordel, damit das Deckenlicht anging, und nahm eine ungeöffnete Flasche Johnnie Walker Black Label, nicht den mit dem roten Etikett, aus dem Schränkchen über dem Kühlschrank, in den sie nun griff, um eine Schale Eiswürfel zu holen. Als sie wieder etwas sagte, war der Priester vergessen. Sie fragte Laurent: »Hast du schon zu Abend gegessen?«

7

»Hey. Amüsiert ihr euch alle gut heute Abend …? Ja? Also dann, nicht so schüchtern, okay? Wir stehen hier oben und rackern uns den Arsch ab. Keine Hunde oder Ponys, Mann, nur wir.«

Der als Conférencier fungierende Komiker, der den Schirm seiner Baseballmütze um das Gesicht gebogen hatte, bekam eine ziemlich gute Reaktion: Die Hälfte der Tische war an diesem Abend gefüllt, der hintere Teil des großen Raums blieb dunkel; nicht schlecht für eine Amateurnacht.

»Jetzt ist es mir ein Vergnügen, in Mark Ridleys Comedy Castle wieder eine Tussi zu begrüßen, die scharf ist, sie ist so verdammt heiß, dass ich mich frage: ›Rich, warum sollte sich eine Spitzenfrau wie Debbie krumm legen, um Stand-up zu machen?‹ Und die Antwort, die spontan in meinem müden Hirn aufblitzte, lautet: ›Weil sie komisch ist, Mann. Weil sie urkomisch ist und auf dem besten Weg, ein echter Top-Act zu werden.‹ Alles klar? … Ja? Dann rührt die Pfoten für … Debbie Dewey aus Detroit!«

Sie trat aus der Tür in der Mitte der Bühne in ihrer graugrünen Gefängniskluft mit den extra großen, knöchelhohen Arbeitsschuhen und weißen Socken, ihr Outfit ließ die Leute weiter klatschen. Jetzt hätte sie eigentlich auf den Komiker-als-Conférencier mit seiner Baseballmütze zeigen, der gerade die Bühne verließ, und in den Lärm rufen müssen: »Richie Baron! Yeah! Ein Sonderapplaus für ihn!« Aber das tat sie nicht. Sobald es einigermaßen ruhig geworden war, sagte sie:

»Hi. Ja, ich bin Debbie Dewey« und drehte sich um, damit man sie im Profil sah. »Oder auch acht neun fünf, drei zwei neun.« Dann blickte sie wieder in den Raum und fuhr fort: »Das war meine Häftlingsnummer, als ich fast drei Jahre wegen schwerer Körperverletzung mit einer tödlichen Waffe einsaß. Ehrenwort. Ich besuchte gerade meine Mom in Florida und traf dort zufällig meinen Exmann … mit einem Buick Riviera.«

Sie hielt inne, als das Publikum wohlwollend reagierte, und sagte dann: »Es war zwar ein Mietwagen, aber für meine Zwecke ausreichend.«

Diesmal bekam sie noch mehr Lacher, das Publikum gewöhnte sich allmählich an ihren Plauderton; Debbie hielt sich zurück, trug nicht zu dick auf.

»Ich fuhr gerade die Collins Avenue in Miami Beach entlang, musste an einer Ampel halten, und da war Randy, Mr. Cool mit seiner Seglermütze und der Sonnenbrille, und er überquerte direkt vor meiner Nase die Straße, als die Ampel gerade auf Grün umspringt.«

Ein paar Lacher, die Leute ahnen, was kommt.

»Ich sagte zu dem Polizeibeamten, der mich festnahm: ›Aber ich hatte doch Grün.‹« Noch mehr Gelächter, und sie schüttelte den Kopf in Richtung Publikum. »Randy ist 'ne ziemliche Nummer. Er wirkte so lieb und sympathisch, ein Freigeist. Oder wie viele Leute kennen Sie, bei denen zu Hause eine zahme Fledermaus herumfliegt?« Debbie zog die Schultern hoch und den Kopf ein, wedelte mit der Hand durch die Luft. Dann stand sie mit hochgezogenen Augenbrauen und skeptischer Miene da, bis sie wieder den Kopf schüttelte.

»Als die Fledermaus verschwand, war ich zu dem Schluss gelangt, dass Randy eine falsche Schlange war. Es gab gewisse Hinweise … seine alte Haut lag auf dem Badezimmerboden herum. Als ich merkte, dass die Fledermaus nicht mehr da war, dachte ich: Mein Gott, er hat sie gefressen.«

Ein paar Lacher, aber nicht die Reaktion, auf die sie gehofft hatte.

»Aber dass er sich häutete, war nicht das Schlimmste.« Sie wartete, bis die wenigen Lacher verklungen waren. »Ich war nicht begeistert, als ich herausfand, dass er während unserer Ehe noch eine zweite Frau hatte. Oder dass er meine Kreditkarten benutzt und meine Konten abgeräumt hatte, bevor er sich aus dem Staub machte. Und so dachte ich, als ich ihn zufällig über die Straße gehen sah: Wo krieg ich schnell einen Sattelschlepper her? Einen mit Altmetall beladenen Dreißigtonner beispielsweise. Sie wissen schon, keine halben Sachen. Oder – das fiel mir später ein –, einen zweiten Versuch starten, sobald Randy aus dem Gipskorsett raus war. Doch zu der Zeit hatte ich schon meinen Prozess hinter mir, war verurteilt worden und eine der sechshundert Ladys, aus denen die Belegschaft einer Frauenhaftanstalt bestand, hinter doppeltem Stacheldrahtzaun.«

Debbie hielt das Sackkleid von den Beinen ab, als wollte sie einen Knicks machen.

»Das ist der neueste Schrei in Sachen Knast-Couture. Können Sie sich vorstellen, dass sechshundert Frauen die gleichen Klamotten tragen? Außerdem bekommt man noch ein Ensemble aus blauem Jeansstoff – Hemd, Jacke und Hose mit einem weißen Streifen seitlich am Bein. Man kann die Jacke zum Kleid tragen, wenn man ein wenig variieren möchte. Sie geben einem Unterwäsche und zwei BHs, die es nur in einer einzigen Standardgröße gibt ... Kein Witz. Die Träger verknotet man, damit der BH endlich passt, und man knotet immer weiter, bis zur Entlassung.«

Dabei hatte Debbie in ihr Kleid gegriffen, um an den Trägern herumzufummeln, und sie spürte das Mitgefühl des Publikums. Vor allem des weiblichen Teils.

»Ich hab daran gedacht, die Körbchen auszupolstern, aber sie geben einem nur vier Paar Socken. Das Kleid gibt's übrigens in den Größen klein, mittelgroß, groß und extragroß.« Wieder hielt sie den Rock von den Beinen ab. »Das hier ist die kleine Ausgabe. Ich hab dem Chefaufseher, ein netter Mann, einmal einen Vorschlag unterbreitet, ich habe gesagt: ›Warum bieten Sie nicht andere kleine Größen an, sogar eine für Zierliche, und schicken alle Ladys, die extragroß tragen, in eine

Haftanstalt für Männer?‹ Wie Sie sich denken können, neigen große, starke Frauen dazu, sich ihren Gefängnisaufenthalt so angenehm wie möglich zu gestalten. Und deshalb kann zum Beispiel Folgendes passieren …«

Debbie hob das Gesicht, schloss die Augen und fuhr sich mit den Händen über Arme und Schultern, über die Brüste.

»Stellen Sie sich vor, Sie strecken sich gerade unter der Dusche, verteilen überall die Kernseife, die sie einem geben … das Wasser tut gut, es spült das Blut von deinen Abschürfungen, und da hörst du eine Stimme murmeln: ›Hmmmmm, wie schön du bist, und zwar überall.‹ Man überlegt rasch, weil man weiß, was man sieht, sobald man die Augen öffnet.«

Debbie drehte den Kopf auf eine Seite und sah hoch, weit nach oben, als sähe sie zu einer wenigstens zwei Meter zehn großen Person auf.

»›Ey, Rubella, wie geht's 'n so, Mädchen?‹ Man sollte Rubella in Erinnerung rufen, dass sie ein Mädchen ist. ›Mädchen, hast du Bock auf 'n Cocktail? Ich hab das Haarspray, wenn du die Flasche Seven-Up mitbringst.‹ Oder: ›Soll ich dir die Frisur machen? Besorg mir zwei Dutzend Schnürsenkel, und ich mach dir ein paar coole Haarverlängerungen.‹«

Debbie hatte dabei zuversichtlich lächelnd aufgeblickt. Jetzt wandte sie sich mit ernster Miene dem Publikum zu.

»Und wenn einem nicht einfällt, wie man ein hundertvierzig Kilo schweres Sexmonster ablenken kann, ist man gefickt. Im wahrsten Sinn des Wortes. Ganz gleich, wie Rubella den Akt vollziehen möchte.«

Es funktionierte, Debbie wurde immer sicherer, das Publikum lachte aufs Stichwort, wartete auf den nächsten Gag.

»Dabei kommt es gar nicht besonders häufig vor, dass man von irgendeinem schweren Mädel missbraucht wird. Frauenknastfilme wie *Scharfe Miezen hinter Gittern*, wo die Häftlinge in solchen sexy Dessous durchs Gefängnis laufen? Alles Quatsch. Nein, in Frauenhaftanstalten schließen sich die Mädels zu Familiengruppen zusammen. Die Älteren, meist wegen Mordes in Haft, sind die Mütter … Wirklich. Manchmal spielt eine Seniorenlesbe den Vater. Es gibt Schwestern und so eine Art Brüder. Und natürlich gibt es Miezen, die sich Miezen halten. Hey, sogar im Knast liegt Liebe in der Luft. Wenn mich eine der Miezen attraktiv fand, hab ich persönlich immer gesagt: ›Och, Süße, ich sag dir das nur ungern, aber ich bin HIV-positiv.‹ Das funktionierte so lange, bis mich eine angrinste und meinte: ›Ich auch, mein Schnucki.‹ Nein, aber mein Hauptproblem hinter Gittern war … Was glauben Sie, was mein Hauptproblem war?«

Eine Männerstimme rief: »Das Essen.«

»Das Essen steht auf einem anderen Blatt«, sagte Debbie, »aber nicht ganz oben auf meiner Beschwerdeliste.«

Eine andere Männerstimme sagte: »Schlange stehen.«

Woraufhin Debbie lächelte, eine Hand über die Augen hielt, während sie hinaus ins Publikum spähte. »Sie kennen das aus erster Hand, stimmt's? Sie wissen über Schlangestehen Bescheid. Und was passiert, wenn sich jemand vordrängen will? Du kannst dir einen besseren Platz erkaufen, einer weiter vorn Stehenden bei der Essensausgabe ein paar Zigaretten zustecken, und ihr tauscht die Plätze – das ist okay. Aber falls sich jemand vordrängeln will …? Hören Sie, seit ich zu Hause bin, kaufe ich nur noch nachts um zwei ein, um nicht anstehen zu müssen. Kaufe ich doch mal am Tag ein, dann nie mehr Waren, als für die Expresskasse erlaubt ist, also meist zehn Artikel oder weniger. Ich beobachte die Frau vor mir, wie sie ihre Sachen auslädt, und ich zähle mit. Und wenn sie mehr als zehn Artikel hat? Auch wenn's nur elf sind? Ich verpetze die Schlampe. Ehrlich, ich schlage Alarm, ich verlange, dass man sie in die Schlange an einer normalen Kasse verbannt. Ich kenne meine Rechte. Und wenn die Schlampe bloß schnell ein Päckchen Tic-Tacs oder Juicy Fruits nimmt und damit über zehn Artikel kommt? Sie fliegt … und wenn ich sie höchstpersönlich aus der Schlange schieben muss.«

Debbie hatte eine kämpferische Haltung eingenommen. Sie wurde lockerer, dann wieder unruhig.

»Und wenn sich irgendein Kerl vordrängeln will? … Sie kennen doch den Typ. ›Dürfte ich mal rasch vor? Ich habe nur die eine Sache.‹ Mit 'ner Kiste Rolling-Rock-Bier unterm Arm. Darf er? Sobald ers versucht, halte ich eine Rasierklinge bereit, um ihn aufzuschlitzen … und schon hab ich die nächste schwere Körperverletzung am Hals und bin wieder bei den anderen Ladys. Nur so viel, Sie haben nicht in einer Schlange angestanden, bevor Sie nicht im Gefängnis in einer Schlange gestanden haben. Aber selbst das war nicht das Schlimmste. Jedenfalls nicht für mich.«

Debbie schwieg, sah sich im Raum um, und das Publikum wartete.

»Ich sollte Ihnen erzählen, dass etliche meiner Mitbewohnerinnen wegen Mordes oder Totschlag einsaßen. Brenda, LaDonna, Laquanda, Tanisha, Rubella kennen Sie bereits, Shaniqua, Tanniqua und Pam, zwei Kimberleys, die auf die schiefe Bahn gerieten, und eine Bobbi Joe Lee, die ein paar Jahre bei den Miami Dolphins Football spielte, bis man herausfand, dass sie eine Frau war. Es gibt Ladys, mit denen man sich lieber nicht anlegen möchte, außer man sitzt am Steuer eines Buick Riviera und hat die Türen verriegelt. Und abends, wenn es Zeit ist, den Fernseher einzuschalten? Raten Sie mal, wer entscheidet, was wir sehen? Ich? Oder die überlebensgroße Rubella? Ich? Oder die Hausfrau aus dem Vorort, die siebenmal auf ihren Mann geschossen und den Cops erzählt hat, sie hätte ihn für einen Einbrecher gehalten … der um vier Uhr nachmittags mit einer Einkaufstüte zur Hintertür hereinkommt?« Debbie machte eine Pause. »Für mich war das Schlimmste im Gefängnis eine Sitcom, die sich die Ladys aus meinen Schlafsaal jeden Abend auf einem Kabelsender angeguckt haben. Raten Sie mal, welche.«

8

Debbie betrat das Foyer, in Jeans und einem leichten Regenmantel, ihre Gefängnisklamotten und -schuhe hatte sie in einer Segeltuchtasche verstaut. Sie sah Fran warten und war sicher, dass er etwas über die Show sagen würde – gut gemacht, irgendwas Nettes. Aber nein, ihr erster Auftritt seit drei Jahren, und Fran sagt: »Hier, ich möchte dir meinen Bruder vorstellen.«

Der sich gerade mit einem Drink in der Hand von der Bar zu ihr umdrehte, Pater Terry Dunn, schwarzhaariger Ire, in einem schwarzen Wollparka, dessen Kapuze um seine Schultern hing. Jetzt sah sie ihn als Mönch, der Bart, das hagere Gesicht erinnerten ein wenig an Franz von Assisi. Er gab unverzüglich das zum Besten, was sie hören wollte.

»Sie waren phantastisch« – dabei lächelte er freundlich –, »wirklich komisch, und der Plauderton wirkte bei Ihnen ganz natürlich, so locker.«

»So etwas funktioniert«, sagte Fran, »oder es funktioniert nicht.« Fran meinte es sehr ernst. »Man muss die passende Persönlichkeit haben und von Natur aus witzig sein. Verstehst du? Nicht nur irgendwelche Pointen aufsagen.« Er sagte: »Debbie, das ist mein Bruder Terry.«

Der wich ihrem Blick nicht aus, als sie sich die Hände gaben. Sie sah kurz Fran an, dann wieder den Priester.

»Ich muss nicht Pater zu Ihnen sagen?«

Er antwortete: »Ich würd's nicht tun.«

Jetzt wusste sie nicht mehr, was sie sagen sollte. Wie war's in Afrika? Doch dann fragte sie sich, ob die beiden ihren kompletten Auftritt gesehen hatten. »Ich hab euch nicht gesehen, bevor ich auf die Bühne kam.«

»Du kamst gerade«, sagte Fran, »und hast deine Knastnummer aufgesagt, als wir hinten Platz nahmen.«

Terry nickte. »Sie waren kurz davor, Ihren Ex mit dem Buick zu treffen.«

»Dem Buick Riviera«, sagte Debbie.

Er lächelte wieder. »Ich hab mich gefragt, ob Sie's mit anderen Modellen versucht haben. Einem Dodge Daytona?«

»Nicht übel.«

»Cadillac El-do-ray-do?«

»Der Eldorado stand auf der Liste, aber wie komme ich zu 'nem Cadillac? Also hab ich mich für den Riviera entschieden.«

»Ja, das war okay.«

Fran wurde unruhig in seinem Tweedsakko, darunter noch ein Pulli. »Wir fahren irgendwohin, wo wir reden und einen Happen essen können.« Debbie machte sich eine Zigarette an, Terry hielt derweil ihre Tasche, während Fran ihnen erzählte, er habe vergessen, mit Mary Pat und den Mädchen in Florida zu essen. »Dieser Typ« – er meinte Terry –, »isst nur noch Erdnussbutter, seit er wieder hier ist. Er verdrückt sie löffelweise.« Das könnte sie ihn fragen: warum es in Afrika keine Erdnussbutter gab. Fran verließ mit ihnen das Comedy Castle, ging raus auf die 4 th Street in Royal Oak und um die Ecke zur Main Street, dabei erzählte Fran seinem Bruder, er habe Debbie vorgeschlagen, sich beim Betreten der Bühne nervös und ängstlich zu geben, damit das Publikum Sympathie für sie, für ihren Schneid empfinde, auch wenn ihr Programm nicht gleich wie eine Bombe einschlüge.

Der Priester sagte: »Debbie braucht keinen Schneid. Sie ist cool.« Was für sie völlig überraschend kam.

Sie zog die Schultern hoch. »Ich bin nicht nur cool, ich friere«, fast hätte sie noch hinzugefügt: »... mir den Arsch ab«, ließ es aber bleiben. Der Priester in seinem Parka sagte, ihm gehe es genauso. Daraufhin musste Fran ihnen erklären, es sei nicht kalt, es sei Frühling und acht Grad im Freien. Terry sagte: »Aha, tja, dann frier ich wohl doch nicht«, und in dem Moment fühlte sie sich ihm noch näher und wusste, wenn sie »... mir den Arsch ab« gesagt hätte, wäre er auch damit einverstanden gewesen, hätte ihr vielleicht sogar zugelächelt.

Sie bekamen einen Tisch im Lepanto. Fran war immer noch etwas überdreht und fragte die Kellnerin, ob sie Bananenbier hätten, etwas anderes trinke sein Bruder aus Afrika nicht – Debbie wünschte sich, er käme endlich von der Scheißbühne runter. Die Kellnerin antwortete ohne mit der Wimper zu zucken und ohne Interesse zu zeigen: »Das führen wir nicht«, dafür hätte Debbie sie küssen können. Fran hielt sich zurück, während sie einen Absolut on the rocks bestellte, legte aber wieder los, als Terry sagte, er wolle nur einen Scotch, Johnnie Walker Red Label, falls sie den hätten. Fran sagte, er solle mal was anderes als Erdnussbutter essen. Wie wär's mit einer Vorspeise und einem Salat? Terry sagte, er habe keinen Hunger.

Fran vertiefte sich daraufhin in die Speisekarte, während Terry in seinem Parka dasaß.

Debbie fand, er sah erschöpft aus, vielleicht hatte ihn irgendeine afrikanische Krankheit in den Klauen, Malaria oder so. Sie mochte seine Augen, seinen gelassenen Ausdruck. Sie sagte zu ihm: »Ich versuche mir vorzustellen, wo genau Ruanda liegt.«

»Mitten in Afrika«, sagte Fran, die Nase immer noch in der Speisekarte, »praktisch auf dem Äquator. Wer da drüben als Missionar tätig ist, darf alle fünf Jahre nach Hause, um sich abzukühlen und wieder gesund zu werden.« Dann schaute er auf und fuhr fort: »Wenn du nichts isst, lasse ich's auch bleiben.« Doch als die Kellnerin mit ihren Getränken kam, bestellte er einen Caesar-Salat und Brötchen.

Debbie sah Terry an und fragte Fran: »Wollte er schon immer Priester werden?«

Terry lächelte, als Fran sagte: »Schon als Kind fühlte er sich berufen. So wie du vielleicht auf die Idee hättest kommen können, Nonne zu werden, als du auf der Marian Highschool warst.«

»Auf der Academy of the Sacred Heart, bitte sehr. Ich hatte reiche Eltern.« Sie hätte Terry liebend gern nach Zigarettenschmuggel gefragt, traute sich aber nicht, als er sie ansah. Stattdessen fragte sie, welchem Orden er angehörte. Er antwortete, den Missionary Fathers of St. Martin de Porres.

»In Detroit gibt es eine Schule, die so heißt«, sagte Fran, »lauter schwarze Kinder, aber da besteht keine Verbindung.«

»Außer dass Martin de Porres schwarz war«, sagte Terry, »und zwar mütterlicherseits. Sein Dad war ein spanischer Adliger. Sie waren nicht verheiratet, und Martins Vater wollte lange Zeit nichts von ihm wissen, weil der Knabe Mulatte war. Man könnte ihn auch einen Afro-Südamerikaner nennen. Das

Ganze spielte sich in Lima ab, in Peru, um sechzehnhundert. Er wurde heilig gesprochen, weil er sich so hingebungsvoll um die Kranken und Armen gekümmert hat.« Als es keine Kommentare gab, fuhr Terry fort: »Martin de Porres ist der Schutzheilige der Friseure.«

Fran sagte: »Nun ja, das ist alles sehr lange her.«

Debbie hakte nicht nach. Vielleicht würde sie sich ein anderes Mal nach dem Grund erkundigen. Jetzt fragte sie, ob er drüben irgendwelche Comedy erlebt habe. »Afrikanische Standup oder so was?«

Terry überlegte offenbar noch, doch Fran war schneller: »Deb, es fällt einem nicht so leicht etwas Komisches ein, wenn um einen herum Hunderttausende ermordet werden. Terry war während der gesamten Zeit des Genozids drüben.«

Debbie sagte: »Das übersteigt meine Vorstellungskraft.« Sie erinnerte sich auch nicht, dass sie je viel über den Genozid gehört hätte.

»Er war vor dem Altar und las seine erste Messe«, sagte Fran, »als sie die Kirche stürmten. Dieses Bild wird ihn sein Leben lang verfolgen.«

Terrys Gesichtsausdruck blieb gleich. Für Debbie sah er inzwischen wie ein Heiliger aus, dazu passten die dunklen Haare und der Bart, die Parkakapuze hing runter wie die Kopfbedeckung eines Mönchs. Sie hoffte, dass er etwas zu dem Gespräch beitrug, damit sie wüsste, was Fran da erzählte.

Doch Terry wandte sich wieder an sie: »Sie waren wirklich komisch. Bestimmt hatten Sie ein gutes Gefühl dabei.«

»Beim größten Teil schon«, sagte Debbie.

»Woher haben Sie die zahme Fledermaus?«

»Aus der Luft gegriffen. Ich wollte auf lustige Art klar machen, dass Randy böse ist, Sie verstehen schon, ein gut aussehender, aber finsterer Typ, bei dem zu Hause eine Fledermaus herumfliegt. Die Leute fanden das nicht sehr komisch.«

»Mir hat's gefallen«, sagte Terry, »aber ich bin Fledermäuse gewohnt. Jede Nacht kamen sie an und haben ein paar Tonnen Ungeziefer vertilgt. Das mit der Haut auf dem Badezimmerboden fand ich auch gut, wie sich Randy die Schlange häutet.«

»Genau«, sagte Fran, »du wolltest ja rausfinden, ob das ankommt.«

»Entweder ist es das nicht«, sagte Debbie, »oder nur wenige Leute haben es kapiert. Oder man muss den eher abgedrehten Humor gleich zu Beginn einführen, nicht erst irgendwo mittendrin einschieben.«

»Ich hab nur eins nicht verstanden«, sagte Terry, »nämlich dass das Schlimmste im Knast die Fernsehserie war. Die habe ich aber nie gesehen. Wie heißt die Sendung? *Urkel*?«

»Das ist die Hauptperson«, sagte Debbie. »Die Serie heißt *Alles unter einem Dach*. Urkel ist ein spießiger schwarzer Junge mit der nervigsten Stimme aller Zeiten, und die Ladys im Schlafsaal sind vor Lachen über ihn fast gestorben. Aber Sie haben Recht, das funktioniert nicht. Urkel ist gestrichen.«

»Vielleicht noch mehr mit Randy machen.«

»Schon möglich; aber ich werde wütend, wenn ich nur an ihn denke, und dann ist es nicht komisch. Ich habe ihm nicht genug wehgetan.«

»Heißt das, es gibt einen Randy, den Sie mit einem Auto angefahren haben?«

»Mit einem Ford Escort. Aber wenn man sagt, man traf zufällig seinen Exmann, Pause, mit einem Ford Escort, dann klappt das nicht. Und ich bin ihm nicht zufällig begegnet.«

»Sie hat ihm aufgelauert«, sagte Fran, der gerade seinen Salat aß, »im Hinterhalt auf ihn gewartet.«

»Sie müssen verstehen«, sagte Debbie, »der Kerl ruiniert, mit meinem BMW einen Totalschaden gebaut, nen Hund weggegeben, mein Geld geklaut, das ich versteckt hatte … Er ist der einzige Typ, den ich kenne, der ohne eine Zeitschrift oder Zeitung unter dem Arm aus dem Klo kommt. Der blieb ewig da drin. Irgendwann dämmerte es mir, der schnüffelt da herum, sucht im Medizinschränkchen, in den Schubladen … da hatte ich immer ein wenig Geld versteckt, denn wenn ich's in der Tasche mit mir herumschleppe, geb ich's auch aus. Ich hab's in 'ne Rolle Klopapier im Badezimmerschrank gesteckt, in die hohle Mitte, oder in eine Tamponschachtel. Der Schuft hat zwölfhundert Dollar gefunden und es anschließend abgestritten. ›Nein, ich war's nicht.‹ Oder ich hätte vergessen, wo ich's versteckt habe. Als ich ein anderes Mal nach Hause komme, ist der Hund weg. ›Wo ist Camille?‹ Darauf Randy: ›Och, die muss weggelaufen sein.‹ Wir reden hier von einer Lhasa Apso, die im Hundeparadies lebte, alles hatte, was sie wollte, Spielzeug, Gourmet-Hundefutter – und die soll weggelaufen sein? Ich weiß, was er gemacht hat, der Arsch hat sich Camille geschnappt und sie aus dem fahrenden Auto geschmissen, ein hilfloses Hündchen.« Debbie trank einen Schluck Wodka und sagte dann: »Ich hab mich in Rage geredet, normalerweise benutze ich solche Ausdrücke nicht.«

»Ach nee«, sagte Fran. »Seit wann nicht?«

Terry grinste, als fände er seinen Bruder lustig, dann überraschte er sie mit der Frage: »Um wie viel hat er Sie alles in allem erleichtert?«

»Er hat sich den perfekten Zeitpunkt ausgesucht«, sagte Fran. »Ich hatte Deb kurz zuvor ihr Honorar für einen großen Fall ausgezahlt, bei dem wir eine außergerichtliche Einigung erzielen konnten.«

»Der Gesamtbetrag«, sagte Debbie, »einschließlich des geliehenen Geldes, beläuft sich auf siebenundsechzigtausend Dollar. Dazu kommt noch der Wagen und das Bargeld, und das alles in nicht mal drei Monaten.«

»Und Camille«, sagte Terry, »war auch nicht billig.«

Dabei sah er sie mit seiner Unschuldsmiene an. Wollte er sie veralbern? Er fuhr fort: »Der Typ muss Sie ja mit seinem Charme aus den Socken gehauen haben«, was nicht sehr priestermäßig klang.

»Randy macht das so«, sagte Debbie, »er guckt einem in die Augen, lügt, und man will ihm glauben. Wir haben uns auf einem Hochzeitsempfang in Oakland Hills kennen gelernt, zu dem er gar nicht eingeladen worden war, wie ich später erfuhr. Er hatte in der Zeitung davon gelesen. Wir haben getanzt und Sekt getrunken, und irgendwann fragt er mich, ob ich gern segle. Ich antworte, ich sei erst ein paarmal segeln gewesen, auf dem Lake St. Clair. Als wir tanzen, flüstert mir Randy ins Ohr: ›Ich bereite gerade eine Weltumseglung vor, und ich möchte, dass du mich begleitest.‹ Sie müssen wissen, der Mann sieht gut aus, wie ein Filmstar, Anfang vierzig, sonnengebräunt, goldener Ohrring; er hat eine Frisur wie Michael Landon, ein Haus in Palm Beach, das er verkaufen wolle, Preisvorstellung acht Millionen. Es fehlte nicht viel, und ich wäre zu Hudson's gefahren und hätte mir einen kleinen Matrosenanzug gekauft. Er kritzelt eine Landkarte auf eine Serviette, wie wir von Palm Beach in den Golf von Mexiko segeln werden, dann durch den Panamakanal und weiter nach Tahiti, Tonga, Neukaledonien –«

»Aber«, sagte Fran und stippte mit einem Brötchen Salatsoße auf, »der Typ hatte gar kein Boot.«

»Nur eine Kapitänsmütze«, sagte Debbie, »und das Foto eines Boots, das angeblich in einem Trockendock in Florida liegt, wo es für die Reise generalüberholt wird. Das war sein Vorwand, um sich Geld zu pumpen. Zuerst vielleicht zweitausend, dann fünf, dann zehn – für Navigationsgeräte, Radar, lauter Bootskrempel, weil sein Geld in Investitionen festliege, an denen er momentan nicht rühren wolle.«

»Womit verdient er seinen Lebensunterhalt?«, fragte Terry.

»Er nimmt dumme Frauen aus«, sagte Debbie. »Mir ist immer noch unbegreiflich, wie ich darauf reinfallen konnte. Mir hat er erzählt, er habe seinen Job bei Merrill Lynch an den Nagel gehängt, sei einer ihrer Spitzenbörsenmakler gewesen, und ich glaubte ihm. Hab ich's überprüft? Nein, erst als es zu spät war. Aber wissen Sie, was mir das Genick gebrochen hat, von seinen Haaren und der Sonnenbräune mal abgesehen? Habgier. Er sagte, wenn ich ein Sparkonto hätte, das nicht viel abwirft, und mein Geld gern gewinnbringender einsetzen würde … Dann hat er mir sein getürktes Portfolio gezeigt, Aktien im Wert von Millionen, und ich sagte wie ein Idiot: ›Na ja, ich hab fünfzig Riesen, die nicht viel abwerfen.‹ Die hab ich ihm überschrieben und danach nie wieder gesehen.«

»Aber Randy haben Sie wieder gesehen«, sagte Terry, »nämlich auf der Collins Avenue?«

»Sie haben ein gutes Gedächtnis«, sagte Debbie. »Ja, zwei Monate später. Auf der Bühne, gleich zu Beginn, sage ich, ich sei in Florida gewesen, um meine Mom zu besuchen, und der Teil stimmt. Sie hat Alzheimer und lebt in einem Pflegeheim in West Palm. Sie hält sich für Ann Miller. Weil sie mal sagte, in ihren Pantoffeln könne sie so schlecht tanzen, hab ich ihr ein altes Paar Steppschuhe von mir geschenkt.«

»Ist sie gut?«

»Nicht übel für jemanden, der nie Tanzunterricht hatte.«

»Du hast ihn auf dem Royal Poinciana Way überfahren«, sagte Fran, der mit seinem Salat fertig war und nun den Teller mit einem halben Brötchen sauber wischte, das er sich anschließend in den Mund steckte.

»Wenn man's genau nimmt«, sagte Debbie, »aber auf der Bühne funktioniert Collins Avenue besser.«

Fran erhob sich vom Tisch. Zu seinem Bruder sagte er: »Du weißt doch, dass ich morgen früh zurück nach Florida muss. Am besten brechen wir auf, wenn ich wiederkomme.«

Debbie sah ihm nach, als er zum Herrenklo ging. »Er war erst letzte Woche in Florida.«

»Die Mädchen haben Schulferien«, sagte Terry, »deshalb bleibt Mary Pat mit den Schnuckelchen unten, und Fran fährt für ein langes Wochenende zu ihnen. Ich glaube allerdings, dass er nach Hause will, weil er noch Hunger hat. Mary Pat hat den Gefrierschrank mit ihren vorgekochten Gerichten voll gestopft, und die schmecken nicht übel. Mary Pat ist eine Profihausfrau.«

»Ich hab sie nicht kennen gelernt«, sagte Debbie. »Ich bin nie zu ihnen nach Hause eingeladen worden.«

»Fran hat Angst, Mary Pat könnte Sie als Bedrohung empfinden.«

»Hat er Ihnen das erzählt?«

»Ich rate, weil ich Fran kenne. Vermutlich würde er Sie gern als Bedrohung sehen.«

»Er hat aber nie einen Versuch in dieser Richtung unternommen.«

»Weil er keine Zurückweisung riskieren will.«

»Soll das heißen, er ist in mich verknallt?«

»Ich wüsste nicht, was dagegen spräche.«

Dabei sah er sie direkt an, als wollte er sagen, jedenfalls ginge es ihm an Frans Stelle so. Das kam für sie überraschend. Sie sagte: »Ach wirklich?«, was dämlich klang.

Er sah sie immer noch an und sagte: »Ich hab mich gefragt, ob Sie noch mit Randy verheiratet waren, als Sie ihn angefahren haben.«

»Wir waren nie verheiratet. Im Programm nenne ich ihn meinen Mann, und prompt hab ich die geschiedenen Frauen im Publikum auf meiner Seite. Wenn ich sage, ich überfahre meinen Exfreund, hat das nicht den gleichen, nun ja, emotionalen Effekt.«

»Aber Sie haben mit ihm zusammengelebt?«

»Er hat bei mir gewohnt, in Somerset. Wo ich jetzt wieder bin. Fran hat mir das Apartment besorgt.« Dann sagte sie: »Klingt das, als würde ich mich aushalten lassen?«

»Bei jedem anderen außer Francis«, sagte Terry. »Haben Sie wirklich dafür gesorgt, dass er in ein Gipskorsett kam?«

Er kam immer wieder auf Randy zu sprechen.

»Nein, aber ich hab ihn ordentlich zugerichtet.«

»Haben Sie ihn seither gesehen?«

»Sie meinen, ob er mich im Gefängnis besucht hat?«

»Stimmt, Sie waren ja aus dem Verkehr gezogen. Ich dachte mir«, sagte Terry, »wenn Sie ihm das nächste Mal begegnen, lassen Sie sich von ihm anfahren und verklagen ihn auf siebenundsechzigtausend Dollar. Wer mit Fran zusammenarbeitet, dem Fachmann für Personenschäden, weiß doch bestimmt, wie man so einen Unfall arrangiert.«

Der Priester horchte sie aus, ohne die Miene zu verziehen. Spielte mit ihr.

»Fran und ich«, sagte Debbie, »haben nie einen Autounfall vorgetäuscht, kein einziges Mal. Oder Leute bezahlt, damit sie's machen.« Sie legte eine kurze Pause ein. »Und ich habe nie Zigaretten geschmuggelt.«

Das brachte sein Lächeln zum Vorschein. Es verriet ihr, dass sie herumalbern konnten, einander nicht übermäßig ernst nehmen mussten. Sie sagte: »Wir sind hier nicht in einem Beichtstuhl, Pater, deshalb erzähle ich Ihnen keine meiner Sünden, weder geschäftliche noch sonstige.«

»Sie gehen noch zur Beichte?«

»Schon seit Jahren nicht mehr.«

»Falls Sie mal das Bedürfnis verspüren – ich gebe nie mehr als zehn Vaterunser und zehn Ave-Maria auf.«

Sie sagte: »Ach ja?« Und weiter: »Hören Sie in Ruanda dieselben Sünden wie hier?«

»Eine typische Sünde drüben ist: ›In Reue und Demut bekenne ich meine Sünden. Ich hab in der Nähe von Nyundo eine Ziege gestohlen, Pater, und meine Frau hat sie en brochette zubereitet.‹ Hier hat man weniger Ziegendiebe.«

»Haben Sie's mal probiert?«

»Ziege? Die gab's am laufenden Band.«

»Und wie steht's mit Ehebruch?«

»Ich wurde nie in Versuchung geführt.«

Hinter seiner unschuldigen Miene amüsierte er sich.

»Ich meinte, haben Sie im Beichtstuhl viel davon gehört?«

»Gelegentlich. Aber es wurde bestimmt viel mehr herumgemacht, als ich zu hören bekam.«

»Was war die Buße fürs Herummachen?«

»Das Übliche, zehn und zehn.«

»Und für Mord?«

»Den hat mir nur einer gebeichtet.«

»Was haben Sie ihm auferlegt?«

»Bei dem musste ich strenger werden.«

Sie wartete, ob er ihr erzählen würde, was er damit meinte. Als das nicht geschah, sagte sie: »Haben Sie je einen Mann ›mein Sohn‹ genannt?«

»Das gibt's nur im Kino.«

»Dachte ich mir.« Sie sagte: »Wo Sie ja jetzt zu Hause sind« – in dem Moment sah sie Fran aus dem Klo kommen –, »was werden Sie tun, ein wenig ausspannen?«

»Ich muss ein bisschen Geld auftreiben.«

»Für Ihre Mission?«

Fran kam zum Tisch, fragte: »Bist du fertig?«, sodass Terry keine Gelegenheit hatte zu antworten.

Stattdessen sagte er: »Ich bin fertig, wenn du es bist, mein Sohn.«

Fran sagte: »Was soll der ›Mein-Sohn‹-Scheiß?«

Auf dem Parkplatz nahm Terry ihre Hand und wiederholte noch einmal, wie gut ihm ihr Auftritt und ihre Unterhaltung gefallen habe, das Übliche. Als dann Fran auf den Lexus zuging und auf die Fernbedienung drückte, mit der man die Tür aufschloss, sagte Terry zu ihr: »Ich würde Sie gern wiedersehen.«

Als wolle er sie um ihre Telefonnummer anhauen.

Das fand sie irgendwie merkwürdig, dass ein Priester das fragte. Sie drehte sich zu Fran um. »Ich könnte doch deinen Bruder fahren?« Eine spontane Idee, bevor sie Zeit hatte, drüber nachzudenken und ihre Meinung zu ändern.

»Er wohnt bei mir«, sagte Fran, überrascht, weil er ihr das bereits gesagt hatte.

»Ich weiß, wo du wohnst«, sagte Debbie. »Ich möchte mehr über Afrika erfahren.«

9

Im Auto erzählte er Debbie, beinahe hätte er nicht bei Fran wohnen dürfen, weil Mary Pat befürchtete, er könne irgendeine afrikanische Krankheit im Haus hinterlassen, Cholera vielleicht oder einen Bandwurm auf der Klobrille. Doch jetzt war es in Ordnung, da Mary Pat und die Mädchen in Florida waren und Fran nachkam.

»Und hast du irgendwelche afrikanischen Krankheiten?«

»Wir haben das Wasser abgekocht und immer unter Moskitonetzen geschlafen«, sagte Terry und sah Chantelles schlanken Körper vor sich. »Daher bin ich ziemlich sicher, dass ich sauber bin. Wegen der Würmer hatte ich Bedenken, hab aber nie welche entdeckt.«

Als sie eingestiegen waren und Debbie den Motor anließ – ein Honda, den Fran für Debbie geleast hatte –, sprang das Radio an, Sheryl Crow und die Sonne gingen über dem Santa Monica Boulevard auf. Debbie stellte es leiser und fragte, ob er in Afrika Musik gehört habe. Terry antwortete, Rock aus Congo-Zaire, bis Fran ein paar CDs schickte. Joe Cocker, Steely Dan, Ziggy Marley and the Melody Makers. Als sie wissen wollte, ob die Eingeborenen Reggae mochten, sagte er, für ihn seien die Ruander nie Eingeborene gewesen, da sie Kleidung trügen. Seine Haushälterin Chantelle wickle sich schicke Röcke um die Hüften, sehr bunt gemustert, und dann erzählte er, dass Chantelle während des Genozids einen Teil des linken Arms verloren hatte. Debbie fragte, wie sie mit einer Hand sauber mache und koche. Terry sagte, irgendwie ginge das schon. Debbie fragte, ob er Erinnerungsstücke mit nach Hause gebracht habe, und er antwortete, nur eine Machete.

Er wusste, dass sie nicht über Afrika reden wollte, aber vielleicht würde sie über den Umweg Afrika darauf zu sprechen kommen – sie fuhren die Woodward Avenue hinauf in Richtung Bloomfield Hills, einen acht Kilometer langen Boulevard, wo man, sagte Terry, früher ständig rauf- und runtergebrettert sei, nur hätte man es »Woodwarding« genannt. Debbie sagte, das sei vor ihrer Zeit gewesen. Terry sagte, sie hätten immer im Osten der Stadt gewohnt und seien deshalb nicht sehr oft hierher gekommen. Er fuhr fort, er und Fran hätten die Bishop-Gallagher-Highschool besucht, und davor die Our Lady Queen of Peace. Beide plauderten weiter, bis Debbie sagte:

»Wo die Messe für eure Mutter gelesen wurde.«

»Du warst bei der Beerdigung?«

»Und anschließend bei euch zu Hause, wo ihr aufgewachsen seid. Ich hab deine Schwester kennen gelernt –«

»Hat sie geredet?«

»Pausenlos. Dich hat sie ›Bruder Leichtfuß‹ genannt, aber du hättest dir immer gern von ihr vorlesen lassen. Eins deiner Lieblingsbücher sei *Das Leben der Heiligen* gewesen, besonders die Geschichten über Märtyrer.«

»Der heiligen Agatha«, sagte Terry, »hat man zuerst die Brüste abgeschnitten und die Frau dann auf einen Haufen glühender Kohlen geworfen.«

»Ätzend«, sagte Debbie.

Und er wusste, was sie dachte.

»Mach eine Märtyrer-Nummer. Wie eine Frau, eine Christin, irgendwelchen Leuten ausreden will, sie den Löwen vorzuwerfen.«

Debbie griff die Idee auf. »›Ey, einige meiner besten Freunde sind Heiden. Ich find ihre Götzen echt klasse.‹ Hast du *Das Leben des Brian* gesehen?«

»Monty Python, klar – ›Selig sind die Käsemacher‹. Was haben sie noch mal am Schluss gesungen, als sie an den Kreuzen hingen?«

»Ja, das war großartig, aber es fällt mir nicht ein.«

Sie kamen an Laternen vorbei, die Reihen über Reihen glänzender Gebrauchtwagen beleuchteten.

»Ich hab gehört, du warst mal Ministrant.«

»Jeden Tag um sechs Uhr in der Frühmesse.«

»Deine Schwester glaubt, deshalb wärst du Priester geworden.«

»Bloß dass ich ab der achten Klasse nur noch Augen für Kathy Bednarks Hinterteil hatte.«

»Aber später hast du ein Priesterseminar besucht.«

»In Kalifornien«, sagte Terry.

»Aber zum Priester geweiht wurdest du erst in Afrika?«

»So hat es sich ergeben.«

»Du hast dort dein Gelübde abgelegt?«

Jetzt waren Armut, Keuschheit und Gehorsam an der Reihe.

»Das gehört dazu, wenn man Priester wird«, sagte Terry und war neugierig, was sie wohl damit anfangen würde.

»Ich stelle mir vor«, sagte Debbie, »dass man keine Schwierigkeiten hat, sein Gelübde einzuhalten, wenn man in einem afrikanischen Dorf lebt.«

Er musste einfach fragen. »Wie kommst du darauf?«

»Na ja, wenn man in einem armen Drittweltland lebt? Auf sich allein gestellt, ohne irgendeinen Vorgesetzten …«

Womit zwei der Punkte abgehakt wären. Terry sagte: »Ja?« und wartete, wie sie mit der Keuschheit verfahren würde.

Zu seiner Überraschung machte sie einen Rückzieher und sagte stattdessen: »Und jetzt willst du Geld für die Mission locker machen?«

»Darum bin ich hier. Der Priester, dessen Stelle ich einnahm, Pater Toreki …?«

»Euer Onkel. Fran hat mir von ihm erzählt.«

»Sobald er nach Hause kam, hat er überall in Detroit die Gemeinden aufgesucht und sonntags bei den Messen sein Anliegen vorgetragen. Ich glaube nicht, dass ich das kann. Ich bin kein guter Prediger. Wenn ich mal eine Predigt gehalten habe, wurde sie simultan übersetzt, und sie hörte sich auf Kinyarwanda immer besser an. Ich besitze zwar jede Menge Fotos von Kindern, hauptsächlich Waisen, die einem direkt ans Herz gehen, hab aber keine Ahnung, was ich damit anfangen soll. Ich weiß noch, dass früher in meiner Grundschule eine Büchse im Klassenzimmer stand und daneben ein Schild mit der Aufschrift FÜR DIE KLEINEN HEIDENKINDER, und da haben wir Münzen reingetan, die noch von unserem Essensgeld übrig waren.«

»Was brachte das, zehn Dollar die Woche?«

»Wenn's hochkommt.«

»Ungefähr so viel, wie du beim Zigarettenschmuggeln verdient hast?«

Na endlich. Über den Umweg Afrika war sie darauf zu sprechen gekommen, worüber sie reden wollte. Heimlich, still und leise.

»Eins kannst du mir glauben«, sagte Terry, »nämlich dass wir mit Zigaretten 'ne hübsche Stange Geld verdient haben, nicht bloß Taschengeld. Wir sind mit 'nem U-Haul nach Kentucky gegondelt, sechs, sieben Stunden Fahrt, und jedes Mal mit zehntausend Stangen zurückgekommen. An 'ner Stange verdient man drei Dollar, dreißig Riesen pro Reise, für einen Tag Arbeit. Fran hat dir davon erzählt, hm?«

»Er sagte, du seist ein unschuldiges Opfer gewesen.«

»Genau, das hat er auch dem Staatsanwalt erklärt. Ich war der Fahrer, mehr nicht.«

»Der nicht wusste, dass er sich eines Steuervergehens schuldig machte.«

»Mehr war's nicht. Hast du schon mal bei deiner Steuererklärung geschummelt, falsche Ausgaben geltend gemacht? Das ist auch ein Steuervergehen.«

»Tatsache ist«, sagte Debbie, » ich hab nie bei meiner Steuererklärung geschummelt.«

»Und ich habe noch nie jemanden mit einem Buick überfahren.«

»Riviera.«

Terry grinste. »Für dich sind wir zwei Häftlinge, die sich im Knasthof unterhalten, stimmt's? Ich hab aber noch nie eine Freiheitsstrafe absitzen müssen.«

Die Ampel an der 13 Mile Road war rot, und als sie hielten, sah er, dass sie sich vielleicht zum ersten Mal zu ihm umdrehte, um ihn anzusehen.

Sie sagte: »Afrika zählt wohl nicht?«

»Ich war aus freien Stücken da.«

»Um einer Anklage zu entgehen. Und, laut Fran, weil du ein schlechtes Gewissen hattest, besorgt warst, deine Mutter könnte herausfinden, was ihr kleiner Ministrant alles anstellte.«

»Das hat er dir erzählt?«

»Er hat gesagt, du seist abgehauen und dann seien die Pajonny-Brüder eingebuchtet worden, mehr weiß ich nicht.«

»Es war genau anders herum. Erst wurden sie festgenommen, dann hab ich mich abgesetzt.«

»Triffst du solche Entscheidungen ziemlich rasch?«

»Ich hatte mir schon seit einiger Zeit überlegt, rüberzufliegen und meinem Onkel Tibor zu helfen. Er war ein Heiliger.«

»Ganz wie Sie meinen, Pater.«

Er spürte ihr Selbstvertrauen, Klein-Debbie saß im Dunkeln und schaute geradeaus auf die Ampeln, wusste genau, wo es lang ging, und Terry passte gut auf.

Und als sie sagte: »Auf der Beerdigung hab ich einen Freund von dir kennen gelernt«, wusste er daher sofort, wen sie meinte, und fragte: »Hat er schlechte Zähne und steht ganz dicht bei einem, wenn er redet?«

»Er könnte auch was für seinen Atem tun«, sagte Debbie. »Wie kommst du darauf?«

»Du wolltest darauf hinaus«, sagte Terry, »und jetzt bist du angekommen. Du hast Johnny Pajonny kennen gelernt.«

Sie sah wieder zu ihm rüber, diesmal mit einem Lächeln.

»Er ist ein echter Knaller.«

»Du willst ihn in eine deiner Nummern einbauen.«

»Ich denke drüber nach.«

Die Ampel wurde grün, und sie fuhren weiter, Debbie blieb in der rechten Spur und hatte es nicht sonderlich eilig. Sie sagte: »Er dachte, du kämst zur Beerdigung.«

»War Dickie auch da?«

»Er sitzt noch. Johnny sagte, er baut dauernd Mist und hockt die meiste Zeit im Loch.«

»Was hat er sonst noch erzählt?«

»Er erwähnte, dass du jedem von ihnen zehntausend schuldest.«

»Das hat er mal eben beiläufig erwähnt?«

»Offenbar hat es ihn beschäftigt.«

»Er glaubt, ich hätte ihn gelinkt?«

»Er wirkte allerdings ein wenig angesäuert, ja. Hauptsächlich wollte er wissen, ob du das Geld noch hast.«

»Das ist jetzt fünf Jahre her. Warum hat er dich gefragt?«

»Anscheinend hielt er mich für deine Freundin.«

»Also wirklich – weiß er denn nicht, dass ich Priester bin?«

»Deine alte Freundin.«

Als sie das sagte, den Blick auf die Straße gerichtet, bog Debbie in eine Gasse, die zu einer Ladenzeile führte, und hielt vor einem kleinen Kiosk.

Sie sagte: »Ich muss Zigaretten kaufen.«

»Augenblick mal. Welche alte Freundin?«

»Mit der du in L. A. zusammengelebt hast«, antwortete Debbie, »als deine Mom dachte, dass du das Priesterseminar besuchst. Ich bin gleich wieder da.«

10

Er sah, wie sie in dem Laden mit einem jungen arabisch aussehenden Typ Verkäufer plauderte, der über etwas lachte, was sie gesagt hatte, Debbie, die beim Zigarettenkaufen einen neuen Fan gewann. Der Mann würde seinen Freunden von einer coolen blonden Tussi erzählen, die hereinspaziert kam und echt witzig war. Der Typ hatte keine Ahnung, wie cool sie wirklich war ... wie sie einen kalt erwischte, wenn man gerade nicht hinsah. Zuerst stellte sie einen auf die Probe, fand heraus, ob man Dinge zugab, die sie bereits wusste, die sie von Fran erfahren hatte, von Fran oder auch von Johnny Pajonny, der so gern plauderte und einen auf Insider machte, der Debbie für das Mädchen aus L. A. hielt, und Debbie hatte ihn garantiert in dem Glauben belassen.

Er hätte Johnny damals in dem U-Haul-Truck auf dem Rückweg aus Kentucky nie von dem Mädchen in L. A. erzählen dürfen.

Debbie hatte den Tresenbereich verlassen, war durch einen Gang im hinteren Bereich des Ladens verschwunden, außer Sichtweite. Jetzt stand sie wieder am Tresen, der arabisch aussehende Typ tippte breit grinsend ihre Einkäufe in die Kasse, während Debbie in ihrem Regenmantel dastand und redete, ein Päckchen Zigaretten aufriss, und der Typ gab ihr Feuer, reichte ihr dann das Bic oder so. Terry konnte nicht erkennen, was sie gekauft hatte, aber anscheinend packte der Typ nicht nur Zigaretten in die Papiertüte.

Während der ganzen Zeit im Auto hatte ein Verhör stattgefunden: Debbie interessierte sich ernsthaft für sein Leben, war nicht nur neugierig. Doch was würde sie jetzt damit anfangen? Wenn er es erfahren wollte, musste er sie mitnehmen.

Als sie daher den Laden verließ und in den Wagen stieg, sagte Terry: »Ich kann verstehen, warum sich Johnny nach dem Geld erkundigt hat.«

»Ich auch«, sagte Debbie, »bei dreißigtausend in bar.«

Sie ließ den Motor an, lehnte sich dann aber mit ihrer Zigarette zurück, die Einkaufstüte neben sich auf dem Sitz.

»Er glaubt also, ich sei damit durchgebrannt?«

»Stimmt das nicht?«

»Ich will dir mal erzählen«, sagte Terry, »wie so eine Tour nach Kentucky ablief. Wir kommen mit einer Lieferung zurück, laden sie ab und bringen den U-Haul weg. Am nächsten Tag fahren wir in die Stadt, in ein Büro im Penobscot Building, wo eine Frau sitzt, Mrs. Moraco, die uns bezahlt. Ohne ein Wort zu sagen, zählt sie Hundert-Dollar-Scheine ab, hauptsächlich gebrauchte Scheine, und wir stecken das Geld in mitgebrachte Turnbeutel.«

»Wusstet ihr, wer die Käufer waren?«

»Ich hab nie gefragt. Egal, auf den ersten paar Touren gab es keine Probleme«, fuhr Terry fort. »Bei der Fahrt, von der wir jetzt reden, waren Johnny und ich allein unterwegs. Dickie fühlte sich nicht wohl und blieb zu Hause. Mit ›zu Hause‹ meine ich Johnnys Haus in Hamtramck. Dickie wohnte damals bei Johnny, dessen Frau Regina und ihren drei Kids – zwei kleine, ständig fluchende Bengel, die machten, was sie wollten, und ein fünfzehnjähriges Mädchen, Mercy, das auf dem besten Wege war, eine Nutte zu werden.«

»Mercy?«, wiederholte Debbie.

»Regina ist eine wiedergeborene Christin.«

»Ich weiß Bescheid«, sagte Debbie, »hier geht's um Mercy und Onkel Dickie.«

»Klar, aber wer musste vor wem geschützt werden? Laut Dickie stellte Mercy ständig ihren jungen Körper zur Schau – und an dem fehlte nichts, das kannst du mir glauben. Einmal fahre ich zu Johnny, will ihn abholen, da kommt Mercy in einem winzigen Bikini an den Wagen. Sie lehnt sich zum Seitenfenster rein, als wollte sie sagen: Wie wär's denn mit uns beiden? Regina wollte Dickie nicht mehr im Haus haben, aber da biss sie bei Johnny auf Granit. Er sagte, ohne Dickie in der Nähe könne er sich mit gar keinem mehr unterhalten. Die zwei sahen sich Sportsendungen an und stritten sich.«

»Bei der Totenwache«, sagte Debbie und zog an ihrer Zigarette, »fragte er mich, ob wir nicht mal einen trinken gehen wollten.«

»Was hast du geantwortet?«

»Ich hab mich im Cadieux Café mit ihm getroffen, auf der Suche nach Johnny-Pajonny-Material. Allein schon der Name. Wie ging's denn nun weiter?«

Wieder überraschte sie ihn, und Terry musste sich jedes Mal in Erinnerung rufen, dass diese hübsche junge Frau nicht nur

Komikerin war, sondern auch gesessen hatte. Und Kette rauchte. Er drückte auf den Knopf, bis die Fensterscheibe halb versenkt war.

»Eines Tages kommt Regina von ihrer Arbeit an der Kasse bei Farmer Jacks nach Hause und fand Dickie und Mercy zusammen im Bad.« Terry hielt inne. »Du warst mit Johnny auf einen Drink im Cadieux? Das ist ein angesagter Laden.«

»Er wollte in ein Motel.«

»Und …?«

»Ich hab ihm gesagt, ich sei Nonne.«

Das hing erst mal so im Raum, Terry wusste nicht genau, ob sie ihn aufzog oder das wirklich gesagt hatte.

»Ich hatte das voll im Griff, Terry. Okay? Regina findet also Mercy und Dickie unter der Dusche.«

»Die beiden waren im Badezimmer, bei geschlossener Tür.«

»Die Dusche lief?«

»Keine Ahnung, ob sie irgendwas gemacht haben oder nicht. Ich war nicht da, um's mir anzuhören. Jedenfalls hat Regina die Polizei geholt. Als die eintrifft, versucht Dickie gerade, etwa hundert Stangen Zigaretten unter seinem Bett zu verstecken, die er unter der Hand privat verkauft hat. Johnny und ich sind gerade auf dem Heimweg, als sein Handy klingelt, Regina ist dran. Sie sagt, die Cops sind da, weil Dickie Mercy belästigt hat, seine eigene Nichte, erwähnt aber nicht, dass die Cops die Zigaretten gefunden haben; das ist schließlich nicht Reginas Problem. Sobald wir in Detroit sind, will Johnny sofort nach Hause. Mittlerweile ist er genauso besorgt wie Regina, weil er Angst hat, dass Dickie ausziehen muss. Ich sage, dass ich mich von dem Haus fern halte, solange die Cops da sind. Ich hab ihn an einer Kneipe in der Nähe abgesetzt, Lili's, nicht weit von der Joseph Campau Street, bin weiter zum Lagerhaus gefahren, hab die Ladung gelöscht und den Lkw abgegeben. Später rufe ich im Haus an und erfahre von Regina, dass Johnny und Dickie im Knast von Wayne County sitzen und dass Agenten des Bureau of Alcohol, Tobacco and Firearms gerade das Haus durchkämmen. Verstehst du, damals wusste niemand, ob man das auf Staats- oder Bundesebene verfolgen würde. Also hab ich am nächsten Tag bei Mrs. Moraco das Geld kassiert ...«

Debbie unterbrach ihn. »Hast du's ihr erzählt?«

»Ich hab ihr erzählt, an ihrer Stelle würde ich das Büro eine Weile dicht machen und die Stadt verlassen.«

»Du hattest einen Reisepass?«

»Ich sagte doch, dass ich schon länger geplant hatte, nach Afrika zu gehen. Was aber nicht heißt, dass ich geplant hatte, mich heimlich abzusetzen.«

Sie zuckte mit den Schultern, vielleicht war es ihr egal, so oder so. »Die Pajonnys wurden also eingelocht, und dann haben sie's verraten.«

»Sie haben *mich* verraten. Der Staatsanwalt hat sie ein paar Tage lang bearbeitet und ihnen dann einen Deal angeboten. Die beiden behaupteten, ich hätte sie angeheuert, die Ladung zugestellt und das Geld abgeholt. Die Pajonnys haben sich gehütet, ihnen von Mrs. Moraco zu erzählen. Aber sobald ich beschuldigt worden war, hat sich Fran der Sache angenommen und mit dem Staatsanwalt gesprochen. Fran sagte, da müsse ein Irrtum vorliegen, schließlich sei ich zum katholischen Priester geweiht worden und auf einer Missionsstation in Ruanda. Inzwischen waren ein paar Wochen vergangen. Ich bin drüben, und der Genozid ist voll im Gange, Hunderttausende werden ermordet, und ich mittendrin. Will mich der Staat wirklich vor Gericht stellen? Laut Fran bin ich entlastet, muss aber noch mit dem stellvertretenden Staatsanwalt Gerald Padilla reden, unten im Frank-Murphy-Building, im Strafgericht, wo lauter Strafsachen verhandelt werden. Ich muss mir einen schwarzen Anzug und einen Kragen besorgen und meine Schuhe putzen.«

»Wieso hast du keinen Anzug?«

»Den habe ich bei meiner Abreise einem Mann gegeben, der weniger vom Glück begünstigt war als ich. Da drüben besteht immer Bedarf an Kleidung.«

Sie sagte: »Terry?«

»Ja?«

»Dummes Zeug.«

Er beobachtete, wie ihre Zigarette glühte, als sie daran zog und dann den Rauch langsam und gleichmäßig ausatmete, direkt in sein Gesicht. Terry schloss die Augen. Wedelte den Rauch nicht mit der Hand weg, sondern schloss die Augen, öffnete sie wieder und wusste, was jetzt kam.

Sie sagte: »Du bist kein Priester, stimmt's?«

Er saß da im Dunkeln und hörte sich antworten: »Nein, ich bin keiner.«

»Warst du jemals Priester?«

»Nein.«

»Oder in einem Seminar in Kalifornien oder sonst wo?«

Das Verhör neigte sich dem Ende zu.

»Nein.«

Sie sagte: »Fühlst du dich jetzt nicht besser?«

Sie waren wieder unterwegs, folgten anderen Rücklichtern, Terry irgendwie erleichtert, weil er ihr die Wahrheit schon sagen wollte, als sie sich im Restaurant unterhalten hatten und er wusste, er würde es ihr früher oder später gestehen. Aber nicht mit Fran in der Nähe. Fran musste ihn für einen Priester halten. Debbie wollte es nicht glauben – das merkte er –, weshalb er in ihrer Gegenwart die meiste Zeit er selbst war, sogar über die Beichte sprach, als Fran sich entfernt hatte. Das fiel ihm leicht, weil es stimmte, und fast hätte er ihr schon da alles verraten, weil er es satt hatte, eine Rolle zu spielen. Danach war er offen, gab ihr Gelegenheit, ihm gegenüber argwöhnisch, misstrauisch zu sein, und falls sie sich traute, würde sie fragen. Und das tat sie auch.

Im Dunkeln gestand er ihr noch ein wenig mehr.

»Du bist der einzige Mensch, der es weiß.«

»Fran hast du nichts erzählt?«

»Nicht solange er mit dem Staatsanwalt verhandelt.«

»Keiner Menschenseele während der ganzen Zeit in Afrika?«

»Keinem.«

»Nicht mal deiner einarmigen Haushälterin?«

Na so was – sie hatte sich Chantelle gemerkt.

»Nicht mal ihr.«

»Hat sie bei dir gewohnt?«

»Fast die ganze Zeit, als ich da war.«

»Ist sie hübsch?«

»Miss Ruanda, falls sie je Misswahlen veranstalten.«

»Hast du mit ihr geschlafen?«

Als sie das fragte, sah Debbie unverwandt geradeaus.

»Falls du dabei an Aids denkst, das war nie ein Problem.«

»Wieso sollte ich mir wegen Aids Sorgen machen?«

»Ich sagte: ›Falls du daran denkst.‹«

Debbie warf ihre Zigarette aus dem Fenster.

»Sie hielt dich für einen Priester?«

»Das war ihr egal.«

»Warum hast du es mir erzählt und sonst niemandem?«

»Weil ich es wollte.«

»Ja, aber warum mir?«

»Weil wir auf einer Wellenlänge sind«, sagte Terry.

Sie sah ihn kurz an und sagte: »Das hab ich sofort gespürt.«

»Und wenn ich dir erkläre, wie es passiert ist«, sagte Terry, »wirst du es komisch finden und für Comedy-Material halten.«

Sie kamen an eine Kreuzung, die Ampel war grün, und Debbie bog rechts in die Big Beaver Street ein. Zu ihrer Linken lagen sanft gewellte Hügel, dichte Baumgruppen säumten die andere Straßenseite, und Terry fragte: »Hätten wir nicht in die andere Richtung abbiegen müssen?«

»Ich dachte, wir fahren zu mir«, sagte Debbie. »Einverstanden?«

Terry nahm die Einkaufstüte hoch und fühlte in ihrem Inneren nicht nur die Zigarettenpäckchen, sondern auch eine Flasche mit einer vertrauten Form, sie war viereckig statt rund, wie die meisten anderen Whiskyflaschen.

»Rot oder schwarz?«

»Rot.«

»Schon bevor du in den Laden gegangen bist, wusstest du, was ich sagen würde.«

»Ja, aber ich musste es vorbereiten.«

»Du hast dir irgendeinen Plan ausgedacht, und ich soll ihn absegnen. Hab ich Recht?«

Sie sagte: »Terry, du bist zu schön um wahr zu sein.«

11

Debbie rief Fran vom Telefon in der Küche aus an. Sie sah Terry im Wohnzimmer neben der gläsernen Balkontür stehen und im Dunkeln die Landschaft betrachten. Er drehte sich um und sagte: »So viel Platz, und nichts wird angebaut. Hier draußen könnte ein halber Hektar Mais wachsen.«

»Es ist ein Golfplatz«, sagte Debbie, »neun Löcher«, als Fran ans Telefon ging. Sie sprach nicht mal eine Minute mit ihm, zwar ohne Hektik, wollte den Anruf aber unbedingt hinter sich bringen. Terry kam gerade in die Küche, als sie auflegte.

»Was hat er gesagt?«

»Er sagte: ›Ach …?‹ Ich hab ihm erzählt, wir würden erst noch einen Schluck trinken, dann setze ich dich ab, aber du könntest auch bleiben, wenn du wolltest. Darauf Fran: ›Hast du denn genug Platz?‹«

»Wem traut er denn nicht, dir oder mir?«

»Also, da er glaubt, dass du zölibatär lebst, er aber weiß, dass ich seit ’ner ganzen Weile niemanden abgeschleppt habe und auch nicht abgeschleppt wurde … Er stellt sich wohl vor, dass ich dich verführe. Oder es wenigstens versuche.«

»Und wünscht, er wäre an meiner Stelle.«

Sie sagte: »Kein Kommentar von mir. Fran und ich haben eine rein geschäftliche Beziehung. Willst du wissen, wie wir uns gefunden haben?«

»Er hat mir erzählt, dass er dich immer im Bezirksgericht gesehen hat, wo du für andere Anwälte als Zeugin aufgetreten bist.«

»Genau, und ich hab ihn immer für einen anständigen Kerl gehalten. Eines Tages sah ich, wie ein Mitarbeiter der Fluggesellschaft einer Frau einen Koffer auf den Fuß fallen ließ, und ich hab sie zu Fran geschickt. Er hat Northwest zu einer Zeit verklagt, als jeder in Detroit die Fluglinie hasste. Sie schlossen einen Vergleich, und seitdem sind wir Freunde.«

»Was machst du eigentlich«, sagte Terry, »den Leuten zeigen, wie man hinkt?«

»Wie man überzeugend hinkt«, sagte Debbie, die inzwischen Drinks machte, auf der Anrichte standen ein Tablett mit Eis, der Johnnie Walker und eine Flasche Absolut. »Aber wir sind noch nicht fertig mit dir. Erzähl mir mal, warum dich deine Mutter in einem Priesterseminar vermutete, als du in Kalifornien warst.«

»Weil sie mir mein Leben lang in den Ohren lag, ich sollte Priester werden. Ich hab bloß nie begriffen, warum ich und nicht Fran.«

»Du siehst irgendwie gepeinigt aus«, sagte Debbie, »wie Franz von Assisi. Gepeinigt oder vielleicht auch zwielichtig. Wahrscheinlich hat sie auch Fran bearbeitet, was dir aber nicht aufgefallen ist.«

Jetzt nippten beide an ihren Drinks.

»Hör zu – und das ist kein Witz –, wenn meine Mutter für dich gebetet hätte, wärst du heute vielleicht Karmeliterin, eine Nonne wie meine Schwester. Sogar nachdem ich das Studium an der Uni Detroit geschmissen und für meinen Vater Häuser angestrichen habe, war sie an mir dran. Ich hab damit aufgehört und Versicherungen verkauft.«

»Klingt, als wär's Frans Idee gewesen.«

»Stimmt, und ich fand's zum Kotzen.«

»Du hattest eben deine wahre Berufung noch nicht gefunden – Schmuggeln.«

»Als mir die Freunde ausgingen, die als Käufer einer Police in Frage kamen, bin ich nach Los Angeles gezogen. Meine Mutter legte ihren Briefen Heiligenbildchen bei, Gebete an den heiligen Antonius, der mir dabei helfen sollte, mich selbst zu finden. Sankt Judas, der Schutzheilige hoffnungsloser Fälle. Irgendwann sagte ich zu ihr: ›Du hast gewonnen, ich besuche das Seminar‹ und ließ mir Briefpapier drucken, auf dem oben stand: ›Die Missionare von St. Dismas Novitiate.‹«

Debbie sagte: »War das nicht einer der Kerle, die neben Jesus gekreuzigt wurden?«

»Auch bekannt als der gute Schächer.«

»Warum das, warst du eine Art Klugscheißer?«

»Ich hielt mich für ein Genie. Auf den Briefbögen habe ich meiner Mutter geschrieben. Unterschrieben habe ich immer mit: ›In Christus, Dein Terry.‹«

»War das damals, als du mit dem Mädchen zusammengelebt hast?«

»Zeitweise. Jill Silver, sie stammte ursprünglich von hier, deshalb hat man uns miteinander bekannt gemacht. Ich glaube, sie hat auf der Highschool mal bei einer *Anatevka*-Aufführung mitgewirkt und danach beschlossen, Filmstar zu werden.«

»Hat sie's geschafft?«

Terry trank sein Glas leer. »Erst nach den Brustimplantaten«, und goss sich noch einen Drink ein. »Es könnte aber auch Zufall gewesen sein. Ich sagte zu ihr, kleine Brüste wären eleganter. Eines Tages kam Jill von einem Vorspielen und meint: ›Na, Schlaumeier, rat mal, was passiert ist? Mein neuer Vorbau hat mir die Rolle eingebracht.‹ Schon möglich. Nicht mal einen Monat später zieht sie zu dem Regisseur.«

»Titten«, sagte Debbie, »können schon was ausmachen. Ich überlege, sie mir liften zu lassen.«

»Wieso das denn?«

»Fürs Selbstwertgefühl, was sonst?«

»In dem Film, wo Jill mitwirkte, hat sie eine von Metaqualon abhängige Flugbegleiterin gespielt. Sie schmeißt auf dem Klo eine Pille ein und kippt Kaffee auf die Passagiere. Die andere Flugbegleiterin war der Star, ich hab aber ihren Namen vergessen.«

»Was hast du damals gemacht?«

»Versicherungen, mit was anderem hatte ich keine Erfahrung. Aber als Schadensregulierer. An der Westküste hieß das hauptsächlich Brände und der gelegentliche Erdrutsch.«

»Keine Personenschäden?«

»Ein paar.«

»Würdest du es merken, wenn jemand einen Schaden vortäuscht?«

»Nur wenn er unsicher würde und mir einen Teil der Entschädigung anböte.«

»Würdest du das Geld nehmen?«

»Wenn mir der Typ Leid täte.«

»Mitgefühl«, stellte Debbie fest, »hätte also Einfluss auf deinen Bericht. Obwohl du dem Typ behilflich wärst, einen Betrug zu begehen.«

»Man muss das mehr als Trinkgeld verstehen, nicht als Bestechung«, sagte Terry. »Hat die Klage Erfolg, gibt dir der Typ ein Trinkgeld. Als hätte er beim Blackjack einen Haufen Geld gewonnen. Da gibt man dem Croupier ein Trinkgeld, obwohl er nichts getan hat, um einem zu helfen.«

»In deinen Augen ist das also eine Grauzone«, sagte Debbie.

»Genau. Ich hab mal Fran wegen so einer Grauzonen-Geschichte angerufen, um zu hören, was er davon hielt. Er wollte nicht mal drüber reden. Verstehst du, was ich meine? Fran hält sich gern bedeckt.«

»Er ist selbst die personifizierte Grauzone«, sagte Debbie. »Wenn die Verletzung nicht hundertprozentig astrein ist, sag ich's ihm lieber gar nicht. Und dass er nicht fragt, ist ohnehin klar. Er weiß also, dass du nicht auf einem Priesterseminar warst.«

»Das glaubte nur meine Mutter.«

»Aber Fran hält dich für einen Priester.«

»Wegen Onkel Tibor. Er hat meiner Mom erzählt, ich sei zum Priester geweiht worden.«

»Er hat dir zuliebe gelogen?«

»So einfach ist das nicht.«

»Moment. Du kommst also aus L. A. nach Hause.«

»Der Tiefpunkt meines Lebens«, sagte Terry. »Ich habe wieder für meinen Dad gearbeitet. Und ich hab getrunken … mehr als gewöhnlich, meine ich. Ich hatte praktisch kein Geld, keine Perspektive. Eines Abends höre ich mir im Lili's eine Band an, ich glaube, es waren die Zombie Surfers, und plötzlich kommen die Pajonny-Brüder reinmarschiert.«

»Deine alten Kumpel.«

»Kumpel würde ich sie nicht nennen. Auf der Highschool haben wir zusammen Football gespielt. Es gab Schlägereien – sie haben Fran verspottet, weil er wie ein Mädchen hieß.«

»Vorhin im Restaurant dachte ich«, sagte Debbie, »dich hätten sie so nennen sollen. Hab ich nicht gesagt, dass du mich an Franz von Assisi erinnerst?«

»Du meinst, so hat er deiner Meinung nach ausgesehen? Hätten meine Eltern mich Francis genannt, wär ich inzwischen tot, oder ich würde am Boxersyndrom leiden, von den vielen Prügeleien. Weißt du, was das Schlimmste an einer Schlägerei ist? Dass die Hände so lange brauchen, bis sie heilen.«

»Na schön«, sagte Debbie, »du bist jetzt Zigarettenschmuggler. Du machst ein paar Touren und setzt dich mit den dreißigtausend nach Ruanda ab. Oder vielleicht waren's auch mehr.«

»Willst du wissen, ob ich noch Geld habe?«

»Das fragt sich Johnny«, sagte Debbie. »Ich würde ihm nur ungern zehn Riesen schulden, die ich nicht habe.«

»Ich rede mit Johnny. Mach dir deswegen keine Sorgen.«

Sie fragte sich, ob es wirklich so einfach war, wollte aber weiterkommen. »Zurück zu Onkel Tibor. Er hat deiner Mom erzählt, du seist Priester geworden –«

»Weißt du, warum ich nach Afrika bin? Mal abgesehen davon, dass mich niemand in Ruanda suchen würde? Ich hab Tibor gemocht. Ich kannte ihn mein Leben lang, weil er bei uns gewohnt hat, und ich wollte etwas für ihn tun. Sein Haus streichen, den Rasen mähen, was auch immer ihn glücklich machen würde. Als ich dort ankomme, sagt er: ›Ich brauche keinen Anstreicher, ich brauch dich am Altar, wo du die Messe liest, sonst nützt du mir nichts.‹«

Debbie sagte: »Deine Mom hatte ihm erzählt, dass du ein Priesterseminar besuchst.«

»Stimmt, und ich habe ihm nicht widersprochen. Außerdem kannte ich mich mit der Liturgie aus, schließlich war ich mal Messdiener.«

»Nur in Sachen Theologie warst du ein wenig schwach auf der Brust.«

»Wann brauchte ich die denn schon? Die meisten Leute dort sprechen ohnehin nur Kinyarwanda oder Französisch. Tibor hatte vor, mich sofort zum Priester weihen zu lassen. Er war achtzig Jahre alt, hatte ein kaputtes Herz, schon zwei Bypässe und das Gefühl, dass ihm nicht mehr viel Zeit blieb. Er sagte, er würde mich von einem befreundeten Bischof weihen lassen. Ich dachte, na ja, der Bischof kann zwar die nötigen Worte sprechen, aber dadurch werde ich doch nicht wirklich zum Priester, oder? Wenn ich keiner sein will? Du verstehst doch, was ich meine? Wenn ich so tue – wer weiß dann, dass ich kein Priester bin?«

»Noch eine Grauzone.«

»Doch bevor alles wie geplant über die Bühne geht, kriegt Tibor einen Herzanfall, und ich bringe ihn ins Krankenhaus nach Kigali, der Hauptstadt. Ich sage zu ihm: ›Onkel Tibor, nur für alle Fälle, warum schreibst du nicht Marguerite‹ – das ist meine Mutter –, ›solange du noch kannst, und teilst ihr mit, dass ich endlich Priester geworden bin? Es würde sie besonders glücklich machen, diese Nachricht von dir zu bekommen. Schreib den Brief, und ich schicke ihn ab, sobald ich geweiht bin.‹

»Er hat den Brief geschrieben«, sagte Debbie.

»Jawohl.«

»Und starb?«

»Nicht sofort.«

»Aber du hast ihr den Brief trotzdem geschickt.«

»Damit ich ihn nicht verliere.«

»Du bist den weiten Weg bis nach Ruanda geflogen und fünf Jahre geblieben«, sagte Debbie, »damit dich deine Mutter in Ruhe lässt.«

»Ich bin nicht wegen ihr geblieben.«

Debbie machte einen Schrank auf und holte eine Schachtel Kräcker heraus. »Weißt du, wie es aussieht? Als hättest du ihren Tod abgewartet, um nach Hause zu kommen.«

»So hatte ich das noch gar nicht gesehen.«

Debbie holte einen Kanten Brie aus dem Kühlschrank.

»Du bist zwar hergekommen, aber nicht rechtzeitig zur Beerdigung.«

»Ich musste vor der Abreise noch etwas erledigen.«

Debbie legte ein Messer neben den Käse. »Fünf Jahre in einem afrikanischen Dorf …«

»Fran musste den Staatsanwalt bearbeiten.«

»Ich weiß, aber Ruanda … Hättest du nicht woanders hingehen können? Was war mit Südfrankreich?«

»Da war ich schon«, sagte Terry. »Fran war dafür, dass ich

Onkel Tibors Stelle einnahm, so blieb der Job in der Familie. Dem Staatsanwalt gefiel's auch.«

»Du hast mir erzählt, du hättest die Beichte abgenommen«, sagte Debbie und reichte ihm Käse und Kräcker. »Stimmt das?«

»Einmal in der Woche«, sagte Terry mit vollem Mund.

»Also echt jetzt mal – wirklich?«

»Sie erzählen dir ihre Sünden, und du forderst sie auf, Gott zu lieben und es nicht wieder zu tun. Und du gibst ihnen ihre Buße auf.«

»Den Ziegendieb gab's wirklich?«

»Aus der Gegend von Nyundo.«

»Und den, der gemordet hat?«

»Um den hab ich mich auch gekümmert. Der hat seine Buße bekommen.«

»Sag jetzt nicht, dass du die Messe gelesen hast.«

Sie beobachtete, wie er sich Käse auf den Kräcker tat und das Ganze in den Mund schob.

Er sagte: »Das erste Mal« und brach wieder ab, um fertig zu kauen und zu schlucken. »Ich hab Tibor besucht, der noch im Krankenhaus lag. Man sprach schon davon, dass ein Genozid organisiert wurde. Da hörten wir im Radio, er sei in vollem Gange – Hutu-Milizen, das waren die Bösewichter, bewaffnet mit AK-47, Macheten und nagelgespickten Keulen, brächten jeden Tutsi um, den sie fanden. Tibor befahl mir, rasch nach Hause zu fahren und alle in die Kirche zu schaffen, wo sie in Sicherheit seien.«

Kirchenasyl. Das kannte Debbie aus *Der Glöckner von Notre Dame*.

»Wir sind in der Kirche, alle haben Todesangst und fordern mich auf, die Messe zu lesen. Ich dachte, na ja, wir können ein paar Gebete sprechen. Nein, sie wollen eine echte Messe samt

Abendmahl, ›weil wir wissen, dass wir sterben müssen‹. Das sagten sie mir. Sie hatten es bereits akzeptiert, und egal was ich sagte, es änderte nichts. Ich ziehe mein Ornat an – ich sehe wie ein Priester aus und kann die Messe lesen, also tue ich es. Ich kam durch den ersten Teil, bis zur Wandlung, und an der Stelle drangen sie ein, schossen plötzlich, schlugen mit ihren Macheten zu … Ich stand einfach nur da und sah zu, wie sie jeden in der Kirche umbrachten, sogar die Kinder, wie sie Babys an den Füßen packten und an die Wand schleuderten, während die Mütter schrieen …«

Debbie fragte: »Haben sie sich nicht gewehrt?«

»Womit denn? Sie wussten, dass sie sterben würden, und ließen es geschehen.«

Sie stand neben ihm an der Anrichte und sagte nichts mehr. Sie sah zu, wie er einen Schluck trank, dann noch einen, das Glas leerte. Sie nahm ihre Zigaretten, bot ihm eine an. Er schüttelte den Kopf. Sie goss ihm Scotch ins Glas, gab einen Eiswürfel hinzu. Er ließ den Drink auf der Anrichte stehen. Sie zündete sich eine Zigarette an. Jetzt zog er eine aus der Packung, und sie machte das Feuerzeug wieder an, das ihr der Verkäufer im Laden gegeben hatte. Terry sog an der Zigarette und legte sie auf den Rand des Aschenbechers.

Er sagte: »Ich habe gar nichts getan, nur zugesehen.«

»Was hättest du tun können?«

Er antwortete nicht.

»Du siehst es immer und immer wieder vor dir.«

»Ich denke daran, ja.«

»Bist du deshalb geblieben? Es ließ dir keine Ruhe, dass du nichts unternommen hast? Du hattest Schuldgefühle?«

Er zögerte, war vielleicht überrascht, etwas zu hören, woran er noch nicht gedacht hatte.

»Warum bist du fünf Jahre dageblieben?«

»Das hab ich dir doch erklärt.«

»Du dachtest, wenn du gingst –«

»Was?«

»… würdest du davonlaufen?«

Er schüttelte den Kopf. »Es hat nicht … ich kann mir nicht denken, dass ich deshalb, na ja, Rache nehmen wollte. Ich konnte nicht glauben, dass ich mit angesehen hatte, wie so viele Menschen ermordet wurden, die meisten zerhackt von Leuten, die sie kannten, ihre Nachbarn, Freunde, manche sogar durch Heirat mit ihnen verwandt. Man forderte die Hutu auf, alle Tutsi zu töten, und sie sagten, in Ordnung, und versuchten nach Kräften, genau das zu tun. Wie kann man so etwas wissen und Partei ergreifen, wenn man nicht der einen oder anderen Seite angehört? Selbst als sich mir die Gelegenheit bot, etwas zu unternehmen, war das nicht geplant oder vorher überlegt.«

»Was hast du gemacht?«

Er nahm das Glas, trank einen Schluck und stellte es wieder ab.

»Am Tag meiner Abreise habe ich vier junge Männer getötet, Hutu. Sie waren damals vor fünf Jahren in der Kirche. Ich habe sie getötet, weil einer von ihnen damit angegeben und verkündet hat, sie würden das noch mal machen. Sie saßen im Haus der Bierlady an einem Tisch, tranken Bananenbier, und ich hab sie mit der Pistole meiner Haushälterin erschossen.«

Schweigen.

Debbie zog an ihrer Zigarette, hatte Zeit.

»Du nimmst mich nicht auf den Arm, oder?«

»Nein, ich habe sie getötet.«

»Hat es was gebracht?«

»Was meinst du damit?«

»Dass du jetzt was unternommen, dass du zurückgeschlagen hast?«

Nach einer Pause sagte er: »Für mich hatte es irgendwie nichts mit dem zu tun, was damals in der Kirche passiert ist.«

»Du wurdest nicht verhaftet?«

»Die Militärs sind Tutsi. Einer von ihnen hat mir geholfen zu verschwinden.«

Dabei blieb er ernst, seine Miene, sein Tonfall. Und doch schien er mit sich und seiner Tat im Reinen zu sein. Debbie rückte näher an ihn heran und berührte ihn am Gesicht, seinen Bart und den Wangenknochen. Sie sagte: »Erzähl es doch so, die Szene in der Kirche. Das ist deine Predigt.« Sie tätschelte seine Wange, nahm dann die Hand runter und griff nach ihrem Glas.

Terry sagte: »Also, das hatte ich auch vor. Gemeinden aufsuchen und mir die Erlaubnis holen, sonntags bei der Messe einen besonderen Aufruf vorzutragen. Fran hat mir ein Adressbuch der Erzdiözese besorgt, und ich habe mir die Gemeinden aufgeschrieben, die ich besuchen möchte, und die Namen der Pastoren. Ich werde im Osten beginnen, bei den Gemeinden, die ich kenne.«

»Du schuftest dich krumm und schief«, sagte Debbie, »und das alles für Kleingeld.«

»Ich hab Fotos von kleinen Kindern, Waisen.«

»Sind sie herzzerreißend?«

»Die Kleinen sind allein auf der Welt und haben Hunger. Ich hab Schnappschüsse von ihnen, wie sie sich durch Müllhalden wühlen –«

»Wenn du wirklich groß absahnen willst«, sagte Debbie, »gibt es nur eine Möglichkeit: Besorg dir Adressenlisten von Katholiken. Fang mit einer Wohngegend an, ein paar tausend Namen.

Denen schickst du eine Broschüre mit deiner Geschichte, deinem Anliegen, Fotos der hungernden Kids, auf deren kleinen Gesichtern Fliegen rumlaufen, in die Münder krabbeln –«

»Ich weiß nicht genau, ob ich welche mit Fliegen hab.«

»Das macht nichts, Hauptsache herzzerreißend. Außerdem legst du einen frankierten Rückumschlag bei.«

Terry sagte: »Was das allein kostet –«

Er brach ab, als Debbie den Kopf schüttelte.

»Auf dem Umschlag befindet sich eine kleine Notiz: ›Auch Ihre Briefmarke ist uns eine große Hilfe.‹«

»Was kostet das alles?«

»Viel Geld. Viel zu viel. Und es ist mit Arbeit verbunden.« Dann sagte sie: »Moment mal« und drückte ihre Zigarette aus. »Du versuchst es mit einer Website im Internet, heidenkinder.com.«

»Es gibt kaum noch Heiden. Sie sind alle zu irgendwas bekehrt worden. Jede Menge Adventisten.«

»Waisen.com. Missionen oder missionare.com.« Debbie hielt inne. »Man schuftet sich dumm und dämlich. Ist dir das klar? Es ist echte Knochenarbeit, macht keinen Spaß. Wir könnten uns dahinter klemmen und rauskriegen, welche Websites es schon gibt.« Und weiter: »Dabei mag ich Computer gar nicht, sie sind zu … weiß auch nicht, zu mechanisch.« Sie holte noch eine Schale Eiswürfel aus dem Kühlschrank, drehte sich damit zur Anrichte um und zu Terry, dessen Gesichtsausdruck sie für heiligenmäßig gehalten hatte, und sagte: »Was ist nur los mit mir? Du sammelst kein Geld für Waisenkinder.«

Er sagte: »Hast du das geglaubt?«

»Du benutzt sie nur.«

Er sagte: »Ich bin nicht besonders stolz auf diese Idee, aber glaubst du, sie haben was dagegen?«

Debbie hebelte die Eisschale auf. »Tja, wenn du nur abkassieren willst, um wieder auf die Beine zu kommen –«

»Ich dachte, das wäre dir klar geworden, sobald du mich als falschen Priester enttarnt hast.«

Sie ließ Eiswürfel in ihre Gläser fallen und sagte: »Weißt du, das bringt mich auf eine Idee«, sie nahm sich Zeit, als werde der Gedanke gerade erst konkret. »Wenn du mir helfen würdest –«

»Ja …?«

»… könntest du garantiert mehr Geld machen als mit deiner Predigt, egal wie gut sie ist.«

»Ich soll dir helfen, Randy auszunehmen?«

Sie sagte: »Würdest du das tun?« und sah, wie er grinste und anerkennend den Kopf schüttelte, Gott segne ihn, manchmal kam er ihr vor wie ein schlichtes Gemüt.

»Dafür sorgen, dass er dich diesmal anfährt? Der Vorschlag könnte von mir stammen.«

»Das stimmt, ich will aber keine ernsten Verletzungen davontragen. Dass beispielsweise ein Vergleich dabei rausspringt, ich aber nie wieder gehen kann. Bei Unfällen weiß man nie genau, was passiert.«

Er sagte: »Schon, aber es ist doch deine Spezialität. Bestimmt kennst du etliche Möglichkeiten, Unfälle vorzutäuschen, du kleiner Satansbraten.«

Das ließ Debbie unkommentiert. Sie goss noch einen Schluck nach und drehte sich mit Terrys Drink zu ihm um.

»Du hast gesagt: ›Sie saßen im Haus der Bierlady an einem Tisch, tranken Bananenbier, und ich hab sie mit der Pistole meiner Haushälterin erschossen.‹ Das ist ein wörtliches Zitat. Vielleicht vergesse ich es nie wieder.«

Sie sah ihn an seinem Drink nippen.

»Hattest du Angst?«

Er schüttelte den Kopf.

»Gedanklich war es schon erledigt, bevor ich das Haus betrat.«

»Sind sie ... auf dich losgegangen?«

»Ich gab ihnen keine Gelegenheit dazu.«

»Du bist reingegangen und hast sie erschossen?«

»Wir haben vorher ein paar Worte gewechselt. Ich forderte sie auf, sich zu stellen. Was sie nicht tun würden, das wusste ich. Man könnte also sagen, schon als ich reinging, war mir klar, dass ich sie erschießen würde.«

12

Terry in seinem Parka wartete, als Debbie wegfuhr, vorbei an Hecken und alten, Schatten spendenden Bäumen. Weit und breit waren keine Palmen oder Eukalyptusbäume zu sehen, weder Bananenstauden noch Hügel, die sich aus dem Morgennebel erhoben, nur Rasenflächen, kurz geschoren wie Fairways, und Häuser, die für Terry Nobelvillen waren. Debbie drückte auf die Hupe, und er winkte lässig mit dem Arm, hob ihn und ließ ihn wieder fallen. Er drehte sich um, und da stand Fran im Eingang, ein Flügel der Doppeltür war offen, und ging auf dem mit Backsteinen gepflasterten Weg hoch zum Haus; ein geräumiges Gebäude aus beige gestrichenen Kalksteinblöcken, die Fenster und Doppelsäulen des Portikus weiß eingefasst. »Regency-Stil«, hatte Fran ihm erklärt, »kopiert nach einem Foto, das Mary Pat aus dem *Architectural Digest* geschnitten hat.«

»Fünf Minuten später«, sagte Fran jetzt, »und ich wäre weg gewesen. Dann wärst du nicht mehr ins Haus gekommen.«

Er hatte weiße Popeline-Trainingsklamotten an, in denen er

irgendwie aufgedunsen aussah, ein Schneemann in teuren Tennisschuhen, wie Terry fand.

»Ich dachte, du fliegst nach Florida.«

»Genau, eine Limousine bringt mich zum Flughafen.«

Offenbar stimmte ihn seine bevorstehende Abreise nicht fröhlich. Oder etwas anderes lag ihm schwer im Magen.

»Das trägst du im Flugzeug?«

»Ist bequemer«, sagte Fran, »der Flug dauert drei Stunden. Hast du schon gefrühstückt?«

»Gegen eine Tasse Kaffee hätte ich nichts einzuwenden. Debbie hat nur Instantkaffee im Haus.«

»Sie ist noch ein Kind«, sagte Fran. »Für sie ist Kaffee ein Cappuccino in einem Restaurant.«

»Auf wie alt schätzt du sie?«

»Ich weiß genau, wie alt sie ist, dreiunddreißig, noch ein Kind.«

»Soll das etwa heißen«, sagte Terry und folgte Fran ins Haus, »dass sie zu jung für mich ist, auch wenn ich kein Priester wäre?«

Fran brachte ihn aus dem Eingangsbereich, vorbei an einer geschwungenen Treppe, durch das Speisezimmer und den Anrichteraum in die Küche, ehe er sprach; dabei musterte er Terry über einen großen Tisch mit massiver Holzplatte hinweg. »Was soll jemand denken, der dich sieht, wie du um sieben Uhr morgens ihre Wohnung verlässt?«

»Wir haben gestern Abend Würstchen gegrillt, koscher«, sagte Terry, »mit der Haut. Anschließend haben wir noch rumgesessen und geplaudert. Es wurde spät, ich merkte, dass sie müde war …«

»Ich hab ihr am Telefon gesagt: Ruf mich an, dann hol ich ihn ab.«

Er dachte, Fran würde fragen, wo er geschlafen hatte – das

Apartment hatte nur ein Schlafzimmer –, aber anscheinend wollte er das Thema nicht ansprechen. Daher sagte Terry: »Hattest du Angst, dass sie mich flachlegt?«

Ohne zu lächeln, in einem beinahe grimmigen Tonfall sagte Fran: »Es geht mir darum, welchen Eindruck die Leute haben.«

Was nicht stimmte, aber Terry spielte mit. »Wenn ich da um sieben Uhr morgens oder so auftauche, wer weiß dann schon, wer ich bin? Seh ich in den Klamotten etwa wie ein Priester aus?«

»Du hast mir erzählt, du hättest einen Anzug gekauft.«

»Das stimmt auch.« Fran hatte ihm seine Brooks-Brothers-Kreditkarte gegeben, und Terry war mit Mary Pats Cadillac in die Mall gefahren; Fran war ausgerastet, als er das erfuhr und den Wagen auf Dellen kontrollieren musste. »Heute nach fünf hol ich den Anzug ab.«

Fran sagte: »O Scheiße«, er klang erschöpft. »Um eins hast du einen Termin mit dem Staatsanwalt.«

»Kein Problem.«

»Um Punkt eins im Frank Murphy Building. Ich hab's dir erzählt, das weiß ich.«

»Das hast du, ich habe bloß keinen Anzug. Ich habe den Priesterkragen, einen von Onkel Tibor, und eins seiner Mandarinhemden – das oben eine kleine Kerbe hat, damit man den Kragen sieht. Ich hab seinen Anzug anprobiert. Der glänzte so, dass man ihn beim Haarekämmen als Spiegel benutzen könnte.«

Terry grinste und hoffte, Fran würde es ihm nachtun, aber das geschah nicht.

»Fran, ich könnte ein Kleid tragen, und ich wäre immer noch ein Priester.«

»Manchmal machst du mir Angst, ist dir das klar? Mister Lässig-Locker.«

»Pater Lässig-Locker. Ich kann mich auf Lateinisch mit ihm unterhalten.«

»Das ist überhaupt nicht komisch.« Anscheinend wollte Fran noch etwas sagen, doch nach einem Blick auf die Uhr eilte er aus der Küche.

Terry hatte die Kaffeemaschine schon entdeckt. Im ersten Schrank, den er aufmachte, fand er eine Büchse Folgers-Kaffee und ließ gerade das Wasser laufen, bis es kalt wurde, als Fran wieder auftauchte.

»Mein Wagen ist da.«

»Woher weißt du das?«

»Er war für Viertel nach sieben bestellt, und das ist es jetzt. Hör zu, Terr. Bau keine Scheiße, klar?«

»Keine Sorge.«

»Allein schon falsches Auftreten kann bewirken, dass die Anklage nicht fallen gelassen wird.« Fran schwieg einen Moment. »Alter, ich hab mir für dich ein Bein ausgerissen. Ich sagte, die Pajonnys hätten dich als Lkw-Fahrer angestellt, für zehn Dollar die Stunde. Als du nach Afrika gegangen seiest, brauchtest du noch ein wenig Geld. Ich hätte dir geben wollen, was du brauchtest, aber du wolltest dafür arbeiten … so seist du nun mal, ein fleißiger Mensch. Ja, du hättest zwar gewusst, dass du Zigaretten beförderst, aber keine Ahnung gehabt, dass dabei Steuern hinterzogen wurden, sonst hättest du den Job nicht angenommen. Du wüsstest weder, wer die Zigaretten gekauft hat, noch was anschließend damit geschah. Das ist deine Geschichte, und an der hältst du fest. Bist du nervös?«

»Wieso? Ich hab nichts zu verbergen.«

»Das ist gut«, sagte Fran, »das ist die richtige Einstellung. Noch Fragen?«

»Mir fällt keine ein.«

»Bringst du mich raus?«

Terry sagte »Klar« und drehte den Wasserhahn zu.

Fran hatte sich nicht gerührt. »Eins hab ich vergessen, Johnny hat angerufen. Seine Nummer liegt neben dem Telefon in der Bibliothek. Ruf ihn an – du solltest ihn nicht verärgern. Aber du solltest auch keine kleinen Brötchen backen. Das heißt, du schuldest ihm nichts, keinen Cent. Du darfst gegenüber keinem Menschen zugeben, dass du damals bezahlt wurdest. Wenn Johnny den starken Mann markiert, steck zurück, ihr seid keine Kinder auf dem Schulhof mehr. Falls er dich bedroht, sag es Padilla, dem Staatsanwalt. Mit dem Arsch legst du dich besser nicht an.«

»Meinst du Johnny oder den Staatsanwalt?«

Fran sagte: »Du kannst nicht anders, oder? Du reagierst automatisch mit 'nem dummen Spruch. Ich hab gedacht, nach allem, was du in Afrika durchgemacht hast, kommst du zurück und hast dich verändert, bist ernster geworden …«

Terry nickte, wartete ab.

»… legst eine gewisse Verantwortung und Dankbarkeit an den Tag. Weißt du überhaupt, was ich dir alles in allem geschickt habe, einschließlich der von mir bezahlten T-Shirts? Über zwanzigtausend Dollar. Und du erzählst mir in deinen Briefen was von Wetter und schreibst: ›Ach ja, danke für das Geld.‹«

Terry sagte: »Du hast es doch abgeschrieben, als Spende?«

»Darum geht's gar nicht. Was ist mit dem Zigarettengeld? Für die drei Touren hast du bestimmt fünfzig Riesen abgegriffen, den Anteil der Pajonnys bei der letzten mitgerechnet. Hast du das alles ausgegeben?«

Fran versuchte herauszufinden, ob Terry noch Geld hatte. Terry sagte: »Fran, ich war über fünf Jahre drüben.« Mehr wollte er zu dem Thema nicht sagen.

»Ich hab einen deiner Briefe an Mary Pat gelesen, in dem du ein wenig mehr aus dir herausgegangen bist, wo das mit den Gerüchen drinsteht. Mein Kommentar war, dass du allmählich wieder wie du selbst klingst. Weißt du, was Mary Pat dazu gesagt hat? ›Ist das gut oder schlecht?‹« Und weiter: »Verstehst du, was ich damit sagen will?«

Terry war sich nicht sicher, nickte aber erneut, mit einem leichten Stirnrunzeln, um Fran zu zeigen, dass er ernsthaft darüber nachdachte, während Fran ihn offenbar möglichst lange anstarrte, bevor er wieder auf seine Uhr sah.

»Ich muss los.«

Terry wartete auf der Treppe vor der Haustür, bis der Lincoln Town Car verschwunden war. Er ging in die Bibliothek und sah zwei Telefonnummern für Johnny auf dem Notizblock – seine Privatnummer und etwas, das wie sein Handy aussah –, während er Debbies Nummer wählte. Als Debbie sich meldete, sagte Terry: »Er ist weg.«

O Mann, die letzte Nacht. Die letzte Nacht war für seine Zukunft maßgebend gewesen. Es würde sich alles nach und nach ergeben müssen, aber bisher sah die Reise rundherum vielversprechend aus.

Allein wie sie sich unterhielten, wie Debbie Geschichten erzählt hatte … Zuerst bot sie an, einen zu drehen, falls er wollte. »Einen Yobie? Klar, warum nicht.« Sie fand den Namen cool, so wolle sie ab jetzt einen Joint nennen, Yobie. Klar? Sie hatten eine gemeinsame Zukunftsperspektive. Sie saßen auf ihrem gebraucht gekauften Sofa von St. Vincent de Paul, kifften und grinsten sich an, nahmen kleine Schlucke von ihren Drinks und wurden high, während sie gemeinsam überlegten, wie sie Randy ausnehmen konnten. Der inzwischen steinreich war.

Was Debbie vorher nicht erwähnt hatte. Der Mann hatte eine wohlhabende Frau geheiratet, war zwar jetzt geschieden, aber gut dabei weggekommen, nämlich mit ein paar Millionen und einem Restaurant in der Innenstadt.

»Dazu kommen wir noch«, sagte Debbie. »Ich hab dir doch erzählt, wie er sich Geld von mir pumpen wollte und mir ein Foto seines Boots gezeigt hat?«

»Das ihm gar nicht gehörte«, sagte Terry.

»Stimmt, aber ich hab nicht erwähnt, dass mein Name auf dem Heck stand, DEBBIE, und darunter PALM BEACH. Er sagte, er habe es umbenannt, weil er so verrückt nach mir sei. Und übrigens, ob ich ein paar Riesen entbehren könnte.«

»Wie hat er das gemacht?«

»Warte. Also, ich rede jetzt von später, nachdem er mich ausgenommen und sich abgesetzt hat. Es ist ein paar Monate her, und ich besuche meine Mutter in Florida. Unterwegs hab ich in dem Yachthafen Halt gemacht, von dem Randy dauernd erzählte, mich umgesehen, und da lag er, ein vierzehn Meter langer Kutter namens DEBBIE, darunter stand PALM BEACH. In der Hafenkneipe hab ich mich erkundigt, ob jemand einen gewissen Randy Agley kannte. Der Barkeeper sagt: ›Meinen Sie Aglioni?‹ Und ein knorriger am Tresen sitzender Alter meint: ›Randy, das ist doch der fiese Typ, der hier rumgeschlichen ist und Boote fotografiert hat. Den haben wir weggejagt.‹ Ich frage, ob sie wüssten, wo Randy abends rumhängt. Der Barkeeper schlägt vor, es mal im Breakers zu versuchen, wo Typen wie Randy die Leinen nach reichen Tussis auswerfen. Der Alte schlägt die Au Bar vor, da habe er ihn ein paarmal gesehen. Also, im Breakers hat Randy Hausverbot, und die Au Bar existiert nicht mehr, die heißt jetzt anders. Pech gehabt, denke ich mir. Aber kurz danach lade ich meine Mom zum Abendessen im Chuck and Harold's ein, wir sind fast fertig, und auf einmal ist da Mr. Wonderful persönlich. Er hat einen Drink in der Hand und zwei Frauen ein paar Tische weiter fest im Blick. Sie sind leger gekleidet, aber man sieht, dass sie aus Palm Beach sind – die Frisuren, schlichter Schmuck, aber der wahre Jakob. Randy macht sich erst an sie ran, als sie die Drinks bestellt haben, der Geizkragen. Ich beobachte das Ganze … sie kennen ihn offensichtlich nicht. Er labert sie ein paar Minuten lang voll, irgendwas in der Art von: ›Hab ich Sie beide nicht letzte Woche im Donald's gesehen? Nein? Dann war's bestimmt …‹ Er setzt sich zu ihnen. Nicht lange, und die Frauen lachen, dabei ist er nicht mal witzig, hat keinen Funken Humor. Ich hab immer mal Gags, Ideen an ihm ausprobiert, die mir spontan in den Sinn kamen. Beispielsweise: ›Mein Freund sieht so gut aus, dass er sich Frauenkleider anziehen muss, wenn er ausgeht‹, Pause, ›sonst fallen die Tussis über ihn her.‹ Randy dachte drüber nach, mit verständnisloser Miene, dann knipste er sein gekünsteltes Lachen an, ha ha ha. Mit ihm konnte man sich nicht amüsieren. Der Mann hat keine Ahnung, wie man mal richtig albern und ausgelassen ist.«

»Er setzt sich zu den Frauen«, sagte Terry.

»Und ich bin mit meiner Mom da. Was soll ich tun, die beiden warnen? Ihm einen Drink über den Kopf kippen und eine Szene machen? Nicht mit meiner Mom im Raum. Hab ich dir gesagt, dass sie sich für Ann Miller hält? Während ich Randy beobachte, erzählt mir Mom, welchen Spaß sie hatte, als sie mit Gene und Frank *Heut gehn wir bummeln* drehte, aber diese niedliche Vera-Ellen habe die ganze Zeit nur rumgenervt.«

Terry sagte: »Ich würd sie gern kennen lernen.«

»Sie ist immer noch in Florida. Schließlich bin ich einfach mit Mom zu dem Tisch gegangen und hab gesagt: ›Mom, das ist

Randy, der Maulheld, der mir mein ganzes Geld geklaut hat.‹ Und meine Mutter sagt zu ihm: ›Wie geht's, Andy, freut mich wirklich sehr.‹ Sie hielt ihn für Andy Garcia. Ich bringe sie raus, rase über die Brücke zum Altenpflegeheim – es liegt direkt am Flagler Boulevard –, setze sie ab und rase wieder zu Chuck and Harold's. Ich war mir sicher, dass er noch da war, weil er erst jeden Verdacht ausräumen, sich eine lange, komplizierte Geschichte ausdenken musste. Hast du *Mein Essen mit André* gesehen, wie der Fatzke anderthalb Stunden lang Wallace Shawn nach Strich und Faden langweilt? Genauso ist Randy.«

»Er war noch da.«

»Ich hab zuerst nachgesehen, einen Blick durchs Fenster geworfen. Dann hab ich den Einparker beschwatzt, damit ich in zweiter Reihe stehen und warten durfte. Nach 'ner Weile kommt Randy mit den beiden Ladys raus und labert auf sie ein, während sie auf ihren Wagen warten. Ich war mir sicher, dass Randy irgendwo auf der Straße parkte, der gibt sein eigenes Geld nicht aus, wenn sich's vermeiden lässt. Er hilft den beiden in ihr Auto, labert sie immer noch voll. Als sie wegfahren, geht er auf der Straße neben den am Bordstein parkenden Autos vorbei. Ich schleiche im Schritttempo neben ihm her, die Fensterscheiben unten, und rufe: ›Ey, Arschloch‹, damit er aufmerksam wird. Ich hab ihm gesagt, dass ich ihn jagen, immer wieder auftauchen und sein erbärmliches Leben zur Hölle machen würde, bis er mir jeden Cent zurückzahlt, den er mir geklaut hat. Ich hatte aber keine Ahnung, wie ich das anstellen wollte. Er kommt auf meine Seite des Wagens, ein Ford Escort, und sagt zu mir: ›Leg dich nicht mit mir an, Kleine. Du bist nicht in meiner Liga.‹«

»Das hat dir den Rest gegeben«, sagte Terry, »dass er dich Kleine nannte, stimmt's?«

»Das und sein Tonfall, Mr. Großkotz persönlich. Ich guck ihm nach, wie er weggeht, die Straße an der Stelle überquert, wo er auf dem Mittelstreifen seinen Wagen abgestellt hat, auf dem palmenbestandenen Royal Poinciana Way. Ich musste einfach hinterher. Ich trete das Gaspedal durch. Ich seh sein Gesicht, als er sich umschaut und mich auf sich zukommen sieht, und dann mähe ich ihn um, schleudere ihn über zwei parkende Autos und mach mich aus dem Staub.«

»Du hast Fahrerflucht begangen?«

»Das war mein Fehler, ein vorsätzlich herbeigeführter Unfall mit Fahrerflucht, mit allen Leuten als Zeugen, die vor dem Restaurant standen.«

Terry zeigte sein Mitgefühl. »Das ist wirklich ätzend, wenn so viele Leute zusehen. Hast du ihn schwer verletzt?«

»Er musste sich eine neue Hüfte einsetzen lassen.«

»Soviel ich weiß, ist das heutzutage Routine.«

»Das andere Bein war gebrochen, die Lunge perforiert. Er hatte Platzwunden, die Kopfhaut musste mit etwa fünfunddreißig Stichen genäht werden. Der Staatsanwalt wollte mich wegen Mordversuchs anklagen. Ich hatte einen Pflichtverteidiger, der sich die größte Mühe gab. Er versuchte, Körperverletzung zu bekommen, das hätte mir etwa ein Jahr eingebracht; geeinigt haben wir uns dann auf schwere Körperverletzung, das gab drei bis fünf Jahre.«

»Du armes Ding«, sagte Terry und legte ihr seinen Arm um die Schultern. »Mit den ganzen Verbrecherinnen zusammen eingesperrt. Das war bestimmt furchtbar.«

Sie sah ihn aus traurigen Augen an, hielt den Yobie von ihnen weg, und er küsste sie zum ersten Mal, ein zarter Kuss, um einen ersten Eindruck zu gewinnen, dann gab er ein wenig mehr Dampf, um herauszufinden, wohin ihn das brachte, und merkte erfreut, dass Debbie voll dabei war. Als sie sich lösten, nahm er ihr den Yobie ab und legte ihn in den Aschenbecher auf den Couchtisch. Doch als er sich wieder zu ihr umdrehte, lag da ein anderer Ausdruck in ihren Augen. Sie hatte gewisse Zweifel.

Er sagte: »Ich bin nicht HIV, ehrlich.«

»Schwörst du?«

Er hob die rechte Hand. »Großes Indianer-Ehrenwort.«

»Du hast dir keine obskuren afrikanischen Krankheiten eingefangen oder so was?«

»Nicht mal Malaria.«

Sie sah ihn weiter unverwandt an, und bald wurde ihr Blick sanfter. Als sie lächelte, glaubte er, am Ziel zu sein.

So war es.

Sie gingen ins Schlafzimmer, küssten und berührten einander, als sie sich auszogen, Terry hielt sie von hinten, während sie die Tagesdecke herunterzog. Sie machten die Lampe nicht an, es schien aber genug Licht aus dem Flur, wo das Bad war. Sie sagte: »Es ist schon ewig her.« Und weiter: »Ich weiß, es ist wie Fahrrad fahren.«

Nur viel besser. Aber das sagte Terry nicht. Im Bett sprach er nicht viel.

Nachher, als sie fest umschlungen im Bett lagen, sagte Terry: »Wir haben uns doch überlegt, was die Gekreuzigten in dem Film sangen?«

»*Das Leben des Brian*«, sagte Debbie, »klar, und was?«

»›Always Look on the Bright Side of Life.‹«

Sie sagte: »Stimmt, und dann haben alle Gekreuzigten den Refrain gepfiffen. Ja, ich hab's im Ohr.« Sie schwieg, überlegte sich vielleicht irgendwas Lustiges. Terry wartete, drehte sich dann zu ihr um und sah, wie sie an sich heruntersah, das Kinn auf den Oberkörper gepresst. Sie sagte: »Im Liegen fällt's einem nicht so auf, aber man sieht, dass sie ein klein wenig schlaff herabhängen.«

»Ich finde, sie sehen okay aus.«

»Wenn sie straff aufragen, während die dazugehörige Person liegt… dann weiß man, dass sie nicht echt sind.«

»Tatsächlich?«

»Manchmal tust du so als ob, oder?«

»Nämlich?«

»Als wärst du so ein schlichtes Gemüt.«

»Das bin ich.«

Sie machte: »Hm-m. Hast du Hunger?«

»Ich dachte, wir drehen uns vielleicht noch einen und genehmigen uns einen Nachschlag.«

Sie sagte: »O Mann. Echt?«

Und so kamen sie erst wieder auf Randy zu sprechen und wie gut er finanziell abgesichert war, als sie die nächste Pause einlegten und sich ausruhten; Debbie erzählte, wie sie Randys Ex besucht hatte, Mary Lou Martz. »Sie hat ihren Namen beibehalten, als sie Randy heiratete. In Detroits Gesellschaft war sie immer Mrs. William Martz, eine Förderin von allem, was mit den schönen Künsten zu tun hatte – dem Symphonieorchester, der Oper, dem Kunstinstitut. Sie ist aktiv und sehr beliebt, ihre Freunde nennen sie Lulu.«

»Hast du sie auch so angeredet?«

»Ich hab sie überhaupt nicht angeredet. Ich habe ihr am Telefon von meinen Erfahrungen mit Randy erzählt, worauf sie mich in ihr Herrenhaus nach Grosse Pointe Park einlud, eine Wucht, eine Art französisches Château am Lake St. Clair. Mich hat überrascht, dass sie so bereitwillig über ihn reden wollte. Sie war vor dreißig Jahren bei der Wahl zur Miss Michigan

Zweite geworden, sieht gut aus, hält sich in Form, hat sich ein-, zweimal liften lassen«

»Das hat sie dir erzählt?«

»Das sieht man. Ich hab sie gefragt, ob Randy mit ihr um die Welt segeln wollte. Sie antwortete, das seien so ungefähr seine ersten Worte gewesen. Auf irgendeiner hochoffiziellen Veranstaltung.«

»Der Typ verliert keine Zeit, stimmt's?«

»Ja, aber weißt du, was sie geantwortet hat? ›Mit deiner oder meiner Yacht?‹ Cool! Sie war auf der Hut und ist trotzdem auf ihn reingefallen. Er hat ihr weisgemacht, er schreibe ein Buch über den Konflikt im Nahen Osten, darüber habe er die letzten zehn Jahre in der *Herald Tribune* berichtet, die meiste Zeit lebe er in Paris. Sein Boot liege allerdings in Haifa, Israel. Vier Monate, nachdem sie sich kennen gelernt hatten, in denen Randy angeblich in den Nahen Osten und wieder zurück geflogen war, heirateten die beiden.«

»Wie ist sie ihm auf die Schliche gekommen?«

»Kleinigkeiten. Nach Jahren in Paris sprach er immer noch kein Französisch. Er behauptete, das sei überflüssig, dort sprächen alle Englisch. Lulu war oft genug in Paris gewesen, um zu wissen, dass das Quatsch war. Sie wollte mal eben mit ihm nach Israel jetten, mit seinem Schiff eine Kreuzfahrt durch die Ägäis machen. Randy sagt: Klar, warum nicht. Dann ist er eine Woche lang verschwunden. Als sie sich das nächste Mal sahen, behauptete er, die PLO habe sein Boot in die Luft gejagt. Die PLO hasse ihn, er stehe auf ihrer Todesliste. Wenn man nur frech genug lügt, kommt man eine Weile damit durch. Aber mittlerweile summieren sich seine Ausgaben, er kauft einen neuen Jaguar … Lulu will wissen, was aus seinem eigenen Geld geworden ist. Er hatte ihr erklärt, er habe von einem Verlag zweihunderttausend Dollar Vorschuss bekommen, das Geld aber bei der Arbeit an seinem Buch ausgegeben. Lulu sagte: ›Welches Buch? Ich seh nicht, dass du an irgendeinem Scheißbuch schreibst.‹«

»Das hat sie gesagt?«

»Sinngemäß. Er behauptete, er habe im letzten Jahr an einer Schreibblockade gelitten, aber inzwischen wohl das Gröbste hinter sich und könne bald wieder loslegen. Lulu setzte einen Privatdetektiv auf ihn an, und damit war er erledigt. Aber das passierte nicht schnell genug. Weil die Ehe länger als ein Jahr gedauert hatte, griff der Ehevertrag, und Randy bekam seinen Vergleich, ein paar Milliönchen und das Restaurant.«

»Hast du's gesehen?«

»Nicht von innen. Er soll noch nicht wissen, dass ich in der Gegend bin. Lulu geht nicht in die Nähe. Sie sagt, wenn sie eine Bombe basteln könnte, würde sie den Laden in die Luft jagen. Mitsamt Randy.«

»Sie wollte flachgelegt werden«, sagte Terry, »und das wurde teuer.«

»Sie wollte bloß einen netten Typ kennen lernen und sich ein bisschen amüsieren.«

»Was für eine Firma hatte ihr Mann?«

»Timco Industries. Autozulieferer, stellt Zubehörteile her.«

»Ach ja?«

»Du hast keine Ahnung, was ich da erzähle, oder?«

»Schrauben und Muttern.«

»Anschlussstücke«, sagte Debbie. »Die man braucht, um auf einem Fließband Teilmontagen zu bewerkstelligen. Beispielsweise Motoren, Getriebe, Benzintanks, die müssen auf einem Band zusammengefügt werden, das ein Auto pro Minute ausspuckt. Dabei kann man keinen Schraubenschlüssel benutzen, das würde das Band verlangsamen. Also hat Lulus Mann Bill eine Methode erfunden, wie man die Teile mit einem Anschlussstück aus Plastik zusammenfügt und einem O-Ring als Dichtung. Das hab ich mir gemerkt, falls ich es mal auf der Bühne verwenden will.«

»Das hat ihn reich gemacht, ein Anschlussstück aus Plastik?«

»Samt Dichtungsring. Terry, im Jahr rollen zehn Millionen Autos vom Band, die das Patent von Lulus Mann zusammenhält. Er hat die Firma verkauft, damit er sich zur Ruhe setzen und Golf spielen konnte.«

»Und ist gleich danach gestorben?«

»Auf der Zwölf in Oakland Hills, einem langen Par fünf.«

»Die Firma heißt Timco?«

»Autozulieferer heißen so«, sagte Debbie, »Timco, Ranco – man weiß nie, was sie machen. Ich hab Stand-up auf Dinner-Partys gemacht, die wurden von Zulieferern veranstaltet, deren Namen noch niemand gehört hat, und diese Leute sind ausnahmslos Millionäre.«

Terry sagte: »Da möchte man wirklich seinen Lebensunterhalt mit Arbeiten verdienen, hm?«

Sie standen auf, grillten Hot Dogs und waren eine Stunde später wieder im Bett, nachdem sie alle Lampen im Apartment gelöscht hatten.

Im Dunkeln sagte Terry: »Was hast du vor, in Randys Restaurant ausrutschen und hinfallen?«

»Ich nicht«, sagte Debbie, »sondern du. Pater Terry Dunn, heldenhafter Missionar aus Ruanda, die letzte Hoffnung von Hunderten hungernder Kinder.«

13

Letzte Nacht, im Bett, redeten sie nicht darüber. Er sagte nur: »Ich komme ins Restaurant, rutsche aus und falle hin. Worauf?« Debbie meinte nur: »Das kriegen wir schon hin.« Als sie am Morgen danach ihren Instant-Kaffee trank, fragte er: »Wie kriegen wir das hin?« Und sie sagte: »Was?«

Tja, da stand sie nun, schaute hinauf in die hoch gewölbte Diele, und Terry beobachtete sie vom oberen Absatz der geschwungenen Treppe aus: Debbie in einem dunklen Rock und einem Rollkragenpulli unter dem offenen Regenmantel, wie sie über den Marmorfußboden klapperte, mit ihren hochhackigen Schuhen eine Stepptanzeinlage hinlegte.

»Weißt du, was ich schon immer mehr als alles andere werden wollte? Ein Revuegirl.«

»Warum bist du's nicht geworden?«

»Ich habe gemerkt, dass es mit Arbeit verbunden war. Na ja, wenn man gut sein und in einer Revue auftreten wollte. Ich war mal Go-Go-Tänzerin, aber bloß ein paar Wochen lang, als ich an der Universität Michigan studiert hab.«

»Das hätte ich gern gesehen.«

»Hast du doch. Ich hatte nicht genug Titten, um groß rauszukommen. Und wenn man damit sein Geld verdienen will, muss man im Grund genommen ständig auf Crack sein.«

»Komm rauf.«

Sie sagte: »Moment« und steppte ein Stück weiter, um einen Blick auf das Wohnzimmer zu werfen. Als sie die mit Teppichboden ausgelegte Treppe hinaufging, sagte sie: »Ist in Ordnung, die Inneneinrichtung eines Viersternehotels, Mary Pat geht kein Risiko ein.«

»Nichts aus Taiwan«, sagte Terry, »oder Indien.«

»Jetzt machst du dich über meine Inneneinrichtung lustig, Kitsch von Pier One und Möbel von St. Vincent de Paul aus dritter Hand.« Oben angekommen, küsste sie Terry auf den Mund. »Was willst du tun, mich auf ein Bett werfen?«

»Ich dachte, du wolltest dir das Haus ansehen.«

»Stimmt, und ich werde auf dumme Bemerkungen verzichten.«

Sie kamen zum Schlafzimmer, goldene Vorhänge, auf dem extragroßen Bett lag eine mit Troddeln versehene Tagesdecke. Debbie warf einen Blick in das Zimmer. »Also hier tun es Fran und Mary Pat.«

»Bisher mindestens zwei Mal, so viel steht fest«, sagte Terry und wünschte sofort, er hätte sich den Spruch verkniffen, denn so klang er wie ein Klugscheißer, ganz ohne Anlass. Er begleitete Debbie zu den Mädchenzimmern.

Sie schaute in beide und sagte: »Süß.«

Kein Wort über die Puppen und Plüschtiere.

»Erinnert dich an die Zeit, als du noch klein warst?«

»Ich stand mehr auf Tanzen und Doktorspiele.«

Nach einer Pause sagte er: »Ist aber nett hier, oder?« und dachte dabei an seinen Bruder, der sein Zuhause mochte und stolz darauf war.

»Das Haus? Ja, sehr hübsch. Was ist sonst noch hier oben?«

»Das Gästezimmer, wo ich schlafe.«

Er zeigte es ihr, und sie betrachtete die zwei Einzelbetten mit weißen Tagesdecken, den bequemen Sessel, Terrys Seesack und Sporttasche auf dem Schreibtisch, es lagen keine Klamotten herum.

»Du hältst in deinem Zimmer Ordnung. So ist's brav.«

»Ich hab nicht genug Sachen, um ein Chaos anzurichten.«

Plötzlich sagte sie: »Terry, was ist das denn?«

Seine Machete, sie lag auf dem Schreibtisch neben dem Seesack.

»Zum Kokosnüssespalten.«

Sie ging ins Zimmer, nahm die Machete hoch, wog sie in der Hand, legte sie wortlos wieder hin und ging zu einem Fenster.

»Ich hab die Fotos aus Ruanda da«, sagte Terry. Er nahm die Sporttasche und drehte sich zu den Betten um, trat dann aber hinter Debbie ans Fenster. Sie schauten hinaus auf den mit dunkelgrünem Plastik abgedeckten Swimmingpool, den übrigen Garten, auf die kahlen Bäume und Büsche, alles wirkte immer noch winterlich tot. Er sagte: »Im Sommer hängt Fran eine Schaukel an den Ahorn.«

Er drehte sich um und stellte sich mit der Sporttasche zwischen die beiden Betten. Die noch am Fenster stehende Debbie sagte: »Ich sollte mir eine Nummer über den Winter in Detroit ausdenken. Scheiße, wenn das Frühling sein soll, hätte ich Material für ein komplettes Programm.« Terry nahm gerade die Farbfotos aus der Tasche, als Debbie fortfuhr: »Ich wünschte, Randy würde in Florida wohnen. Da werd ich wohl hinziehen, sobald wir die Kohle haben. Du nicht auch?«

Terry antwortete nicht, sondern war damit beschäftigt, Fotos auf die Tagesdecke zu legen; er wusste nicht recht, was sie meinte. Ob er später nach Florida ziehen wollte? Mit ihr oder was? Jetzt stand sie neben ihm zwischen den Betten und sah auf die Fotos hinab. Auf ihre Frage, wie viele er habe, sagte er, etwa zweihundert. »Das sind die besten.«

»Sind das alles Jungs?«

»Nein, aber in dem Alter kann man sie nur schwer auseinander halten. Manche dieser Kinder leben in Waisenhäusern, aber die sind nicht viel besser dran als die auf der Straße. Sie bilden Familien, ein älteres Mädchen von vielleicht fünfzehn Jahren kümmert sich um die Kleinen. Sie sind auf sich allein gestellt, schnorren ihr Essen, die Kleidung zusammen … Dieser Junge hier buddelt in einer Holzkohlengrube. Er sammelt Brocken, die nicht verbrannt sind, und verkauft sie.«

Terry reichte Debbie ein Foto.

»Kinder auf einer Müllhalde suchen nach Essbarem.«

Sie sagte: »Meine Güte, Terry« und nahm samt dem Foto auf dem Bett hinter sich Platz. »Aber auf manchen Bildern sieht die Landschaft so grün und saftig aus, überall wächst Getreide –«

»Das sind Kinder«, sagte Terry, »keine Bauern mit Land, sondern kleine Tutsi, die niemand haben will. Hier, zwei Zehnjährige rauchen Zigaretten. Die drehen sie selbst. Der Junge hier, er ist heute dreizehn, hat während des Genozids einen Freund umgebracht. Mit einer Machete. Damals waren sie acht.« Terry fuhr fort: »Was macht man mit so einem Jungen?« und sah auf.

Genau wie Debbie. Sie sagte: »Hast du das gehört? Dass jemand nach dir ruft?«

Er stand auf, griff sich auf dem Weg aus dem Zimmer die Machete, Debbie direkt hinter ihm, und Terry sagte: »Du hast die Tür offen stehen lassen.«

»Sie war schon offen, als ich ankam.«

Im Flur hörten sie die Stimme wieder, sie rief: »Terry, du Wichser, wo bist du?«

Und er wusste, wer da rief.

Am Treppengeländer, das sich im Bogen nach unten in den Eingangsbereich schwang, blickten sie in die Diele, wo Johnny Pajonny stand und zu ihnen aufsah.

Terry sagte: »Mein Kumpel Johnny.«

Johnny sagte: »Wo ist mein Scheißgeld?«

Als Terry stehen blieb, um die Machete vom Schreibtisch zu nehmen, kam das für sie überraschend. Debbie, die hinter ihm ging, hatte die Hand ausgestreckt, wäre fast gegen ihn gestoßen. Sie fragte sich, ob seine Reaktion noch aus Afrika stammte – wenn du etwas hörst, schnapp dir 'ne Machete.

Jetzt sah sie Terry nach, der damit die Treppe hinunterging, die Klinge vielleicht einen halben Meter lang, der geschnitzte Griff hatte die natürliche Farbe von Holz, und Terry hielt sie mit der Spitze nach unten, am Bein. Johnny sah sie. Debbie hörte ihn sagen: »Was 'n das für 'n Scheiß, ein Schwert?« Und auf der Treppe sagte Terry: »Eine Machete«, und als er auf dem Marmorboden ankam: »Die ich in der Kirche gefunden habe, nachdem sie siebzig Menschen totgeschlagen haben, während ich am Altar stand und die Messe las. Es klebte noch Blut dran.« Johnny sagte: »Großer Gott.« Sie sah, wie Terry die Machete an der Klinge fasste, hoch hielt und Johnny den Holzgriff hinhielt. Johnny nahm ihn und sagte dabei: »Großer Gott, damit haben sie Menschen umgebracht?« »Ihnen die Köpfe abgehackt«, sagte Terry, »und die Füße.« Debbie ging langsam die Treppe hinunter. Johnny schaute auf, musterte sie aber nur kurz, während er die Machete in der Hand wog und sagte: »Die ist schwerer als sie aussieht.« Er schwang sie kurz durch die Luft. »Damit haben sie also echt Leute umgebracht?« Und Terry sagte: »Direkt vor mir.« Debbie blieb ein paar Stufen über dem Fußboden stehen, um zuzusehen.

Es war eine echte Show. Johnny kommt rein, verlangt lautstark nach seinem Geld, und Terry tritt ihm mit einer Machete entgegen und erzählt von Tod in Afrika.

Zwei Kumpel aus den Tagen des Zigarettenschmuggelns. Terry in Levi's Jeans und einem blusenartigen, weißen, gestärkten Hemd, das garantiert Fran gehörte. Johnny in einer langen schwarzen Lederjacke, den Kragen hochgestellt hinter seinen dünnen dunklen Haaren, die er zu einem mickrigen Pferdeschwanz nach hinten gekämmt hatte. Er sah gar nicht übel aus. Er war kleiner als Terry, so um die einsfünfundsiebzig, einer von diesen mageren harten Burschen, deren knochige Schultern immer leicht gebeugt sind. Er sagte: »Du bist also ein Priester, was? Scheiße, ich glaub's nicht.«

Was bedeuten konnte, dass er es glaubte, war Debbies Eindruck. Sie sah zu, wie Terry das Kreuzzeichen über Johnny schlug und dabei sagte: »*In nomine Patris, et Filii, et Spiritus Sancti* …«

Johnny fuchtelte mit der Machete in Richtung Terry und sagte: »Lass das, verdammt. Ich will wissen, was du mit meinem Geld gemacht hast, zehn Riesen, und mit dem von Dickie.«

»Dickie hat seins einem Waisenhaus gespendet.«

Johnny stutzte, dann machte er das Spielchen mit. »Ach ja, tatsächlich? Und wem hab ich meins gegeben?«

»Ein paar Leprakranken.«

»So so, ein paar Leprakranken.«

»Damit haben sie sich Schnaps gekauft«, fuhr Terry fort, »um ihre Leiden zu lindern. Ich sagte, das sei okay, du hättest nichts dagegen. Aber als das Geld zur Neige ging, sind sie auf Bananenbier umgestiegen.«

Johnny sagte: »Bananenbier.«

Terry sagte: »Du weißt doch, wenn die alte Plörre beim Ölwechsel aus dem Motor läuft? So sieht Bananenbier aus.«

»Hast du's probiert?«

»Ich bin nie in die Versuchung gekommen.«

»Aber die Leprakranken haben's getrunken, hm?«

»Die konnten nicht genug davon kriegen. Es lenkte sie davon ab, dass sie Leprakranke waren.«

»Terr, scheiß auf die Leprakranken«, sagte Johnny. »Du hast mein Geld ausgegeben, oder etwa nicht?«

Terry zuckte mit den Achseln, eine Geste der Hilflosigkeit, und hielt seine Hände in die Höhe.

»Ich war fünf Jahre drüben, Johnny. Wovon hab ich deiner Meinung nach gelebt?«

»Wovon leben denn andere Missionare?«

»Von Spenden. Weißt du nicht mehr, wie du auf Queen of Peace für die Mission gespendet hast? Und zwar für die St. Martin de Porres Mission in Ruanda. Das kannst du von deiner Einkommensteuer absetzen.«

»Glaubst du, ich zahle Einkommensteuer?«

»Falls du mal welche zahlen solltest. Dann schreibst du hin: ›Zehn Riesen für die Leprakranken‹. Johnny, du hast in den fünf langen Jahren dafür gesorgt, dass ich am Leben blieb. Ich konnte mir Süßkartoffeln kaufen, gelegentlich etwas Fleisch. Hauptsächlich Ziege, was anderes war nicht drin. Wenn du das als Geschenk an die Mission betrachtest, Johnny, verzeihe ich dir, was du gemacht hast.«

Debbie war hingerissen. Was für ein cooler Schachzug, einen Gegenangriff auf Johnny zu starten, der ihm nicht das Wasser reichen konnte; Johnny runzelte nur die Stirn.

»Mir verzeihen, was denn?«

»Dass du mich da reingezogen und behauptet hast, das Ganze sei meine Idee gewesen.«

»Mann, du warst weg. Dickie und ich saßen im Knast von Wayne County, verfluchte Axt. Da ist es so grässlich, dass du's kaum erwarten kannst, in ein echtes Gefängnis zu kommen. Glaub mir, Mann, fast ein halbes Jahr lang konnten die sich nicht entscheiden, ob wir von einem Staats- oder einem Bundesgericht abgeurteilt werden sollten.«

»Ja, aber ich bin noch nicht aus dem Schneider, Johnny. Heute Nachmittag muss ich mit dem Staatsanwalt über mein Verfahren reden, mit Gerald Padilla.«

»Das ist derselbe Scheißtyp, der uns eingelocht hat.«

»Und jetzt, wegen deiner Aussage, hat er die Chance, mich einzulochen.«

»Aber du bist doch Priester, Herrgott noch mal.«

»Ist völlig egal«, sagte Terry. »Es geht nicht anders, ich muss Mr. Padilla sagen, dass du gelogen hast, dass ich bloß den Lkw gefahren hab.«

»Von mir aus.«

»Du hast nichts dagegen?«

»Sag ihm, was du willst, ich bin ein freier Mann, Alter.«

Terry fragte: »War es sehr schlimm?«

»Was, Jackson? Wenn man mit fünftausend Irren zusammenlebt, die sich anschreien und gegenseitig fertig machen? Wenn man aufpassen muss wie ein Luchs, sobald man aus seiner Zelle kommt? Du Arsch – es war sehr schlimm. Ich hab in Vier Ost Sportwetten angenommen, hab zwei der größten Bimbos im Block Geld gegeben, damit ich nicht beklaut werde. Hab trotzdem ein Messer in den Bauch bekommen. Das hab ich selber zugenäht.«

»Wie kommt Dickie zurecht?«

»Der wohnt praktisch in Fünf, dem Loch, rein und raus, wegen seines Benehmens. Dickie verkauft sein Radio an Fische, neue Knackis. Nimmt ihnen fünfzig Mäuse ab, gibt ihnen aber das Radio nicht. Ich sag zu ihm: ›Eines Tages verkaufst du es an den Falschen.‹ Sagt er: ›Scheiß drauf.‹«

»Kommt er je wieder raus?«

»Das ist 'ne gute Frage.«

»Wie geht's Regina?«

»Du weißt doch, sie ist eine wiedergeborene Christin. Sie hat jetzt einen Aufkleber an ihrem Wagen, MEIN BOSS IST EIN JÜDISCHER ZIMMERMANN. Ihr zwei solltet euch zusammentun, ein paar Kirchenlieder singen.«

»Und was macht Mercy?«

»Studiert an der Wayne State University, will sich aufs Programmieren von Computern spezialisieren.«

»Man steckt nie drin«, sagte Terry, »stimmt's?«

Johnny sagte: »Wo steckt man nie drin?«

Auf der Fahrt in die Innenstadt sagte Debbie, die am Steuer saß: »Als wir uns gestern Abend über Johnny unterhielten und ich sagte, ihm würde ich nicht gern zehn Riesen schulden, meintest du, ich sollte mir deswegen keine Sorgen machen. Du wusstest also, du würdest mit ihm fertig werden.«

»Wenn man ihn nur genug durcheinander bringt«, sagte Terry, »kann man ihm alles erzählen.«

»Zum Beispiel, dass du Priester bist.«

»Man merkte, dass er es nicht glauben wollte, aber er tut's doch.«

»Wirst du ihm je verraten, dass du keiner bist?«

»Keine Ahnung. Irgendwann vielleicht«, sagte Terry. »In der Zwischenzeit sollten wir Johnny im Hinterkopf behalten. Womöglich können wir ihn noch mal gebrauchen.«

Sie aßen gemeinsam im Hellas Café in Greektown zu Mittag: Calamares in Olivenöl, Lammhaxe, die laut Terry sehr nach Ziege schmeckte, und Reispudding, laut Debbie der beste in der Stadt. Die Cafégäste mit angehefteten Namensschildchen waren Geschworene aus den Gerichtsräumen im Frank Murphy Building, wie Touristen, die zum ersten Mal hier waren und mit großen Augen aufschauten, wenn sie den Ruf »*Opa!*«, hörten und bestaunten, wie ein Kellner das flambierte Käsegericht an einem Tisch präsentierte. Sie gingen die zwei Straßenzüge vom Hellas zum hinteren Ende von 1300 Beaubien Street, dem Detroiter Polizeipräsidium, und vorbei an einem der neuen County-Gefängnisse zur Frank Murphy Hall of Justice, wo sich jede Menge Säle des Kriminalgerichts befanden sowie die Büros der Staatsanwaltschaft von Wayne County.

Terry ging hinein und fragte nach Gerald Padilla. Als er wieder rauskam, sagte er zu Debbie: »Entweder ist er essen gegangen oder in einem Gerichtssaal im dritten; er hat gerade einen Prozess.«

Sie nahmen die Treppe in den dritten Stock und kamen an Gruppen von Leuten vorbei, die im Flur warteten.

»Hört sich an, als würde er mich in seiner Essenspause zwischenschieben«, sagte Terry, »es dürfte also nicht sehr lange dauern. Mich aus dem Weg räumen und dann irgendeine arme Sau in den Bau schicken.«

»Bist du nervös?«

»Weshalb? Fran sagt, der Typ ist Platzanweiser in der Queen of Martyrs.«

»Du bist echt unglaublich. Was dagegen, wenn ich dich begleite?«

»Ich wüsste nicht, was dagegen spricht.«

»Gut«, sagte Debbie, »ich würde dich gern beobachten.«

Es wurde wieder eine Show.

Terry in seinem schwarzen Parka, mit dem hageren bärtigen Gesicht, nimmt sich den Anzugträger vor, der Staatsanwalt schiebt seine Brille höher auf den Nasenrücken, ein eleganter Herr, der sich zu Terry umdreht, als der erklärt:

»Mr. Padilla? Ich bin Pater Dunn aus Ruanda. Sir, soviel ich weiß, möchten Sie mich sprechen.«

Aus Ruanda. Als wäre er deswegen extra aus Afrika hergekommen; Terrys Stimme klang verhalten, aber ruhig, ein wenig unterwürfig, er war diesem Mann völlig zu Diensten.

Debbie hielt sich bedeckt.

Sie sah, wie der Ankläger Akten auf den Tisch fallen ließ, vor dem er stand, und durch das Türchen in der Balustrade die Sitzreihen betrat, die an Kirchenbänke erinnerten, und hörte Gerald Padilla sagen: »Pater, ich freue mich sehr, dass Sie kommen konnten. Ich werde nicht viel von Ihrer Zeit in Anspruch nehmen.« Er machte eine Handbewegung. »Wir wollen uns hier irgendwo hinsetzen und diese Angelegenheit aus dem Weg räumen.«

Terry ging in die zweite Reihe vor der Balustrade, drehte sich dann halb um und streckte den Arm aus. »Sir, das ist Miss Dewey, eine Mitarbeiterin meines Bruders Francis, sie vertritt mich hier.« Er machte sie an Ort und Stelle zur Anwältin.

Padilla nickte, während er sie sich gründlich ansah und dabei freundlich lächelte. »Gerry Padilla, Miss Dewey, freut mich sehr. Sie dürfen gern bleiben, ich glaube aber kaum, dass Pater Dunn juristischen Beistand braucht.«

Debbie lächelte zurück. Sie sagte: »Das hört man gern, aber ich bin wirklich nur als Chauffeurin hier. Pater Dunn war so sehr mit Spendenaufrufen für die Mission beschäftigt, dass ihm die Zeit fehlte, seinen Führerschein zu verlängern.«

Und Terry sagte: »Glauben Sie mir, Gerry, ich bin bei dieser jungen Dame in guten Händen.«

Er redete den Mann ohne zu zögern mit Vornamen an.

Doch dann sagte Terry: »Ich wünschte, ich könnte sie nach Ruanda mitnehmen.«

Debbie sagte: »Ich bitte Sie, Pater«, was leicht entrüstet klang, aber dabei lächelte sie als Zeichen, dass er nur Spaß machte und sie es nicht übel nahm.

Padilla sagte: »Ich kann's Ihnen nicht verdenken, Pater.«

Und wieder musste sie lächeln, diesmal weil Padilla ihr zuzwinkerte ... der Schelm.

Sie saß in derselben Reihe wie die beiden, ließ aber eine Lücke, um zu demonstrieren, dass sie sich nicht einmischen wollte. Terry hatte sich ein wenig von ihr abgewandt, drehte ihr den Rücken zu, während Padilla sie über Terrys Schulter hinweg direkt ansehen konnte. Debbie wandte den Blick nun nicht mehr von der Richterbank, sodass der Staatsanwalt ihr Profil angemessen würdigen konnte, die niedliche Nase, wie Debbie neckisch den Kopf schräg legte, während sie sich mit leicht geöffneten Lippen umsah. Sie konnte die beiden gut hören.

Die sich von Anfang an über Ruanda unterhielten.

Padilla sagte, er habe einen Bericht über den Genozid gelesen, ein faszinierendes Buch mit dem beklemmenden Titel *Wir möchten Ihnen mitteilen, dass wir morgen mit unseren Familien umgebracht werden*. Er fragte Terry, ob er es auch gelesen habe. Terry antwortete, nein, Gerry, es war schlimm genug, da zu sein und mitzuerleben, wie Dutzende seiner Gemeindemitglieder zerstückelt wurden, während er vom Altar aus zusehen musste. Padilla hörte sich das an und wollte dann wissen, warum die Opfer den Tod so fatalistisch hingenommen hätten. Terry sagte, das seien ausgesprochen ernsthafte Leute, Gerry, die sich der Autorität beugten und sich immer mit dem abfänden, was ihnen gerade widerfuhr. Terry sagte dann, dennoch wisse er in seinem Herzen, dass sie Märtyrer seien, die der Herr noch am selben Tag im Himmel begrüßt habe.

Dennoch?

Padilla hob zwischendurch den Kopf, um einen verstohlenen Blick auf Debbie zu werfen, die ihm eine ernste Miene zeigte, fast bedrückt, aber nicht ganz. Dann fragte der Staatsanwalt, ob das ruandische Justizsystem in der Lage sei, die über hunderttausend mutmaßlichen Straftäter abzuurteilen, die in Gefängnissen säßen, er habe etwas über ein System von Tribunalen gelesen, die eventuell auf dörflicher Ebene abgehalten werden sollten, um die Verfahren zu beschleunigen, das man seines Wissens Gacaca nenne. Terry sagte, ja, darüber denke man nach, »aber wenn ich Sie korrigieren darf, Gerry, in der dortigen Sprache, Kinyarwanda, spricht man das nicht *ka-ka* aus, sondern *cha-cha*, wie den Tanz Cha-Cha-Cha. Es heißt also Gachacha.« Gerry Padilla schüttelte lächelnd den Kopf …

Debbie lächelte zurück und sagte sich im Stillen: Ich muss hier raus.

Sie nahm den Fahrstuhl nach unten ins Erdgeschoss und ging durch den Haupteingang nach draußen, um eine Zigarette zu rauchen. Hier im Freien war es kalt, trostlos, ein paar andere Raucher warteten darauf, wieder reinzugehen. Geschworene gingen die St. Antoine Street entlang, kamen gerade vom Mittagessen, was Debbie auf die Idee brachte, eine Nummer über eine Jury zu schreiben. Sie hörte ihre Stimme, wie sie den Sketch vor sich hin sprach:

»Ich war mal Geschworene in einer Jury. Es war bei einem Mordprozess wie in *Die zwölf Geschworenen*, bloß waren es diesmal elf wütende Männer und ich. Alle wollten einen Schuldspruch fällen, bloß ich hatte Einwände. Die anderen sagten: ›Man hat den Typ mit der Waffe in der Hand erwischt. Wieso begreifen Sie das nicht endlich?‹ Und ich entgegnete: ›Aber er kann es unmöglich getan haben.‹ Pause. ›Er ist so sympathisch.‹«

Da musst du noch dran feilen. Du kannst niemanden schuldig sprechen. Du kannst nicht mal einer Fliege was zu Leide tun. Warum nicht? Weil du eine Fliege bist. Eine Fliege an der Wand. Die durch die Gegend schwirrt, schwirr schwirr – wichtig ist, was du aus deinen riesigen Fliegenaugen siehst. »Draußen im Garten bin ich auf Hundescheiße herumgelaufen. Hmmmm, vielleicht sollte ich mal über diesen köstlichen Limonen-Baiserkuchen trippeln? Mein Lebenszweck ist es, Leute so zu nerven, dass sie mich verscheuchen und über mich fluchen. Oh, da treibt es ein Pärchen miteinander. Am besten lande ich …«

Ihr Telefon klingelte.

»… auf dem großen weißen Hintern da drüben.«

Ihr Mobiltelefon, ein leises Geräusch drang aus der Handtasche. Debbie nahm das Handy heraus und hörte die nächsten zwei Minuten einem Anwalt zu, einem guten Freund von ihr, der eine Frage beantwortete, die sie vor zwei Tagen seiner Assistentin gestellt hatte. Beim Zuhören sagte sie ein paarmal »Ja?«. Sie sagte: »Oh?« und dachte: Oh nein. Sie hörte zu und sagte noch ein paarmal »Oh«. Hörte wieder zu und sagte dann: »Nein, ich bin im Freien, auf der Treppe vor Frank Murphy« und schaute zu dem Gebäude hoch, das sich vor einem totenbleichen Himmel abhob. »Ich begleite einen Freund, einen Schmuggler.« Das musste sie erklären, hörte anschließend noch eine Minute zu, sagte dann: »Was du nicht sagst. Echt? Glaubst du, er könnte in den Zeugenstand gerufen werden?« Und weiter: »Ed, du glaubst gar nicht, wie dankbar ich dir bin. Und ich denke über deinen Vorschlag nach, versprochen.« Und dann: »Jederzeit. Ruf mich an.«

Nur ein paar Minuten später kam Terry aus dem Gericht, ein glücklicher Franz von Assisi mit Bart und Parka, und grinste sie an.

»Ich bin aus dem Schneider.«

»Habt ihr die Anklage überhaupt angesprochen?«

Terry umarmte sie. »Dazu blieb keine Zeit mehr. Er sagte, ich solle mir deswegen keine Sorge machen… bestimmt hätte ich genug damit um die Ohren, Seelen zu retten.«

»Deinen Arsch zu retten«, sagte Debbie. »Und, hast du ihn ein paarmal ›mein Sohn‹ genannt?« Debbie plapperte, überbrückte die Zeit, in Gedanken immer noch mit Ed Bernacki beschäftigt, einem Anwalt, der ihr genug vertraute, um sie mit vertraulichen Informationen zu versorgen, diesmal aber irgendwie gezögert hatte. Sie konnte es kaum erwarten, Terry zu berichten, was sie erfahren hatte, und seine Reaktion zu beobachten. Aber das ging jetzt nicht.

Terry erzählte, sein lieber Freund Gerry Padilla habe sich als guter Mensch erwiesen. »Er hat mir sogar hundert Dollar für die Waisenkinder gegeben. Einen Scheck.«

»Auf dich persönlich ausgestellt?«

»Nein, ich hab gesagt, er soll ihn auf die Stiftung Waisenkinder von Ruanda ausstellen. Ein Konto habe ich schon eröffnet, mit Frans Hilfe.«

Sie fragte: »Und darauf willst du den Scheck deponieren?«

»Ja, und was trinken.«

Sie sah ihn die St. Antoine Street hinunterschauen, in Richtung Greektown, und sagte: »Hier gibt's nicht viel. Warum fahren wir nicht ins Haus deines Bruders? Wir könnten's uns gemütlich machen… wenn du weißt, was ich meine.«

In seinem Bart tauchte ein Lächeln auf. »Dein Wunsch ist mir Befehl.«

Und genau das hatte sie hören wollen.

14

In Frans Bibliothek wurde sie an das Haus erinnert, wo sie aufgewachsen war: die triste Holztäfelung und die in Leder gebundenen Bücher, die keiner las. Als sie das Terry erzählte, entspann sich daraus eine kurze Geschichte ihres Lebens:

Wirklich, ganz ähnlich wie das Haus, das sie verlassen hatte, um in Ann Arbor zu studieren und nur noch zu den Feiertagen nach Hause zu kommen, und im selben Sommer waren ihre Mom und Dad geschieden worden, und damit hatte sie ihr Jurastudium und das Vorhaben abgeschrieben, in die Fußstapfen ihres Dads zu treten und den möglicherweise ödesten Beruf der Welt zu ergreifen. Sie hatte Psychologie belegt, was sie angekotzt hatte, war auf Englische Literatur umgestiegen, schließlich las sie sowieso, da konnte sie das genauso gut im Studium verwenden. Sie mochte britische Komödien aus der Zeit der Restauration, verrückte Sachen wie *Love in a Tub*, und trug sich mit dem Gedanken, Schauspielerin zu werden. Nein, Tänzerin. In einer Revue. Mit einer Melone auf dem Kopf flotte Bob-Fosse-Sachen machen. Nein, doch lieber Stand-up-Comedy, weil ihre Freundinnen sie für komisch hielten und Goldie Hawn Debbies Idol wurde, bis sie sich vornahm, ein Comedy-Stepptanz-Programm zu entwerfen, in dem sie Witze erzählte und dabei herumhopste. Mist, das war aber Varieté. Sich ausziehen und Witze erzählen. Das war Burleske. Als Go-Go-Girl ließ sich gutes Geld verdienen, versaute Typen stopften einem Dollarscheine in den Tanga, aber das war zu unheimlich, Crack eine echte Bedrohung. Nach Dads Beerdigung, auf der sie seine zweite Frau kennen lernte, eine Anwaltsgehilfin, die ihr gefiel und mit der sie in Kontakt bleiben wollte, und als ihre

Mom, bevor sie die ersten Anzeichen von Alzheimer zeigte, nach Florida zog, da hängte Debbie ihre Karriere als Go-Go-Girl an den Nagel, bewahrte die Steppschuhe auf, die sie später ihrer Mom schenkte, beherzigte den Rat der zweiten Frau ihres Vaters und beschäftigte sich in den trüben Randbereichen des Rechtswesens mit Ermittlungen; nebenbei machte sie Stand-up. »Ich kümmerte mich um meinen eigenen Kram, als die falsche Schlange in mein Leben glitt, was mich drei Jahre und mein gesamtes Geld kostete.«

Terry sagte: »Du hast 'ne Menge gemacht, aber nichts richtig, oder?«

»Jetzt«, sagte Debbie, »will ich nur noch ein normales Leben führen.«

Er ging in die Küche und kam mit einer Flasche Bier, einem doppelten Scotch und ihrem Wodka auf einem silbernen Tablett in die Bibliothek zurück. Zum Reden setzten sie sich auf das Sofa, und Debbie sagte: »Es gibt da etwas, das ich dir besser erzählen sollte.«

»Du bist verheiratet«, sagte Terry.

»Nein, ich bin nicht verheiratet.«

»Also, da du mir ja alles erzählst, was es über dich zu wissen gibt: Warst du jemals verheiratet?«

»Ich war nah dran, habe aber noch rechtzeitig gemerkt, dass der Typ ein Kontrollfreak war. Er wollte mir vorschreiben, was ich anziehen, wie ich meine Haare tragen, wie ich mich schminken sollte. Er hat mir nach Maß gefertigte Klamotten gekauft, ein Polokostüm mit diesem kleinen Gürtel hinten. Ich sah aus, als käme ich aus Grosse Pointe. Meine Mom fand ihn großartig, weil er Arzt war. Während ich mit Michael zusammen war, hat er vielleicht zweimal gelacht, und wir waren einmal im Kino.«

»Welcher Film?«

»*Rain Man*.« Debbie fuhr fort: »Du bist total überdreht, weil du die Anklage vom Hals hast. Wenn du mal eine Minute die Klappe hältst und deinen Drink trinkst …« Diesmal unterbrach er sie nicht, und sie sagte: »Ich habe einen Freund von mir angerufen, einen Anwalt, für den ich ermittelt habe, Ed Bernacki. Ich hab ihn gefragt, ob er irgendwas über Randy weiß.«

»Wieso sollte er?«

»Ed ist 'ne große Nummer, er weiß, was downtown passiert, und er tratscht gern, außer über seine Mandanten. Seine Kanzlei vertritt die beiden Spitzenleute der Detroiter Mafia. Oder vielleicht besser: der so genannten Detroiter Mafia. Wenn Ed Bernacki darüber spricht, fügt er immer hinzu: ›Falls solch eine Organisation tatsächlich existiert.‹ Er hat mich zurückgerufen, als ich vor dem Gericht auf dich wartete.«

»Warum hast du's bei der Gelegenheit nicht erwähnt?«

»Ich wollte auf der Straße, in irgendeiner Kneipe oder am Steuer nicht darüber reden. Das müssen wir ausführlich diskutieren. Dann entscheidest du, ob du mir immer noch helfen willst.«

Terry sagte: »Randy ist in der Mafia? Falls solch eine Organisation in der wildesten Phantasie von irgendjemandem tatsächlich existiert.«

»In Afrika«, sagte Debbie, »bist du mit Scotch und diesem dreist-unschuldigen Auftreten durchgekommen, stimmt's? Als stündest du über den Dingen.« Und weiter: »Nein, Randy ist nicht in der Mafia. Aber er hat einen stillen Teilhaber, jemanden, der nicht nur existiert, sondern auch, das kannst du mir glauben, in der Mafia ist. Und zwar ganz oben. Randy tut nur so, als gehörte er dazu. Das ist seine neue Masche. Er hat sogar einen Gangster als Leibwächter, der sich laut Ed Mutt oder

›der Mutt‹ nennt. Und weißt du, von wem Randy seinen Bodyguard hat? Von Vincent Moraco.«

»Oh«, machte Terry.

»›Oh‹ kannst du laut sagen. Bist du nicht von einer Mrs. Moraco bezahlt worden, als du noch im Zigarettenhandel tätig warst?«

»Ja, aber ich hab sie nie für Vincent Moracos Frau gehalten. Er ist älter, und sie war noch ziemlich jung.«

»Kanntest du Vincent?«

»Johnny hat mir von ihm erzählt, er hatte die Beziehungen.«

»Dann hör dir das mal an«, sagte Debbie. »Damals bei der Anklage wegen Körperverletzung wollte ich mich von Bernacki verteidigen lassen. Er hätte dafür gesorgt, dass ich nur mit der Untersuchungshaft davongekommen wäre, drei Monate, die ich in einem entzückenden Knast namens Palm Beach County Stockade abgesessen hätte, weil ich die Kaution nicht aufbringen konnte. Aber Ed war beschäftigt, weil gegen seine Mandanten wegen Bildung einer kriminellen Vereinigung ermittelt wurde. Das ist drei Jahre her, und jetzt kommt es hier vor dem Bundesgericht endlich zur Anklage – gegen die Tony-Zwillinge, Anthony Amilia und seinen Unterführer Anthony Verona. Im Falle einer Verurteilung warten womöglich fünfundzwanzig Jahre bis lebenslänglich auf die beiden.«

»Diese Typen sind seit ewig im Geschäft.«

»Beide sind über siebzig«, sagte Debbie. »Es wird sechs Angeklagten der Prozess gemacht, den Tonys und ein paar anderen Typen, deren Namen mir nichts sagen. Aber Verona ist herzkrank und kommt vielleicht gar nicht vor Gericht.«

Terry sagte: »Allmählich begreife ich, worauf du hinaus willst.«

»Das dachte ich mir«, sagte Debbie. »Offenbar fallen Tabaksteuervergehen unter das RICO-Sondergesetz zur Bekämpfung des organisierten Verbrechens, und zwar fünf Jahre rückwirkend.« Sie nahm ein Schlückchen Wodka, ließ sich ein Weilchen Zeit, ehe sie mit der Pointe herausrückte. »Und darum hab ich mich gefragt, ob sie dich vielleicht in den Zeugenstand rufen.«

Er sagte: »Um vor dem Bundesgericht gegen das Syndikat auszusagen.«

Und dabei betrachtete er sie entspannt.

Am liebsten hätte sie ihn geküsst. »Du bist ein echt cooler Typ, Terr, auch wenn es für dich nicht unerwartet kam.«

Er sagte: »*Zeugin der Anklage*. Kein schlechter Film, Charles Laughton, Marlene Dietrich ... Aber das hier hört sich ein wenig anders an. Hast du Bernacki erzählt, ich sei im Zigarettenhandel tätig?«

»Er wollte wissen, was ich im Gericht zu suchen hätte. Ich hab's ihm erklärt, und daraufhin erzählte er mir, Tabaksteuervergehen falle unter das Sondergesetz, und zwar gelte das auch noch für die Zeit, als du daran beteiligt warst.«

»Sagte er, ich könne als Zeuge geladen werden?«

»Also«, sagte Debbie, »das habe ich angesprochen. Ich wollte von Ed wissen, ob die Möglichkeit bestünde, und er antwortete, wenn sie dich jetzt noch nicht vorgeladen hätten, würden sie wahrscheinlich drauf verzichten. Laut Ed weigert sich der Bundesanwalt, ihm ihre Zeugenliste zu geben, aus Angst, Eds Mandanten könnten sich die Zeugen vorknöpfen. Wenn du möchtest, findet er raus, ob du auf der Liste stehst.«

»Hast du ihm meinen Namen genannt?«

»Nein, ich wollte es zuerst mit dir besprechen.«

»Um herauszufinden, ob ich in Panik gerate?«

»Dafür kenne ich dich zu gut.«

»Aber du bist dir nicht sicher. Was würde ich deiner Meinung nach tun, wenn ich eine Vorladung bekäme? Die Stadt verlassen?«

»Keine Ahnung, würdest du das tun?«

Er betrachtete sie immer noch entspannt, schwieg aber dabei, und sie hatte keinen blassen Schimmer, was er dachte. Sie sagte: »Ich hab das nur erwähnt, damit du Bescheid weißt, falls du als Zeuge geladen wirst, das ist alles. Aber dazu kommt es wahrscheinlich nicht, also vergessen wir's einfach, okay? Wir müssen aber über Randys Umgang reden. Wenn er mit den Gangstern unter einer Decke steckt – und laut Ed führt er sich inzwischen so auf –, vergisst du das Ganze vielleicht besser. Ich würde es dir jedenfalls nicht übel nehmen.«

»Hast du Bernacki erzählt, was du vorhast?«

»Nur dass ich mir mein Geld zurückholen will.«

»Was hat er gesagt?«

»Vergiss es. Hak es ab unter ›Erfahrung‹.«

»Und?«

»Du weißt genau, dass ich keinen Rückzieher mache«, sagte Debbie, »egal ob du mitmachst oder nicht.«

Terry leerte seinen Drink und wischte sich mit dem Handrücken über den Mund. »Falls ich mich nicht beteilige, wirst du ganz allein stolpern und dich auf die Nase legen?«

»Ich weiß noch nicht, was ich machen werde.«

»Dort zu Abend essen und Lebensmittelvergiftung kriegen?«

»Gar keine schlechte Idee.«

»Dich auf den Tisch übergeben?«

Sie machten wieder Planspiele, waren wieder im Geschäft.

»Oder einmal täglich zur Tür hereinmarschieren und mich übergeben«, sagte Debbie, »bis keine Gäste mehr kommen und sein Geschäft einbricht. Sein Restaurantgeschäft.«

»Oder«, sagte Terry, »du probierst es mit der direkten Methode und forderst Randy auf zu bezahlen, was er dir schuldet.«

Debbie sagte: »Weshalb bin ich da nicht selbst drauf gekommen?«

»Wie viel verdienst du im Jahr?«

»Wieso?«

»Na komm, sag schon.«

»Nie weniger als fünfzigtausend.«

»Gar nicht übel, aber sagen wir lieber sechzigtausend. Mal drei, das sind hundertachtzig Riesen Verdienstausfall, während du im Knast warst. Kommen noch die siebenundsechzigtausend hinzu, die er dir geklaut hat, folglich schuldet er dir zweihundertfünfzigtausend. Kannst du ausrutschen, hinfallen und so viel Geld zugesprochen bekommen?«

»Das hast du mal eben im Kopf ausgerechnet?«

»Lenk nicht ab. Kann man das vor Gericht zugesprochen kriegen?«

»Nur wenn man sich das Rückgrat bricht und anschließend nie wieder gehen kann. Dann könnte man sogar noch mehr kriegen.«

»Aber zweihundertfünfzig, hört sich das einigermaßen korrekt an, wenn man realistisch ist, könnte er das ohne große Probleme schaffen? Wenn wir's teilen, ist das immer noch fast doppelt so viel wie der Betrag, um den er dich erleichtert hat.«

»Aber wenn wir diese direkte Methode wählen«, sagte Debbie, »und er uns rausschmeißen lässt ...«

»Also gut, angenommen, ich rutsche in seinem Restaurant aus und ziehe mir eine Rückenverletzung zu. Als ersten Schritt können wir ihm mit einer Klage drohen. Wenn er die zweifünfzig ablehnt, zeigen wir ihm, wie er den gesamten Betrag von seiner Einkommensteuer absetzen kann.«

»Augenblick mal – wie denn?«

»Indem er den Scheck auf die Stiftung Waisenkinder von Ruanda ausstellt, eine karitative steuerbegünstigte Einrichtung.«

Sie beobachtete ihn, wie er einen Schluck Bier aus der Flasche trank. »Du hast dir das genau überlegt, stimmt's?«

»Damit beschäftigen sich Priester hauptsächlich, Geld aufzutreiben. Eine neue Orgel kaufen, das Kirchendach reparieren ...«

»Er wird trotzdem nicht zahlen.«

»Vielleicht ...«

»Garantiert nicht.«

»Wir sollten mit ihm reden und abwarten, was passiert.«

»Er wird den Mutt auf uns ansetzen, diesen Gangster, der für ihn arbeitet.«

Terry sagte: »Jetzt kommen wir zu etwas, womit ich mich auskenne.«

Wie er das sagte, machte ihr ein wenig Angst.

Später brach Terry in Frans Wagen auf, um seinen Anzug zu holen. Debbie bot an, ihn zu fahren, aber er wollte den Lexus selbst ausprobieren. In Mary Pats Cadillac war er schon durch die Gegend geflitzt und wollte damit morgen in die Stadt fahren, um Randy aufzusuchen. Terry sagte, er fahre gern Auto. Dass er weder einen Führerschein hatte noch genau wusste, wohin er fuhr, schien ihn nicht zu stören. Nur keine Bange, sagte er, er würde es schon finden, eine riesige Mall zu beiden Seiten der Big Beaver Street, stimmt's? Debbie sagte, das Einkaufszentrum heiße Somerset Collection, sehr elegant, Tiffany, Saks, Neiman Marcus, weder Sears noch JC Penney ... Er sagte, alles klar, und fuhr los. Selbstsicher.

Er wirkte nicht mehr wie ein simples Gemüt, sondern auf

ganz unaufdringliche Weise selbstbewusst, versuchte gar nicht, cool zu sein, war es aber.

Debbie ging in die Küche und nahm einen von Mary Pats vorgekochten Aufläufen aus der Kühltruhe, in einem steinharten Plastikbeutel, LECKERER HÜHNCHENAUFLAUF stand in sauberen Druckbuchstaben mit grünem Filzstift auf dem Beutel. Wir werden sehen. Als Debbie sich umdrehte, den Auflauf auf die Anrichte legen wollte, sah sie da die Machete liegen. Am Morgen hatten sie Johnny auf einen Kaffee mit in die Küche genommen. Johnny, immer noch die Machete in der Hand, spielte herum, fuchtelte damit durch die Luft. Als Terry sagte, er werde sich noch verletzen, legte Johnny sie weg. Sie standen herum, tranken Kaffee und unterhielten sich, Terry erzählte von den Unmengen Macheten, die man zu sehen bekam, von Hunderten, die man beschlagnahmt hatte: Sie sprachen in der Küche über den Genozid, so wie sie, Debbie, und Terry in der Nacht zuvor in der Küche gestanden und geredet hatten. Terry erzählte von den Typen, den Hutu-Verbrechern im Haus der Bierlady … Nein, sag es in den richtigen Worten, die sie nie würde vergessen können.

Sie saßen im Haus der Bierlady an einem Tisch, tranken Bananenbier, und ich hab sie mit der Pistole meiner Haushälterin erschossen.

Sie hatten da gesessen. Er hatte ihnen keine Gelegenheit gegeben, sich zu wehren. Du bist einfach reinspaziert und hast sie erschossen? Er sagte nein, er habe zuerst ein paar Worte mit ihnen gewechselt.

Aber als ich reinging, wusste ich, dass ich sie töten würde.

Das erzählte er ihr genauso ruhig, wie er vor kurzem gesagt hatte:

Jetzt kommen wir zu etwas, womit ich mich auskenne.

Sie überlegte, ob sie sich einen Drink eingießen sollte, während aus dem Hahn heißes Wasser auf den in Plastik verpackten Auflauf in der Spüle lief.

Es machte ihr Angst, obwohl sie keinen Grund hatte zu glauben, er würde es noch einmal tun. Oder dass er es gern tat. Oder dass die Zeit kam, wo er es tun musste. Vielmehr machte ihr Sorgen, dass er jahrelang unter Leuten gelebt hatte, die ihre Nachbarn ermordeten, weil man sie dazu aufgefordert hatte, und dass die Opfer sich hatten töten lassen. Er hatte zu ihr gesagt: »Wie soll man so etwas verstehen …« Als meinte er damit, es habe nichts mit Vernunft zu tun. Warum hatte er die Machete mit nach Hause gebracht? Er behauptete, als Erinnerungsstück. Sie forderte sich im Stillen auf, keine voreiligen Schlüsse zu ziehen. Sie wusste nicht einmal genau, was er mit der Formulierung »etwas, womit ich mich auskenne« wirklich meinte. Es könnte heißen, sich durch geschicktes Reden aus einer brenzligen Situation zu befreien, so wie er mit Johnny Pajonny umgegangen, aus der Defensive in den Angriff übergegangen war. Sollte Randy versuchen, den starken Mann zu markieren und drastische Maßnahmen zu ergreifen, würde Terry ihm das ausreden.

Aber Randy war nicht wie Johnny.

Und Terry …

Sie hörte, wie die Garagentür aufging, automatisch in ihren Schienen nach oben glitt, sich dann wieder schloss, wie die Küchentür geöffnet wurde und Terry eintrat, seinen neuen schwarzen Anzug aus dem Kleidersack zog, ihn hoch hielt, damit sie ihn sah, denn er war stolz darauf – das merkte sie –, und fragte, wie er ihr gefiel.

… einem wie Terry war sie in ihrem ganzen Leben noch nicht begegnet.

»Mary Pat kann wirklich kochen, das musst du zugeben.«

»Aufläufe«, sagte Debbie, »sind einfach. Man schmeißt diverse Sachen zusammen und schiebt alles in den Herd.«

»Wie war das Essen im Knast?«

»Mittags Makkaroni mit Käse, Weißkohlsalat, Reispudding und drei Scheiben trocken Brot. Alles sah gleich aus.« Sie fragte: »Du hast doch wohl keine Insekten oder so was gegessen?«

»Die isst man nur, wenn sie einem in den Mund fliegen«, sagte Terry. »Hör zu, ich werd Johnny anrufen und ihn fragen, ob er uns morgen begleiten möchte.«

Debbie sagte: »Warum?«, da es keinen stichhaltigen Grund gab, ihn mitzunehmen.

Terry antwortete nur: »Ich glaube, er hätte seinen Spaß daran.«

15

Etwa zwei Monate nach Eröffnung des Restaurants wurde Randy zum Gangster, als er sich immer noch in seiner Pierce-Brosnan-Phase befand, maßgefertigte dunkle Anzüge und eine Andeutung britischer Lässigkeit in seinem Tonfall. Auf Probleme, wie einen kleinen Brand in der Küche, reagierte er mit: »Tatsächlich? Warum halten Sie deswegen nicht mit Carlo Rücksprache?« Carlo war sein Geschäftsführer und Oberkellner mit dreißig Jahren Berufserfahrung und einer kleinen prozentualen Beteiligung an den Restauranteinnahmen als Anreiz. Randy war mit Leib und Seele Randy's, hatte immer ein paar Autothemen parat, wenn er an Tischen vorbeischaute, Geschäftstrends, die er in *Automotive News* las, lustige Autofahreranekdoten und Übersetzungsverhältnisse aus *Automobile*.

Für einen Trickser der Extraklasse war das kinderleicht. Den größten Teil des Tages auf den Beinen zu sein war mörderisch, aber es lohnte sich. Randy's Eröffnung war das Ereignis gewesen, und seither war das Restaurant in.

Die Zeitschrift *Hour Detroit* schrieb: »Randy's tritt an die Stelle des alten London Chop House – das immer noch von denen betrauert wird, die meinen, elegantes Speisen sollte eleganten Speisenden erlauben, sich auf das Vorteilhafteste zu präsentieren –, es hat die Atmosphäre eines Clubs, ist chic, und sein Grundriss leistet elitärem Sitzverhalten Vorschub. Die Innenstadt hat wieder eine erste Adresse, ein erstes Haus am Platz, das nicht zufällig unübertroffen in puncto Essen oder teurer Schnaps ist, es hat auch eine Weinkarte, so dick wie das Branchentelefonbuch.«

Randy hatte die Kritik an die Wand neben dem Eingang gehängt. An den übrigen Wänden häuften sich Karikaturen von Detroiter Prominenten, die meisten waren schon tot oder hatten die Stadt verlassen: Joe Louis, Gordie Howe, Lily Tomlin, Tom Selleck, Henry Ford II, Jeff Daniels, Iggy Pop ... Für die besondere Note war Carlo verantwortlich. Für den Zigarrenraum mit eigener Bar. Die mit Namensschildchen versehenen privaten Schließfächer, wo man flaschenweise erstandenen Cognac und teuren Whiskey deponieren konnte. Edle Pfefferminzplätzchen in einer Schale am Eingang. Eiswürfel in den Urinalen auf den Herrenklos, über jedem Pinkelbecken klebten Zeitungsseiten aus den Wirtschafts- und Sportteilen. »Damit sie beim Pissen lesen können«, sagte Carlo.

Randy sagte: »Aber nicht auf dem Frauenklo?«

»Frauen lesen nicht auf der Toilette«, sagte Carlo. »Bei denen steht Haarspray auf dem Waschbecken, und eine Farbige hilft ihnen, Sachen festzustecken, die aufgegangen sind.«

Randys Umwandlung vom kultivierten Briten zu einem coolen Gangster begann an einem Montagabend gegen zehn. (Sonntags war geschlossen.) Randy unterhielt sich gerade am Ende der Bar nahe beim Eingang mit seinem kleinen Oberkellner. Carlo schaute auf und wirkte zunächst verdutzt, dann sah er weg und sagte zu Randy: »Sei vorsichtig bei diesem Kerl. Sei nett zu ihm.« Dann verzog Carlo erwartungsfroh das Gesicht, ging an Randy vorbei und sagte: »Mr. Moraco, wie schön, dass Sie vorbeischauen. Ist das etwa Ihr erstes Mal, ja? Sie sollten sich was schämen!«

Es waren zwei. Für Randy nur zwei Typen von der Straße. Aber wenn er vorsichtig sein musste – auf Carlos Warnungen war immer Verlass –, dann wollen wir mal genau hinsehen, was wir da haben. Zwei Mafiosi? Durchaus möglich. Der Ältere mit schläfrigen Augen, dunklem Anzug und Hemd, keine Krawatte, aber bis obenhin zugeknöpft, ganz kurz geschnittenes stahlgraues Haar, das dürfte Mr. Moraco sein. Randy sah in ihm den passionierten Soldaten, dem jedoch der Schliff eines Offiziers fehlte, eher seit dreißig Jahren Unteroffizier, aber nicht bloß Mafiasoldat, Moraco war mindestens Capo. Jede Wette. Der andere war der Soldat, etwa einsfünfundsiebzig groß, um die dreißig, einer dieser harten Typen in Bomberjacke und offenem Banlon-Hemd. Vielleicht war er Faustkämpfer, ein Profiboxer, den Moraco mitgebracht hatte. Allerdings sah der Typ überhaupt nicht italienisch aus.

Moraco sagte etwas, als er an Carlo vorbeikam, ohne nach links oder rechts zu schauen – schmale Nase, sah gar nicht übel aus, Mittfünfziger –, und Randy streckte die Hand aus.

»Mr. Moraco ...«

Der packte Randys Finger, drückte, ließ wieder los und sagte: »Mr. Agley, wie geht's denn so? Ich bin Vincent Moraco«, blieb stehen, und sah sich im Restaurant um. »Nicht schlecht für einen Montag. Ich dachte, Sie hätten ein Trio da.«

»Donnerstag bis Samstag«, sagte Randy.

Vincent Moraco nickte. »Einiges los an der Bar. Kommen Mädels vorbei?«

»Junge Damen? Natürlich. Es ist aber kein Aufreißerclub, wenn Sie das meinen. Bei uns herrscht jeden Abend ganz gut Betrieb, zu unserem Glück ist General Motors nur ein paar Straßen weiter, im RenCen.«

»Folgendes«, sagte Vincent Moraco, »ich werde Ihnen ein paar echte Spitzenmädels vorbeischicken, die sich hübsch kleiden, genau reinpassen. Sie kommen jeden Abend um zehn. Samstags sind die Männer mit ihren Frauen oder Freundinnen hier, da kommt also vielleicht nur ein Mädchen her, damit die Burschen von außerhalb ihren Spaß haben. Die Mädchen nehmen einen Drink an der Bar, werden gesehen und gehen wieder. Aber immer ohne Typ. Schmeißt sich einer an sie ran, warten sie auf jemanden, ihren Mann. Falls der Typ es mehrmals probiert, Schwierigkeiten macht« – Moraco drehte sich halb um, sein schläfriger Blick blieb an dem Soldaten hängen –, »fordert ihn der Mutt hier nett auf, sich zu verziehen. Falls der Typ grob wird, nimmt der Mutt ihn mit nach draußen.«

»Der Mutt«, wiederholte Randy, »und Sie heißen Vincent, oder sagt man Vinnie?«

»Bleiben Sie bei Vincent, das geht in Ordnung. Der Mutt ist außerdem Ihr Bodyguard, deshalb bezahlen Sie ihn.«

»Wie viel?«

»Fünf pro Woche, bar.«

»Ich bin mir nicht sicher, ob ich einen Bodyguard brauche.«

»Sie sind sich nicht sicher, weil man es nie wissen kann, deshalb brauchen Sie einen. Es läuft so, Sie lassen Ihre guten Gäste mit Kundenkonto wissen, dass die Mädchen hier sind. Es kommen vielleicht drei oder vier, aber nicht gleichzeitig, damit es nicht wie ein Puff aussieht.«

Ein Blick zeigte Randy, dass Carlo zusah und jetzt mit dem Kopf in Richtung Tisch Nummer eins wies, der leicht erhöht stand, und Randy sagte: »Warum setzen wir uns nicht und trinken einen Schluck?« Sein erster Schritt zum Mafioso.

Auf dem Weg zu dem Tisch bedeutete Vincent Moraco dem Mutt, er solle mitkommen. Die Kellnerin in ihrem Smoking stand schon da, bevor alle Platz genommen hatten. »Bei Randy's«, sagte Randy, »ist jeder Kellner für Sie persönlich da. Cindy hier ist mein Star. Cindy kümmert sich nur um diesen Tisch, Nummer eins. Wenn sie Hilfe braucht, bekommt sie die.«

Cindy nahm die Bestellungen auf und ging.

Als der Mutt ihr nachsah, sprach er zum ersten Mal, und zwar in einem Dialekt, der dafür sorgte, dass Randy aufhorchte und ihn ansah: »O Mann, die könnte mit den annern anschaffen gehn, in echt!«

Randy musste ihn einfach fragen: »Wo kommen Sie her?«

»Indiana«, sagte der Mutt. »Kennen Sie Bedford? Am U. S. Highway Nummer 50?«

Randy traf eine Entscheidung. »Mutt, ich brauch keinen übermotivierten Hillbilly, der mein Personal belästigt. Ist das klar?«

Der Typ schien überrascht. Vincent Moraco sagte: »Er weiß, wo sein Platz ist.«

Und damit stand Randys Rolle fest. Er ließ sich auf das Arrangement ein – seiner Ansicht nach hatte er keine andere Wahl –, blieb aber hier der Chef. Das war Randys zweiter Schritt in Richtung Mafia.

»Es funktioniert folgendermaßen«, sagte Vincent und rührte seinen Canadian Club mit Cola um, »Ihre guten Gäste von GM, Ford oder Compuware bitten Sie an den Tisch. ›Sagen Sie, Randy, kennen Sie zufällig die Rothaarige da drüben an der Bar?‹ Sie sehen hin. ›Ach, Sie meinen Ginger? Würden Sie sie gern kennen lernen? Sie ist im Hotel um die Ecke abgestiegen.‹ Dann sagen Sie: ›Wir haben ein Spezialarrangement, wenn Sie drüben mit Ginger einen draufmachen wollen, kann ich das hier auf Ihr Konto setzen.‹ Danach wissen die Leute, dass sie kein Extrabargeld mit sich herumschleppen müssen, das Flittchen läuft übers Kundenkonto. Wenn seine Ehefrau die Rechnung sieht, sagt sie vielleicht: ›Meine Güte, hast du 'ne Lokalrunde bezahlt oder was?‹ Aber sie wird dem Typ nicht vorwerfen, dass er's mit Nutten treibt.«

»Was zahlt der Freier?«

»Fünf.«

»Kosten alle gleich viel?«

»Jacke wie Hose … Ja, alle kosten fünfhundert pro Nummer.«

»Und für die ganze Nacht?«

»Ein Riese für alles, was über eine Stunde dauert. Die Mädchen mit einem Babysitter kriegen von dem Typ noch zwei Scheine extra, also neben dem Trinkgeld.«

»Und was, wenn der Kunde, nachdem er eine Nummer geschoben hat …«

»Noch mal will? Das Mädchen ruft Sie an, und Sie setzen es dem Typ auf die Rechnung.«

»Was kriegt das Mädchen?«

»Drei Scheine. Wenn ein ganzer Tisch da ist, Typen von außerhalb, die zu einem Kongress im Cobo hier sind, die Gesellschaft für Automobilingenieure beispielsweise, und die wollen alle mal drüberrutschen? Dann bleibt das Mädchen im Hotel.«

»Das Mädchen tut alles, was man von ihm verlangt?«

»Solange es keine sichtbaren Spuren hinterlässt. Wenn der Typ will, dass sie ihn anpinkelt oder auf einen Tisch mit Glasplatte kackt, während er drunter liegt und hochguckt?« Moraco zuckte mit den Achseln. »Wenn sie gerade mal muss – kein Problem. Wenn nicht – keine Ahnung. Vielleicht lässt ihr der Typ vom Zimmerservice einen Pflaumensaft bringen.«

Randy sah rüber zu Cindy in ihrem Smoking, um das Bild aus dem Kopf zu bekommen. Zu Vincent sagte er: »Wie hoch ist Ihr Anteil?«

»Achttausend pro Woche, damit Sie keinen Buchhalter brauchen.«

»Das beruht worauf?«

»Auf einer durchschnittlichen Nacht. Sagen wir, vier Mädchen, jedes hat zwei Freier, das Ganze mal fünf Nächte, Montag bis Freitag, macht wie viel?«

»Zwanzigtausend.«

»Sie kriegen zwölf, wir nehmen acht. Sie zahlen immer samstags, alles über acht gehört Ihnen.«

»Und wenn das Geschäft schlecht läuft?«

»Dann ist es Ihre Sache, es anzukurbeln.«

»Und wenn nicht alle Mädchen antreten?«

»Kann passieren, zum Beispiel bei einem Krankheitsfall in der Familie.«

»Aber Sie kriegen Ihre acht Riesen, auch wenn die Mädchen keinen Pfifferling verdienen.«

Vincent sagte: »Passt Ihnen das nicht?«

»Ich will nur sicher sein, dass ich es begriffen habe«, sagte Randy, in dessen Augen sich ein schläfriger Ausdruck schlich, während das Bild von Pierce Brosnan ausgeblendet wurde und Lucky Luciano, ohne die Pockennarben, allmählich an seine

Stelle trat. »Mit anderen Worten«, sagte Randy, »die Mädchen könnten allesamt kündigen und Börsenmaklerinnen werden, und Sie kriegen trotzdem Ihre acht Riesen die Woche.«

Vincent nickte. »Als Ihr Teilhaber.«

Ende April, die Abmachung war inzwischen neun Monate alt, hatte Randy seine Verbindung zum Syndikat 116 000 Dollar gekostet, bar auf die Kralle. Er hielt sich immer noch für einen Mafioso, wenn auch nicht mehr vom Kaliber eines Luciano. Verdammt, Luciano hätte Moraco inzwischen abknallen lassen und die Mädels übernommen.

Carlo drohte mit seiner Kündigung, war über einige Gäste unglücklich, über die Gangster, die ohne Reservierung auftauchten und sich, ohne zu fragen, an den Tisch Nummer eins quetschten. Die Wäscherei, sie gehörte Moracos Chef, kostete doppelt so viel wie nötig. Und der Mutt, der Mutt steckte fünf Scheine pro Woche ein, für nichts und wieder nichts. Was machte der Typ überhaupt? Die Mädchen, falls sie denn auftauchten, brauchten keinen Schutz.

Randy hatte sich nie für den Mutt interessiert, bis er sich eines Samstags, kurz bevor Vincent Moraco eintraf, um sich sein Gratisessen und die acht Riesen abzuholen, mit ihm unterhielt, als er am Ende der Bar stand.

»Verrat mir mal«, sagte Randy, »was du genau tust.«

Das hatte ein Stirnrunzeln zur Folge. »Mein Job? Ich behalte Sie im Auge.«

»Für Vincent?«

»Der spricht auch nicht mit mir. Ich passe auf Sie auf, weil ich Ihr Bodyguard bin. Aber eigentlich könnte man sagen, ich mach 'n Scheißdreck, weil Sie mir keine Aufträge geben.«

Randy fragte: » Zum Beispiel?«

»Beispielsweise die Besoffenen rausschmeißen, die laut werden und Unruhe bringen.«

»Die meisten davon sind Freunde. Was noch?«

»Was Bodyguards so machen. Wenn einer Sie belästigt, erteile ich ihm eine Lektion.«

»Tja, es gibt wirklich jemanden, der mich belästigt.«

»Sagen Sie mir, wer, dann sag ich ihm, er soll Sie in Ruhe lassen.«

»Vincent Moraco.«

Das war vielleicht zu direkt oder kam für den Mutt zu plötzlich, um drüber nachzudenken. Er nickte, schaute weg, sagte aber nach einer Weile: »Mr. Moraco, hm?«

»Ich möchte dich bei dem Gespräch dabeihaben«, sagte Randy. »Hör dir an, was ich zu Vincent sage, und vergiss nicht, wer dich bezahlt.«

Prominentenfotos mit Autogramm – keine Karikaturen – blickten von den Wänden in Randys Büro herab, alles in Brauntönen gehalten, mit indirekter Beleuchtung und jeder Menge Chrom. Vincent Moraco saß vis-à-vis von Randy am Schreibtisch, der Mutt seitlich versetzt, unter einem Schwarzweißfoto von Soupy Sales.

»Erstens«, sagte Randy, »ist Ihnen ja wohl klar, dass das, was meine Gäste fürs Pimpern bezahlen, in meinen Büchern als Profit, als Restaurantumsatz auftaucht.«

Vincent sagte: »Ja …?«

»Das heißt, ich bezahle Steuern für Einkommen, das gar kein Einkommen ist, über dreihundert Riesen für Fickgeld, das ich nicht abschreiben kann.«

Vincent sagte: »Sehen Sie's doch einfach so, als würden Sie Geldwäsche betreiben.«

»Schon, aber wer so etwas macht, bekommt einen Ausgleich für seinen Einsatz, für das Risiko, das er eingeht.«

»Sie brauchen einen Buchhalter, der seine Arbeit versteht.«

»Doch das ist erst das halbe Problem.«

»Ja …?«

»Ihr Anteil beruht auf der Kalkulation von vier Mädchen pro Nacht, es tauchen aber bloß zwei hier auf, manchmal drei. Und es gibt nur ganz wenige Freier für eine ganze Nacht.«

»Sie müssen begreifen«, sagte Vincent, »dass man Mädchen dieser Qualität nicht auf der Straße findet. Wissen Sie, was einige der besten sind? Studentinnen. Sie rackern sich ab, um die Studiengebühren zu bezahlen.«

»Aber zwei, wenn's hochkommt, drei Mädchen«, sagte Randy, »bringen unmöglich genug Knete rein, auch wenn sie promoviert haben und sich die Ärsche aufreißen.«

»Warum nicht? Läuft das Geschäft schlecht?«

»Es pendelt sich auf niedrigerem Niveau ein. Laut Carlo ist das unvermeidlich. Ganz egal, wie gut man eröffnet, nach einer Weile lässt es zwangsläufig nach. Unter der Woche läuft es immer noch ordentlich, und am Wochenende tanzt der Bär.«

»Was wollen Sie dann von mir?«

»Hab ich Ihnen doch gerade erklärt, so, wie es jetzt ist, funktioniert es nicht. Entweder schicken Sie mehr Mädchen her und machen aus dem Laden hier ein Bordell, in dem man auch essen kann, oder Sie schrauben Ihren Anteil zurück. Wenn wir schließen müssen, verdienen Sie keinen Cent mehr.«

»Auf wie viel zurückschrauben?«

»Vier, höchstens. Ich mache auch weiter Geschäfte mit Ihnen, Vincent, kann Sie aber nicht aus den Restaurantumsätzen bezahlen und den Betrieb aufrechterhalten. Ihr Anteil stammt aus meinem Privatvermögen.«

»Die Knete«, sagte Vincent, »die Sie der Witwe abgeluchst haben? Ich weiß, wie viel Sie bekommen haben, Randy. Jeder weiß das.«

Das musste Randy ignorieren, konnte nicht drauf antworten. Stattdessen sagte er: »Bis zum heutigen Tag habe ich bei unserem Deal etwa hundertfünfzigtausend Verlust gemacht. Und wissen Sie, was für mich dabei herausspringt, Vincent?« Randy machte eine Pause, ging in seiner Rolle auf. »Ich darf Ihnen beim Essen zusehen.«

Zum ersten Mal in neun Monaten sah Randy Vincent Moraco lächeln. Vincent schaute zum Mutt hinüber, und jetzt lächelte auch der Mutt.

»Hast du gehört, was er gesagt hat?«

»Er darf Ihnen beim Essen zusehen?«

Vincent sagte: »Mutt, du bist ein blöder Sack, stimmt's?« Er hievte sich in die Höhe, immer noch lächelnd, und sagte zu Randy: »Geben Sie mir den Umschlag, und schon bin ich weg.«

»Mutt, was war dein Haupteindruck von diesem Gespräch?«

Darüber musste Mutt erst mal nachdenken, er schloss halb die Augen, die Stirn darüber war vernarbt.

Randy hatte Geduld. »Mutt, ich zahle den Mann aus meiner eigenen Tasche. Hast du schon mal von einer Geschäftsbeziehung gehört, die so funktioniert?«

»Sie sind ihm egal.«

»Was passiert, wenn ich aufhöre zu zahlen?«

»Beim ersten Mal? Jemand schießt Ihre Fenster kaputt. Das machen sie bei Buchmachern, die ihre Schutzgelder nicht zahlen.«

»Und wenn ich sage: kein Pimpern mehr über Kundenkonten, und ganz aufhöre zu zahlen?«

»Dann gäb es vermutlich einen Brand. Sie könnten den Laden dichtmachen.«

»Was würde er mit mir machen?«

»Da Sie ihn sowieso aus dem Sparstrumpf bezahlen, schätze ich, dass er probiert, an Ihr Geld zu kommen.«

»Was würdest du tun, wieder für Moraco arbeiten?«

Der Mutt grinste. »Das war komisch, was Sie vorhin gesagt haben, das mit dem Ihm-beim-Essen-Zusehen. Da hab ich nicht bloß gelacht, weil er auch gelacht hat. Ich hab keinen Respekt vor Mr. Moraco, und er weiß das auch. Er hat mich hierhin abgeschoben, weil ich keiner von denen bin.«

»Warum hat er dir den Job überhaupt gegeben?«

»Ich hab im Southern Ohio Correctional gesessen, dem Gefängnis. Da gab es einen alten Knaben, um den ich mich gekümmert hab, damit ihm nichts zustößt. Als ich rauskam, hat Mr. Rossi seine Beziehungen spielen lassen, damit ich hier in Detroit Arbeit kriegte.«

»Also«, sagte Randy, »hat Moraco dich aus Respekt vor diesem Mr. Rossi angestellt.«

»Ja, aber ich hab Mr. Moraco nie den Hintern geküsst, wie er's gern gehabt hätte, deshalb sind wir nicht besonders gut miteinander ausgekommen. Anfangs war ich Fahrer für Mr. Amilia. Damals musste ich zum ersten Mal einen Anzug tragen.«

»Der Boss persönlich, hm?«

»Ja, aber ich bin ihm zu schnell gefahren. Da haben sie mich im Außendienst eingesetzt. Ich musste die Buchmacher unter Druck setzen, dafür sorgen, dass sie ihre Schutzgelder zahlen. Wenn der Typ in Zahlungsverzug geriet, hab ich einen auf Geldeintreiber gemacht.«

Faszinierend. Randy beugte sich vor, legte beide Arme auf den Schreibtisch. »Wie lief das ab?«

»Wie ich ihn dazu gebracht hab, dass er zahlte? Hab ihn zu Hause aufgesucht, mich seiner Frau vorgestellt, mit ihnen geredet. Wenn es ein zweites Mal gab, hab ich ihn irgendwo unterwegs abgepasst und ihn ordentlich vermöbelt, ihm ein paar Rippen gebrochen.«

»Und wenn es ein großer, kräftiger Typ war, neunzig Kilo?«

»Ich kann zuschlagen«, sagte der Mutt. »Im Knast von Southern Ohio hab ich Gewichte gestemmt und geboxt. Bin ziemlich gut geworden.«

»Warum musstest du ins Gefängnis?«

»Es gab 'ne Kneipenschlägerei, und dabei hab ich einen erschossen, in Bellefontaine, Ohio. Ich hab da im Skigebiet gearbeitet, als Schneemacher.«

Randy sagte: »In Ohio fährt man Ski?«

»Es gibt da 'nen Hügel. So ein Typ inner Bar hat mich dumm angequatscht, Streit gesucht. Ich hab ihm einen mit 'ner Flasche Bud Light verpasst. Darauf hat er 'ne Knarre gezogen, ich hab sie ihm abgenommen, und beim Handgemenge hat sich ein Schuss gelöst.«

»Du hast ihn erschossen?«

»Schon, aber die Zeugen, Typen, die in dem Skigebiet arbeiteten? Die haben ausgesagt, er hätte angefangen, darum hat man's nicht Mord genannt. Ich hab vierzig Monate abgesessen. Mr. Rossi sagte, die hätt ich auch auf einer Arschbacke abgesessen. Ach ja, und im Knast hab ich noch einen getötet, ihn auf'm Hof abgestochen, aber keiner hat's gesehen. Zweihundert Häftlinge da draußen, und keiner hat's gesehen.«

»Warum hast du ihn umgebracht?«

»Wollte ihm 'ne Lektion erteilen. Er is einer von denen, die meinem Freund Mr. Rossi zugesetzt haben.«

»Hast du mal was Ähnliches für Moraco getan?«

»Einmal, ja. So ein chaldäischer Buchmacher, der drüben Nähe Dearborn Street gewohnt hat. Ich war bloß der Fahrer, aber dieser Kokser, den sie beauftragt hatten, is nervös geworden oder was weiß ich. Da hab ich seine Pistole genommen und dem Chaldäer ins Herz geschossen. Trotzdem hab ich bloß meinen Lohn gekriegt, keine Prämie oder so.«

»Moraco hatte deshalb keinen Respekt vor dir?«

»Ich sagte Ihnen doch, ich respektiere ihn nicht, und das weiß er auch.«

Randy sagte: »Mutt, du bist jetzt seit neun Monaten hier, und weißt du was? Du hast mir nie deinen richtigen Namen verraten.«

»Weil Sie nie gefragt haben. Ich heiße Searcy J. Bragg Jr.«

»Wie bist du denn zu Mutt gekommen?«

»Als ich im Knast war, hieß mein Zellengenosse Jeff. Er war groß und dick, darum haben sie mich Mutt genannt. Nach den Cartoonfiguren Mutt und Jeff, verstehen Sie? Er wurde ziemlich übel zugerichtet, als ihn sich beim Gefängnisaufstand ein paar Typen vorgeknöpft haben. Sie haben vielleicht davon gehört. Der Laden sah nachher echt kaputt aus, ehrlich.«

»Du hast nichts dagegen, wenn man dich Mutt nennt?«

»Geht in Ordnung.«

Randy ließ sich zurück in seinen Stuhl sinken und verschränkte die Finger hinter dem Kopf. »Also, Searcy – «

Der Mutt unterbrach ihn. »Mir ist Mutt lieber als Searcy. Wie würde es Ihnen gefallen, wenn Sie Searcy hießen?«

»Ich würde den Namen wohl ändern lassen.«

»Als ich geboxt hab, hieß ich Banger, Banger Bragg, aber so richtig gut gefallen hat mir das auch nicht.« Mutt hob die rechte Faust, damit man das auf die Knöchel tätowierte B-A-N-G lesen konnte. »Mein rechter Haken ist mein Banger.«

Randy fing noch mal von vorn an. »Also, Mutt, wir haben da ein Problem, stimmt's?« In Randys Stimme tauchte eine leichte, bisher bei ihm nie gehörte Dialektfärbung auf. »Nämlich wie wir mit Mr. Moraco umgehen sollen. Weißt du, was? Vermutlich zweigt er was von den acht Riesen ab, behält vielleicht die Hälfte selbst. Schließlich steht sein Boss gerade vor Gericht … Das weißt du doch, oder, dass ihm der Prozess gemacht wird?«

»Jawohl, Sir, steht doch in der Zeitung.«

»Aber Moraco wird nicht der Prozess gemacht, richtig? Warum wurde er deiner Ansicht nach nicht angeklagt?«

»Weil er zu clever ist, schätze ich«, sagte der Mutt, »er hat nie über Geschäfte geredet, wenn sie hätten mithören können. Nicht mal in seinem Wagen. Es heißt, die Regierung sucht immer noch danach, was sie ihm anhängen kann.«

»Während er also frei herumläuft«, sagte Randy, »kann sich Mr. Amilia nicht groß um ihn kümmern. Der alte Tony hat jetzt selbst ein Problem, und zwar wie er es schafft, nicht ins Gefängnis zu kommen.« Randy hielt inne, dann fuhr er fort: »Reine Neugier, wie viel verlangst du normalerweise, um jemanden umzulegen?«

»Ihn töten? Ich hab keinen Festpreis«, sagte der Mutt. »Was ist es Ihnen wert?«

Randy war bereit. Er rutschte auf seinem Stuhl nach vorn, legte die Arme auf den Schreibtisch und sah den Mutt direkt an.

»Ich kann fünfundzwanzig bieten.«

»Fünfundzwanzig was?«

»Was du in einem ganzen Jahr verdienst, fünfundzwanzigtausend Dollar. Bar oder Scheck.«

»In Ordnung.«

»Wirklich?«

»Klar, ich mach ihn platt.«

Randy lehnte sich zurück, beugte sich dann aber wieder vor.

»Wie?«

»Am liebsten würd ich ihn erschießen.«

»Hast du eine Kanone?«

»Ich kann eine besorgen. Danach muss ich mich verziehen, weil sie bestimmt rausfinden, dass ich's war.«

Randy sagte: »Ja, das würde ich auch tun.« Er wartete ein Weilchen, sagte: »Tja …« und wartete dann wieder.

»Einmal«, sagte der Mutt, »hab ich mir vorgenommen, 'n paar Raubüberfälle zu machen, um mal zu sehen, ob ich so was kann. Also bin ich rein in einen … es war 'ne Art Drugstore, bloß haben die da alles Mögliche verkauft. Ich ging zu der Frau hinter dem Tresen und hab gesagt: ›Siehst du das?‹ und hab meine Jacke aufgemacht.«

»Du hast dich entblößt?«

»Ich hab ihr meine Pistole gezeigt, die steckte in meiner Hose. Sie hat erst die Knarre angeguckt, dann mich und gesagt: ›Und?‹

Da hab ich gesagt: ›Oh, scheiß drauf‹ und bin gegangen. Die Frau war zu dämlich, um sich überfallen zu lassen.« Er machte wieder eine Pause, sagte: »Also abgemacht«, stand auf und ging.

Randy sah ihm fasziniert nach.

16

Carlo sah die schwarze Lederjacke an den Tisch Nummer eins gleiten, warf einen Blick auf den Reservierungsstand, wo Heidi sein sollte – keine Heidi weit und breit –, und eilte zu der

Sitzecke, so schnell er sich durch die anderen Tische schlängeln konnte.

»Es tut mir sehr Leid, Sir, aber dieser Tisch ist reserviert.«

Der Mann in Leder, die Haare straff zu einem Pferdeschwanz gebunden, sagte: »Genau, Garson, ich hab ihn reserviert.«

»Sir, ich kenne die Gäste –«

»Wie heißen sie?«

»Ich kenne sie persönlich, sie kommen seit –«

»Es ist nach zehn. Sieht nicht so aus, als würden sie noch auftauchen.«

»Sir, es tut mir sehr Leid, aber Sie brauchen eine Reservierung. Glücklicherweise kann ich Ihnen einen anderen Tisch anbieten, wenn Sie mir bitte folgen würden.«

»Nein, ich bin mit dem hier zufrieden«, sagte der Mann in Leder. »Lassen Sie sich deswegen keine grauen Haare wachsen.« Dann schaute er auf, seine Miene wurde freundlicher. »Und damit sind wir komplett.«

Carlo drehte sich um und sah eine junge Dame in einem preiswerten Regenmantel und einen Priester. Einen Priester? Ja, der ihr aus dem Regenmantel half, und Carlo war verwirrt; für ihn passte der Typ am Tisch nicht in die Gesellschaft eines Priesters. Carlo sagte: »Pater, wie geht es Ihnen? Leider liegt ein Missverständnis hinsichtlich dieses Tisches hier vor.«

Der Priester sagte: »Nein, alles in Ordnung« und gab ihm den Regenmantel. »Würden Sie den bitte für uns an der Garderobe abgeben?« Dann drehte er sich zum Tisch um, an dem sich die junge Dame in ihrem schlichten schwarzen Pullover und dem Rock gerade niederließ.

Carlo sagte: »Moment, bitte«, hätte am liebsten gefragt: Was seid ihr denn für welche? Jetzt saß sie, und er wandte sich wieder an den Priester, der einen geduldigen, vernünftigen Eindruck machte, und sagte zu ihm: »Pater, ich sage Ihnen das wirklich sehr ungern, aber dieser Tisch ist schon für andere Gäste reserviert.« Carlo klang betrübt. »Ich wünschte von ganzem Herzen, ich könnte sagen: Ja, bitte sehr, bleiben Sie hier. Aber das geht nicht. Ich hab da drüben einen Tisch – sehen Sie? –, noch dazu einen sehr guten, näher an der Band. Da können Sie beim Essen der Musik lauschen.« Er hörte, wie der Lederjackenträger von »Fahrstuhlmusik« sprach, sich die junge Dame umschaute und dabei sagte: »Es ist echt cooler, als ich dachte. Fran quatscht dummes Zeug, hier sieht es überhaupt nicht wie in 'nem Herrenclub aus.« Der in Leder sagte, ein Freund habe ihm erzählt, in den Urinalen lägen Eiswürfel, worauf die junge Dame fragte: »Schmecken dann die Drinks nicht komisch?« Carlo hörte den Priester sagen: »Wollt ihr wirklich hier bleiben?« Der in Leder antwortete: »Wir sind nun mal hier, klar? Und hier bleiben wir auch, verdammt.« Und weiter: »Sie will die Geschäftsführung provozieren.« Dann sah er auf und sagte: »Garson, würden Sie uns was zu trinken holen?« Carlo dachte: Nein, ich hol den Mutt. Doch dann sagte die junge Dame: »Ich will nur sehen, wie Randy damit umgeht«, und nun glaubte Carlo, dass sie nicht zufällig hier saßen.

Er sagte: »Entschuldigen Sie mich bitte« und ging.

Debbie sagte zu Johnny Pajonny: »Woher weißt du, dass der Mann Garson heißt?«

Terry sagte: »Er meint *garçon*.«

Carlo ging durch den Flur hinter dem Hauptraum, vorbei an den Toiletten, und näherte sich Heidi von hinten; Heidi stand in der Tür zu Randys Büro. Er sagte zu ihr: »Meine Liebe, würdest du so nett sein und wieder an die Arbeit gehen?«

»Würden Sie so nett sein«, sagte Heidi, machte kehrt und ging an ihm vorbei, »mich gelegentlich mal für kleine Mädchen gehen zu lassen?« Das konnte sich die große Blondine erlauben, voll Selbstvertrauen, weil sie mit Randy schlief, wenn der es wollte.

Randy las gerade eine Zeitung, die aufgeschlagen auf seinem Schreibtisch lag. Er sah Carlo an. »Wegen Tony Amilias Prostata wurde der Prozess auf nächste Woche vertagt. Allerdings scheint er gesund zu sein, so steht's hier jedenfalls« – Randy schaute wieder in die Zeitung –, »und ist ›der am besten gekleidete Angeklagte, tritt immer in Anzug und mit Krawatte auf. Die anderen Angeklagten haben häufig Jogginganzüge und Turnschuhe an.‹ Ein distinguierter älterer Herr mit 'ner schäbigen Truppe«, sagte Randy, als er wieder aufsah. »Ich mach mir wegen dieser Strolche keinen Kopf mehr. 'ne Bande Verlierer. Was gibt's?«

»Leute haben sich an Nummer eins gesetzt und wollen nicht aufstehen. Ich hab ihnen gesagt, dass er reserviert ist, aber sie rühren sich nicht.«

»Auf welchen Namen?«

»Mr. Moraco, für vier Personen.«

»Welche Uhrzeit?«

»Zehn Uhr.«

»Sag Mr. Moraco, du musstest seinen Tisch aufgeben, weil er sich verspätet hat. Wenn er sich beschwert, sag ihm: Pech gehabt.«

»Darf ich dich wörtlich zitieren?«

»Sag ihm, was du willst.«

»Ich glaube, die Leute, die da sitzen, kennen dich. Einer ist Priester.«

»Ich kenne keine Priester.«

»Der andere sagt, die junge Dame in ihrer Begleitung will die Geschäftsführung provozieren. Aber das streitet sie ab. Sie sagt: ›Ich will nur sehen, wie Randy damit umgeht.‹«

»Das heißt gar nichts. Wie sieht sie aus?«

Carlo zuckte die Achseln. »Süß, aber gewöhnlich. Bestimmt eine sehr nette junge Dame.«

»Woher sollte ich sie dann kennen?«

»Bitte, was mache ich, wenn Mr. Moraco kommt?«

»Lass ihn selbst damit fertig werden.«

»Hab ich erwähnt, dass der eine Priester ist?«

»Carlo, wenn dich deine Arbeit überfordert –«

»Ja?«

»Hör zu. Wenn Moraco will, dass sie sich einen anderen Tisch suchen, werden sie sich einen anderen Tisch suchen. Wo liegt das Problem?«

Cindy, die am ersten Tisch bediente und der es egal war, wer daran saß, verteilte Speisekarten und brachte die Getränke, Johnny trank sein Bier aus der Flasche, während sie sich die Karikaturen prominenter Söhne und Töchter Detroits ansahen – Debbie identifizierte sie, Johnny erhob Einwände, und Terry wartete den rechten Augenblick ab.

»Sonny Bono.«

»Sicher?«

»Sieht sonst noch wer so aus? Da hängt Lily Tomlin, Tom Selleck mit der Tigers-Baseballmütze. Die junge Frau neben ihm ist … Pam Dawber.«

»Es ist Marlo Thomas. Ich weiß, dass sie aus Detroit stammt.«

»Trotzdem ist es Pam Dawber. Aus *Mork vom Ork*, ich hab keine Folge verpasst, damals wollte ich genau wie sie aussehen.«

»Ist dir nicht mal annähernd gelungen«, sagte Johnny. »Da hängt – meine Güte, ist das Ed McMahon? Der ist von hier?«

»Ich sehe Diana Ross«, sagte Debbie, »Smokey Robinson … Michael Moriarty – in der Serie *Law & Order* war er phantastisch. Und, lieber Himmel, da ist ja Wally Cox!«

»Der neben ihm«, sagte Terry, der allmählich Gefallen an dem Spiel fand, »wisst ihr, wer das ist? Seymour Cassel.«

»Verdammt, wer soll denn Seymour Cassel sein?«

»Guter Mann, hat in … irgendwas über einen chinesischen Buchmacher mitgespielt. Also, und den neben ihm müsstest du kennen. David Patrick Kelly.«

»Nie von gehört.«

»Pat Kelly, war drei Klassen über uns auf der Bishop Gallagher. Er hat in diesem Film mit Nick Nolte und Eddie Murphy gespielt, *Nur 48 Stunden*.«

»Und wer war Kelly?«

»Ein Mann läuft über die Straße, als Eddie Murphy die Autotür aufmacht, damit der Typ auf die Fresse fliegt. Das war er.«

»Seht mal«, sagte Debbie, »wer da an der Bar sitzt, Bill Bonds.«

»Der Nachrichtensprecher? Das sind nicht seine Haare«, sagte Johnny.

»Was jeder weiß, der fernsieht.«

»Ich meine, das ist nicht das Toupet, das er sonst aufhat.«

Debbie ließ den Oberkellner kommen und fragte ihn. Carlo sah zur Bar. Er sagte: »Ja, Mr. Bonds und Gattin. Sie kommen oft her.«

»Trinkt er?«

»Nur Perrier.«

Bald darauf entdeckte Johnny Ted Nugents Bild an der

Wand. »Ich weiß, dass er's ist, weil ein Schließer in Vier Ost genau wie er aussieht.«

Debbie sagte: »Waren die Schließer in Jackson blöd?«

»Man muss doch blöd sein, um einer zu werden, oder?«

»In meinem Knast haben sie sich beim ersten Mal immer verzählt. Immer.«

»Ich kenn das, man steht den ganzen Tag rum, während die immer und immer wieder nachzählen.«

Terry sagte: »Ist das nicht Alice Cooper?«

Die beiden redeten einfach weiter.

»Ihr hattet doch Wärterinnen?«

»Ein paar, die meisten waren Männer.«

»Haben Sie dich angemacht?«

»Ich hatte da keine Probleme. Aber das gab's, klar, manche Frauen ließen sie für einen Gefallen ran, Vorzugsbehandlung.«

Johnny sagte: »Die drüben an der Bar, die Rothaarige? Die dürfte mir gern einen Gefallen tun.«

»Wenn man Nutten mag«, sagte Debbie.

»Na hör mal –«

»Frag sie doch.«

Johnny sah Terry an, an Debbie vorbei. »Glaubst du, sie is 'ne Nutte?«

Debbie sagte: »Wieso fragst du das einen Priester? Woher soll er das wissen?«

»Und woher weißt du's?«

»Ich hab gehört, dass es hier Callgirls gibt, und so wie die Rothaarige stelle ich mir Frauen vor, die es für Geld tun.«

Johnny sagte: »Das krieg ich raus.«

Sie sahen zu, wie er zur Bar ging, unterwegs seine Jacke zuknöpfte und sich an den Kragen fasste, um sich zu vergewissern, dass er hochstand und sein Pferdeschwanz drüberhing.

Sie sahen, wie die Frau sich umdrehte, als er bei ihr ankam, und den Kopf zur Seite neigte, um ihren Ohrring zu richten. Johnny machte Anstalten, auf dem leeren Hocker neben ihr Platz zu nehmen. Die Frau sagte etwas zu ihm, worauf Johnny sprach, gestikulierte, ihr seine Hand auf die Schulter legte.

Sie sahen, wie der Typ mit dem Bürstenschnitt an der Bar entlang näher kam.

Er ging zu Johnny – beide waren etwa gleich groß, aber Johnny war lange nicht so stabil gebaut wie der andere – und sagte etwas zu ihm. Johnny zuckte mit den Schultern, gestikulierte mit beiden Händen und nickte, als er in Richtung ihres Tischs sah.

Debbie sagte: »Was macht er denn, bittet er sie an unseren Tisch?«

Nein, Johnny kam allein zurück. Er ließ sich in die Sitzecke gleiten und sagte: »Dieser Rausschmeißer kommt an und sagt: ›Angie, belästigt dich der Kerl?‹ Darauf sagt sie zu mir: ›Das ist mein Mann‹, dieser verdammte Rausschmeißer. Ist das zu fassen?«

Debbie betrachtete immer noch die Rothaarige und den Typ mit dem Bürstenschnitt. »Er ist ihr Zuhälter, du Dummerchen.«

Jetzt sah Johnny ihn sich genauer an. »Echt? Hast du schon mal einen Zuhälter gesehen, der solche Klamotten trägt?«

»Was hast du zu ihm gesagt?«

»Dass ich mit einem Priester hier bin, damit er nicht auf falsche Gedanken kommt. Der Typ hat Narbengewebe über den Augen.«

Terry sagte: »Er hat bestimmt 'ne Menge Schläge eingesteckt.«

Debbie fragte Johnny nach dem grünen Kostüm, das die

Frau an der Bar trug, und wie die Ohrringe aussahen. Terry ließ den Blick schweifen …

Bis zu einem Mann, der ihn an seinen Onkel erinnerte, und er sah Tibor in einem karierten Freizeitanzug dasitzen, eine junge Dame neben ihm, der Kellner goss ihnen gerade Rotwein ein. Nein, das war nicht Tibor. Der hatte immer Bourbon getrunken, Early Times, irgendwie war es ihm gelungen, ihn zu kaufen oder sich schicken zu lassen, Kentucky-Bourbon in Ruanda, und er hatte immer einen Vorrat. Tibor trank ihn aus einem Glas, das mit zerstoßenem Eis gefüllt war, obendrauf ein paar Körnchen Zucker. Weil er Süßes mochte, aber keine Pralinen fand, die ihm schmeckten. Bei seinem Tod waren ein halbes Dutzend Flaschen übrig. Early Times in einer Holzkiste, auf der seitlich mit einer Schablone eine Aufschrift in Kinyarwanda angebracht worden war. Drei der Flaschen trank Terry während seines ersten Jahres, gelegentlich, wenn ihm sein Johnnie Walker ausging und er keine Lust hatte, bis nach Kigali zu fahren. Bourbon war okay, erfüllte seinen Zweck. Aber Johnnie Walker Red Label war sein Lieblingsstoff, weil ihm die kantige Flasche mit den sanft gerundeten Ecken und dem stilvollen roten Etikett so gut gefiel, die in seinen Augen ein Kunstwerk war, wie sie auf dem alten Holztisch stand und im letzten Licht des Tages warm und bernsteinfarben leuchtete. Der teurere Black Label sah fast genauso gut aus. In der Küche stand eine Flasche, oben in einem Schrank, und wartete auf eine besondere Gelegenheit, die es nie gab. Jede Wette, dass Chantelle die restlichen Flaschen Early Times mittlerweile verkauft hatte. Es sei denn, sie hatte den Whiskey probiert, und er hatte ihr geschmeckt. Sie torkelte, wenn sie betrunken war und zum Haus ging, blieb aber anmutig, die Hüften bewegten sich in dem knöchellangen *pagne*. Auch ihre Stimme klang dann anders, wurde höher und inquisitorisch, hörte sich ein wenig gereizt an, wenn sie ihn bat, etwas zu erklären, was sie nicht verstand. Und im Dunkeln unter dem Moskitonetz legte sie ihren Stumpf auf seinen Brustkorb, und er bedeckte ihn mit der Hand.

Johnny hob die Hand, damit der Oberkellner kam.

»Ja?«

»Sehen Sie, wie viel Uhr es ist? Kurz vor elf.«

Carlo wartete.

»Wo sind die Leute, die angeblich reserviert haben?«

»Wenn sie kommen«, sagte Carlo, »werden Sie es als Erste erfahren.«

Debbie sagte: »Wir hätten gern noch eine Runde, und wir möchten bestellen.«

»Natürlich.«

»Moment. Ist Randy da?«

Carlo drehte sich weg, sah sich im Raum um und wandte sich wieder ihnen zu. »Das glaube ich nicht. Möchten Sie ihn sprechen?«

»Schon möglich«, sagte Debbie, »ich weiß nicht genau.«

»Dürfte ich Mr. Agley Ihren Namen nennen?«

»Sie sagten gerade, er sei nicht hier.«

»Damit ich es ihm sagen kann, wenn er kommt.«

Johnny sagte: »Sagen Sie ihm, Pater Dunn möchte ihm die Beichte abnehmen.«

Debbie schüttelte den Kopf. »Ich lass es Sie wissen.« Als Carlo ging, legte sie Terry die Hand auf den Arm. »Ich hab mir überlegt, ich sollte vielleicht zuerst mit ihm reden, bevor wir Ernst machen. Mal sehen, wie er inzwischen so ist.«

»Was waren noch mal seine letzten Worte an dich, ›Leg dich nicht mit mir an‹?«

»›Leg dich nicht mit mir an, Kleine.‹ Das waren seine vorletzten Worte an mich. Die letzten waren: ›Du bist nicht in meiner Liga.‹ Aber«, fuhr Debbie fort, »vielleicht hat er sich geändert. Na ja, jetzt hat er doch, was er will.«

Terry sagte: »Mir hast du erzählt, er sei jetzt ein Gangster.«

»Mist. Das hatte ich ganz vergessen. Aber er hat mich wirklich gemocht, das weiß ich. Wir hatten ziemlich viel Spaß zusammen, wenigstens anfangs.«

»Er ist bestimmt hier«, sagte Terry. »Wenn du ihn sprechen willst – nur zu.«

Sie sagte: »Ja, das mache ich« und gab Johnny einen Stoß mit dem Ellbogen. »Steh mal auf, damit ich hier rauskomme.« Zu Terry sagte sie: »Wenn die Kellnerin kommt, ich will die Austern, einen Salat des Hauses, den Coho-Lachs in der Tüte und noch einen Stoli. Bis später.«

Johnny ließ sich wieder in die Sitzecke gleiten, und nahm seine Speisekarte zur Hand. »Ich fang mit dem extragroßen Garnelencocktail an. Danach hätte ich gern Surf and Turf, aber das finde ich nicht auf der Karte.«

Als Cindy kam, um ihre Bestellungen aufzunehmen, fragte er sie, warum es kein Surf and Turf gab. Sie sagte: »Sir, Sie können haben, was Sie wollen.«

»Und Sie berechnen mir, was Sie wollen, stimmt's?«

Terry wartete, während die beiden beratschlagten, was Johnny gern kombinieren würde. Als Terry dran war, gab er Debbies Bestellung weiter und sagte dann: »Ich nehme das Gleiche«, nichts komplizierter als nötig, »aber statt des Johnnie Walker geben Sie mir diesmal einen doppelten Bourbon auf zerstoßenem Eis. Early Times, wenn Sie den haben.«

17

Debbie stand direkt hinter der Tür im Büro, während Randy seine Show abzog, aufschaute, als sie eintrat, genau den richtigen Ausdruck in seinen Augen, Freude in einem, Überraschung in dem anderen – im Stillen hörte sie sich den Satz auf der Bühne sagen –, und diesen Ausdruck behielt er bei; als Nächstes zog er eine Augenbraue fragend in die Höhe – an diese Formulierung dachte man automatisch, wenn er das tat. Zuerst: Ich glaub, ich träume. Und dann: Kann ich meinen Augen trauen? Gleich wird er leise vor sich hinkichern und anfangen, den Kopf zu schütteln.

Und so geschah es, mit den Worten »Ich glaub's nicht« machte er die Augenbrauen-Geschichte hörbar. Dann wurde er ernst und improvisierte: »O Mann, es ist echt gut, dich zu sehen.«

Mit dem letzten Spruch packte er sie. Sie glaubte ihm zwar nicht, aber was machte das schon? Sie fühlte sich trotzdem gut. Es gab ihrem Selbstvertrauen einen Schub.

Sie sah zu, wie Randy aufstand, um seinen Schreibtisch herumging und ihr die Arme entgegenstreckte. Jetzt sollte sie in diese Arme stürzen. Stattdessen ging sie an ihm vorbei und setzte sich in den Stuhl gegenüber vom Schreibtisch. Und Randy, der ging zurück, bis er am Tisch stand, hob das rechte Bein und legte den Oberschenkel auf die Platte, den Schritt auf Debbie gerichtet, die an der Beule erkannte, dass er immer noch was in seine Jockey-Shorts stopfte. Als sie zusammen lebten, erwischte sie ihn einmal dabei – als sie sich gerade bettfertig machten –, wie er ein Paar Socken aus seiner Unterhose zog, und damals war sie so dumm gewesen zu sagen: »Du bist ja ein ganz Schlimmer«, worauf er den Kopf schräg legte und ihr zuzwinkerte. Nein, diesmal nicht, du falscher Fuffziger, doch dann sagte sie automatisch: »Glaubst du immer noch, das funktioniert ?« und hätte sich gleich darauf am liebsten in den Arsch getreten, weil er nun wusste, dass sie es bemerkt hatte.

Randy grinste. Das machte er oft, mit seinem verschlafenen Blick, und er sagte: »Da bist du platt, mich nach so langer Zeit wiederzusehen, stimmt's?«

In dem Augenblick beschloss sie, herumzualbern, und erwiderte: »Aber nicht halb so platt wie du, Randy, als ich dich damals mit meinem Buick Riviera umgemäht hab.« An den Wagen hatte sie sich irgendwie gewöhnt.

Und der coole Hurensohn sagte: »Ach? Kann mich an keinen Buick erinnern. Bist du nicht einen Ford Escort gefahren?«

Das machte sie wütend, und sie brauchte ein Weilchen, um sich wieder zu beruhigen.

Sie sagte: »Warum hörst du nicht auf, einen auf scheißcool zu machen? Was bist du jetzt, ein Gangster? Segelst du nicht mehr um die Welt? Dauernd warst du jemand anderes, als sollte ich glauben, dass du ein geheimes Leben führst. Das stimmte zwar, aber du weißt schon, was ich meine. Du bist ein paar Tage lang verschwunden, und wenn ich dich frage, wo du warst, antwortest du: ›Tut mir Leid, Babe.‹ Du kannst dir gar nicht vorstellen, wie zuwider es mir war, dass mich jemand Babe nannte. Ich bin kein Babe, Randy.«

»Warum hast du's mir nicht gesagt? Dass du nicht Babe genannt werden wolltest?«

»Weil ich bescheuert war. Ich dachte echt, ich wär in dich verliebt.«

»Vielleicht bist du's ja immer noch, tief drinnen.«

»Hör auf, okay? Du sagtest: ›Tut mir Leid, Babe, aber aus bestimmten Gründen kann ich dir das derzeit nicht verraten.‹ Als würdest du mir eines Tages erklären, du seist bei der CIA. Warum versuchst du nicht mal, einfach nur du selbst zu sein?«

Randy sagte: »Ich bin, wer ich bin«, was sich anhörte, als habe er das auf einem Berggipfel erfahren.

Der Mann konnte einen fix und fertig machen. »Randy, was für ein superdämlicher Spruch, ›Ich bin, wer ich bin‹. Wenn du klug und weise wirken willst, halt die Klappe. Ich mein's ernst. Du musst nicht dein ganzes Leben auf dummem Gequatsche aufbauen.«

Jetzt schenkte er ihr seinen aufrichtigen Blick, die Hände auf dem Oberschenkel verschränkt. »Was kümmert's dich?«

Das klang, als meine er es ernst, darum ließ sie sich drauf ein, blieb aber auf der Hut. Sie sagte: »Bist du eigentlich gern ein Arschloch?« Mal sehen, ob ihn das aus der Reserve lockte.

Er atmete aus, ein langer typischer Seufzer à la Randy, machte weiter einen auf ernsthaft. »Es tut mir Leid, wie ich mit dir umgesprungen bin. Ehrlich. Sogar schon damals, als du mir dein Geld zum Investieren anvertraut hast – das war das erste Mal in meinem ganzen Leben, dass mich mein Gewissen geplagt hat.«

»Aber du hast es genommen.«

Er sagte: »Ja, das stimmt«, schaute dabei an ihr vorbei und wirkte zerknirscht.

»Und, möchtest du es mir zurückgeben?«

»Ich habe daran gedacht«, sagte Randy. »Nicht, als ich im Krankenhaus lag und mir alles wehtat, aber danach.«

»Während ich im Knast saß«, sagte Debbie.

»Die Sache ist die, ich will's wieder gutmachen.«

Sie sagte: »Was heißt das?«

In dem Moment kam der verdammte Oberkellner ins Büro und sagte: »Mr. Moraco ist da.«

Sie fingen ohne Debbie mit den Vorspeisen an: Johnny tunkte seine Riesengarnele in die Cocktailsauce und Terry beschäftigte sich mit seinen Austern. Als er Johnny »Großer Gott, da ist Vincent Moraco« sagen hörte, schaute Terry auf.

»Wer?«

»Der Kleine, mit seiner Frau.«

»Das ist nicht die, von der wir das Geld bekommen haben.«

»Bezahlt hat uns seine Freundin. Sie hat sich bloß als Mrs. Moraco ausgegeben, damit sich keiner mit ihr gestritten oder sie angemacht hat. Capito? Sonst hättest du dich mit Vincent Moraco persönlich angelegt. Soviel ich weiß, sucht die Staatsanwaltschaft seine Freundin, aber sie ist verschwunden.«

»Haben sie dich angerufen?«

»Nein, aber irgendwelche anderen Typen, die dieselbe Strecke gefahren sind, wurden angeblich vorgeladen.«

»Wer ist der andere Typ?«

»Vito Genoa. Er ist der Vollstrecker. Mr. Amilias Mann fürs Grobe.«

»Sie sehen uns beim Essen zu«, stellte Terry fest.

»Ich weiß. Guck einfach nicht hin.«

Zu spät. Terry nickte den drei bei der Bedienung stehenden Gästen lächelnd zu. Die Moracos und Vito Genoa, die in Richtung Tisch sahen, während die Bedienung mit ihnen sprach, lächelten nicht zurück. Nun trat auch der Oberkellner zu den Dreien, ergriff die Initiative, raspelte Süßholz, bugsierte sie zur Bar.

Johnny sagte: »Weißt du noch, wie wir früher im Balduck Park Schlitten gefahren sind? Da kam Genoa auch immer hin, der hat sich aufgeführt, als gehörte der Scheißhügel ihm.«

»War er auf der Queen of Peace?«

»Nein, er ist aus Grosse Pointe Woods. Einmal wollte er

mein Gesicht mit Schnee abseifen, und du bist auf ihn los. Wir waren damals ungefähr zehn, er vielleicht zwölf oder dreizehn, groß für sein Alter.«

Terry sagte: »Er hat mich verdroschen.«

Johnny sagte: »Und ich hatte 'ne Gehirnerschütterung, aber er hat uns nie wieder belästigt, oder?«

»Woher weißt du, dass er derselbe Typ ist?«

»Der Name, Ge-no-ah. Auf der Highschool hat er zwei Jahre lang in der Football-Stadtauswahl gespielt, sein Foto war in der Zeitung.« Und Johnny fuhr fort: »Seitdem hat er gute zwanzig, fünfundzwanzig Kilo zugelegt«, als Debbie zurückkam und er aufstehen musste.

Sie rutschte auf die Sitzbank und sagte: »Fast hätte es geklappt. Ich hatte ich ihn so weit, dass er sagte, er wolle es wieder gutmachen, als der verdammte Oberkellner reinmarschiert kam.« Und weiter: »Da ist Randy, der an der Bar entlanggeht. Siehst du ihn? Was ist dein erster Eindruck?«

»Er sieht aus wie jemand, der ein Restaurant leitet«, sagte Terry, »und viel isst. Sein Anzug spannt ein wenig.«

»Er hat zugenommen«, sagte Debbie, »aber der Stil ist noch derselbe, das Auftreten.«

Sie beobachteten, wie Randy bei den Moracos und Vito Genoa ankam, etwas zu ihnen sagte, als er näher kam, jetzt Mrs. Moracos Hand nahm, dabei weiterredete, sie zum Lächeln brachte, die beiden Männer musterten ihn unzufrieden, und jetzt gestikulierte Randy, schüttelte den Kopf, machte einen auf hilflos.

»Wir sitzen an ihrem Tisch«, sagte Debbie, »und er erzählt ihnen, er könne nichts dagegen tun.«

»Vor einer Stunde war es vielleicht ihr Tisch«, sagte Johnny, »jetzt nicht mehr. Wenn viel Betrieb ist, halten sie in jedem

Restaurant einen reservierten Tisch eine Viertelstunde frei, das war's. Wer zu spät kommt, muss sich anstellen, Mann, so ist das Leben.«

Moraco wandte sich von Randy ab, sagte ein paar Worte zu Vito Genoa, und schon kam der auf sie zu, ließ sie dabei nicht aus den Augen.

Debbie gab Johnny einen Stups. »Sag diesem Gorilla dasselbe wie eben uns«, doch Johnny brachte nur ein »Scheiße« heraus, was nicht sehr überzeugend klang.

Genoa baute sich vor Johnny auf. Er stützte beide Hände auf die Tischplatte und beugte sich zu Johnny herunter. Dann nahm er eine von dessen Riesengarnelen und schob sie sich in den Mund. Johnny sagte kein Wort.

Terry sagte: »Vito? Ich bin Pater Dunn.«

Genoa drehte ihm den Kopf zu. Dann nahm er die Hände vom Tisch und stellte sich gerade hin.

»Welche Gemeinde besuchst du, Vito?«

Genoa antwortete nicht, war entweder überrascht oder musste überlegen. Wie hieß seine Gemeinde?

»Als wir Kinder waren, bist du meines Wissens in die Star of the Sea gegangen, glaub ich. Hab ich Recht?«

Genoa antwortete immer noch nicht, fragte sich vielleicht, was hier abging. Wer war dieser Priester?

»Erinnerst du dich noch an Pater Sobieski, euren Pastor? Der muss schon ewig dabei sein, oder? Ich habe in einer Mission in Afrika gedient, Vito. Ruanda. Ich war da, als in einem Vierteljahr über eine halbe Million Menschen ermordet wurden. Manche erschossen, die meisten mit Macheten zu Tode gehackt.« Er schwieg.

Genoa glotzte ihn an.

»Sonntag in einer Woche«, fuhr Terry fort, »bin ich in der

Star of the Sea, um für die Mission zu sammeln. Mal sehen, ob ich genug für meine Waisenkinder zusammenbekomme, Hunderte kleine Waisen, Vito, deren Moms und Dads beim Genozid ermordet wurden. Wenn man ihre kleinen Gesichter sieht – es bricht einem das Herz.«

Endlich sprach Vito Genoa. »Wenn Sie nicht sofort aufstehen, Pater, ziehe ich Sie über den verdammten Tisch.«

Terry musste daran denken, dass der Typ, falls er ihn über den verdammten Tisch zog, seinen nagelneuen Anzug einsauen würde, den er anschließend reinigen und bügeln lassen musste. Andererseits brauchte er dann nicht hinzufallen und Randy mit einem Prozess zu drohen, falls der Typ ihn in einem Raum voller Zeugen über den Tisch zog. Die Gelegenheit war greifbar nahe. Er durfte dem Drang nicht nachgeben, aufzustehen und dem Kerl eine aufs Maul zu schlagen. Hier war er das Opfer.

Er sagte zu Genoa: »Vito, du würdest dich an einem Mann vergreifen, der ein geweihter Priester deiner Kirche ist?«

»Ich geh zur Fastenzeit nicht mehr in die Kirche«, sagte Vito. »Das muss ich erst wieder, wenn's so aussieht, als wenn ich bald sterben muss. Tja, und dann mach ich reinen Tisch, erzähl euch alle meine Sünden und bitte um Vergebung.«

»Das ist Dünkel, mein Sohn. Und Dünkel ist per se eine Sünde. So kannst du nur verlieren, Vito.«

»Ihr auch. Verschwindet.«

Terry sagte: »Ich bleibe« und wartete darauf, über den Tisch gezogen zu werden.

Doch stattdessen ging Vito zu Terrys Ende der Sitzbank, legte Terry eine Hand auf die Schulter und kniff in den Muskel zwischen Hals und Schulterblatt, übte Druck aus, und der plötzliche Schmerz ließ Terrys Arm erschlaffen. Er versuchte, sich aus Vitos Griff zu winden, doch der Typ ließ nicht locker. Debbie schrie: »Lass ihn los«, wollte seinen Arm festhalten, als der Typ Terry vorn am Anzug packte und ihn am Revers aus der Sitzecke hob. Dann tätschelte Vito Terrys Schulter, rückte seinen Anzug zurecht und sagte: »Das war doch gar nicht so schwer, oder?«

Terry musste ihm beipflichten, er hatte Recht. Es musste noch viel schlimmer werden, und er brauchte Augenzeugen. Also sagte er aus nächster Nähe, Auge in Auge und mit leiser Stimme zu Vito:

»Du kneifst also, hm? Wieso denn, Vito, weil du eine beschissene genuesische Schwuchtel bist und feige noch dazu?«

Kaum gesagt, bekam er, was er wollte, einen Körpertreffer, Vito schlug ihm die Faust mit voller Wucht in den Leib, und das schüttelte Terry ordentlich durch, trieb ihm die Luft aus der Lunge, er knickte ein und griff sich an den Bauch – Debbie kreischte dazu –, und er bekam keine Luft, konnte sich nicht aufrichten, bis der Typ sein Knie hochwuchtete und ihn am Brustkorb traf, sein Oberschenkel knallte in Terrys Gesicht, der daraufhin zu Boden ging, platt auf dem Rücken landete, wo er keuchend liegen blieb, versuchte, Luft in die Lunge zu bekommen.

Terry sah, dass Debbie dicht bei ihm war und seinen Kragen abzog. Es half nicht. Er bekam mit, dass Randy auf ihn hinabsah und wieder weg, wie Randy zu jemandem sagte: »Das erfährt Tony. Schafft ihn hier raus.« Dann kam ein Typ mit Bürstenschnitt – offenbar der Rausschmeißer, der Johnny erzählt hatte, die Nutte sei seine Frau –, machte Terrys Jackett auf, lockerte den Gürtel und zog ihn am Hosenbund, hob Terrys Rücken vom Boden, hoch und wieder runter, und forderte ihn auf, kurz durchzuatmen, aus und ein. »Das war ein ordentlicher Schlag, den Sie da abbekommen haben.«

Sie waren jetzt bei Lampenlicht in Randys Büro, Debbie half Terry in den Ledersessel gegenüber vom Schreibtisch, Randy sah dabei zu.

»Ich will wissen, was er zu Vito Genoa gesagt hat.«

Debbie drehte ihm den Rücken zu, beugte sich über Terry, strich ihm über die Haare, übers Gesicht, sie unterhielten sich leise, Terry fragte, ob Johnny sich eingemischt habe. Debbie verneinte, er sitze immer noch am Tisch. Terry sagte, gut, lehnte sich zurück und legte den Kopf gegen das Sesselkissen. Debbie richtete sich auf. Sie nahm auf dem Stuhl unter Soupy Sales Platz und holte ihre Zigaretten heraus. Randy blieb stehen, war unruhig. Er wandte sich an Debbie.

»Er hat was gesagt, das Vito wütend gemacht hat.«

Debbie sagte: »Deiner Meinung nach ist es also in Ordnung, ihn zusammenzuschlagen, einen Priester, einen Gottesmann –«

»Halt einfach die Klappe. Ich will wissen, was er gesagt hat.«

»Frag ihn doch.«

»Wer ist der Mann? Was hast du mit einem Priester zu tun?«

»Er ist ein sehr guter Freund von mir.«

»Du hast mir nie was von irgendwelchen Priestern erzählt.«

»Was redest du da … schließlich hab ich katholische Schulen besucht. Wie ich dir bereits sagte, das ist Pater Terry Dunn, ein Missionar aus Afrika.« Sie sah Terry an und fuhr fort: »Pater, wie geht es Ihrem Bauch? Tut's noch weh?«

Terry bewegte seinen Kopf auf dem Kissen. »Könnte schlimmer sein. Aber wenn ich mich bewege, o Mann, als hätte ich ein Messer im Rücken stecken. Das liegt daran, wie ich hingefallen bin. Ich glaube nicht, dass ich morgen die Messe lesen kann.«

Phantastisch. Genau richtig. Debbie hätte ihn am liebsten geküsst, musste aber ihre gequälte Miene beibehalten. Sie sagte: »Ich finde, du solltest ein Krankenhaus aufsuchen.«

Das gab Randy den Rest. Er drehte sich zu ihr um, sagte: »Scheiße« und lief auf und ab, ging aber nicht weg. Offenbar dachte er ein Weilchen nach, grübelte und sagte dann: »Wer ist der andere?«

»Johnny, ein Freund des Paters. Sie waren beide Ministranten in der Kirche, Queen of Peace.« Wieder sah sie Terry an. »Randy möchte wissen, was Sie zu dem Mann gesagt haben.«

Terry bewegte wieder seinen auf das Kissen gedrückten Kopf. »Ich hab ihn gefragt, zu welcher Gemeinde er gehört. Er hat nicht geantwortet, aber ich dachte, vielleicht gehört er zu Our Lady Star of the Sea.« Terry stöhnte auf und schloss die Augen. »O Mann, solche Schmerzen hatte ich noch nie.«

»Er muss hier weg«, sagte Randy und wandte sich an Debbie. »Wo wohnt er?«

»Bei seinem Bruder in Bloomfield Hills.«

»Ach ja? Es muss ein recht wohlhabender Bruder sein.«

»Das stimmt, er ist Anwalt, Spezialgebiet Personenschäden und Körperverletzung.«

Randy sagte: »Verdammt!« und wandte sich ab.

»Oder«, sagte Debbie, »wir können es jetzt auf der Stelle regeln.«

Sie sah, wie Randy einen verschlagenen Blick bekam, wie seine Augen sich zu Schlitzen verengten. »Darum habt ihr auf dieser Sitzecke bestanden, stimmt's? Das Ganze war geplant.«

»Genau«, sagte Debbie. »Ich hab erfahren, dass ein paar Gangster diesen Tisch reserviert haben, darum haben wir ihn uns geschnappt, um sie wütend zu machen, damit Pater Dunn verletzt wurde.« Pause. »Hoffentlich ist es nichts Ernstes.«

»Gott im Himmel«, sagte Randy, »nun sag schon … seit wann treibst du dich mit Priestern rum?«

»Als ich im Knast saß, Randy, hatte ich eine Erleuchtung und wurde gerettet. Sie sollten wissen, wer jetzt mein Boss ist – ein jüdischer Zimmermann.«

Randy wiederholte: »Gott im Himmel –«

Und Debbie ergänzte: »Mein Herr und Heiland.« Und dann sagte sie: »Randy, wusstest du, dass ein bekannter TV-Moderator an der Bar saß? Carlo hat uns darauf hingewiesen. Bill Bonds nebst Gattin. Du kennst ihn bestimmt. Carlo sagte, er habe Perrier getrunken und alles mit angesehen. Na klar, jeder im Lokal hat es gesehen, der nicht blind war. Willst du dich außergerichtlich einigen oder einen Prozess?«

Randy ließ sich Zeit. Debbie nahm an, dass er jetzt der Situation ins Gesicht sah, in seinem Restaurant war ein Priester angegriffen worden, und als er sagte: »Von welchem Betrag reden wir eigentlich?«, wusste sie, dass sie Recht hatte.

Sie sagte: »Zweifünfzig.«

»Und ihr habt das nicht geplant?«

»Ich schwör's, Randy, unser Heiland hat uns beigestanden.«

»Na schön, wenn du einen Zimmermann als Anwalt haben willst, bring ihn zum Prozess mit.« Randy machte eine Pause, bekam wieder diese Schlitzaugen. »Du sagtest: ›… hat uns beigestanden‹, stimmt's? Was hat sein Sturz – vielleicht im betrunkenen Zustand, was weiß ich denn – mit dir zu tun?«

»Pater Dunn und ich stehen die Sache gemeinsam durch«, sagte Debbie. »Der Vergleich schließt die siebenundsechzigtausend Dollar mit ein, die du geklaut hast und mir zurückzahlen wolltest.«

»Wann hab ich gesagt, dass ich dir was schulde?«

»Randy, versuch mal, einen Moment den Mund zu halten.

Ich erzähl dir jetzt, wie du uns zweihundertfünfzigtausend Dollar geben, dabei ein gutes Gefühl haben und das Ganze von der Steuer absetzen kannst.«

Johnny blieb am Tisch sitzen und versuchte, einen unschuldigen Eindruck zu machen. Debbies Idee. Er war unschuldig. Scheiße, er hatte nichts getan. Dennoch glotzten ihn die beiden Mafiosi beim Gehen finster an. Dann musste Johnny die Kellnerin rufen und fragen, wann er sein Essen bekam. Sie sagte, oh, sie habe gedacht, er wolle auf die anderen warten. Er saß nicht gern allein hier, die Leute beobachteten ihn, unterhielten sich über das, was sie eben gesehen hatten, darum ging er an die Bar, wo der Rausschmeißer rumlungerte – er stand da, einen Arm auf die Bar gestützt und sah sich im Raum um. Johnny nahm auf dem Hocker neben ihm Platz.

»Haben Sie gesehen, was passiert ist?«

»Na klar.«

»Warum haben Sie zugelassen, dass er den Priester vermöbelt? Sie sind doch der Rausschmeißer hier, oder nicht?«

»Ich bin Mr. Agleys Bodyguard. Und einer von den beiden Burschen eben … er hat mich an Mr. Agley ausgeliehen.«

»Sie sind bei der Mafia?«

»Ich hab Ihnen gesagt, was ich mache.«

Der Mutt hob die Hand, schaute auf seine Uhr, und dabei sah Johnny die Tätowierung auf seinen Knöcheln, B-A-N-G.

»Hast du das selbst gemacht?«

Der Mutt hob noch mal die Hand. »Das hier? Nein, hab ich machen lassen. Ich war mal Boxer.«

Die Tätowierung war so ungelenk und hässlich, dass Johnny fragte: »Hat dein Zellengenosse das gemalt?«

»Typ auf'm Hof. Woher wusstest du das?«

»Gleich und Gleich gesellt sich gern«, sagte Johnny. »Ich hab meine Zeit in Jackson abgesessen, dem größten geschlossenen Knast der Vereinigten Staaten. Und du?«

»Southern Ohio.«

»Weswegen?«

»Hab einen umgebracht. Erschossen.«

»Du bist also ein Auftragskiller?«

»Könnte man sagen, nebenberuflich.«

»Echt? Schon welche erledigt?«

»Drei bis jetzt. Einen Lkw-Fahrer, einen Häftling und einen Chaldäer.«

»Du bist kein Italiener.«

»Teufel, nein.«

»Auch nicht aus der Gegend hier. Wie bist du zu diesen Leuten gekommen?«

»Ich hatte einen Brief von einem wichtigen Mann –«

»Im Knast?«

»Ja, in dem stand, sie sollten mir Arbeit geben.«

»Wie nennen sie dich?«

»Meistens bloß Mutt.«

Das glaubte Johnny gern. Der Typ war so dämlich wie ein Baumstumpf. »Ich bin Johnny, hab vor fünf Jahren für sie gearbeitet. Hab aus Kentucky Zigaretten hierher geschmuggelt.«

»Kann man damit Geld verdienen?«

»Damals schon. Hast du mal den Oberboss kennen gelernt, den alten Tony?«

»Ich hab ihn mal gefahren, aber hierher kommt er nich.«

»Ihm gehört doch ein Teil von dem Laden?«

Der Mutt zuckte mit den Achseln.

Johnny sagte: »Ich kannte mal einen Killer in Jackson. Der kriegte pro Auftrag zehn Riesen.«

»Scheiße, ich krieg mehr als der.«

»Du bist bestimmt gut. Was für 'ne Kanone nimmst du?«

»Kommt drauf an.«

»Du sagst, du hast einen LKW-Fahrer, einen Häftling und einen anderen Typ umgebracht?«

»Einen Chaldäer. Der seine Schutzgelder nicht bezahlen wollte.«

»Den Häftling hast du nicht erschossen.«

»Nein, den hab ich abgestochen.«

»Du hast also nur zwei erschossen.«

»Ja, aber ich hab einen in Planung.«

»Echt? Brauchst du einen Fahrer?«

»Das bezweifle ich.«

»Der Killer, den ich in Jackson kannte, hatte immer einen Fahrer.« Johnny winkte den Barkeeper heran und sagte: »Leihen Sie mir doch mal Ihren Kuli.«

Der Mutt sagte: »Ich hab mir überlegt, dass ich bei dem Typ zu Hause vorbeischaue.«

Johnny schrieb seine Telefonnummer auf eine Serviette und sagte zu Mutt: »Würd ich nicht tun. Was ist, wenn andere Leute da sind, die Frau des Typs oder so? Willst du die auch umlegen? Außerdem gucken die Nachbarn gern aus den Fenstern.« Er gab Mutt die Serviette. »Hier. Falls du mal mit mir Kontakt aufnehmen willst.«

Der Mutt sah sich die Telefonnummer an. »Weswegen?«

»Dass man sich trifft und Geschichten erzählt«, sagte Johnny. »Hast du dich nicht auf dem Hof mit Knackis unterhalten, dir ihre Storys angehört, was sie gemacht, wie sie Scheiße gebaut haben? In Jackson gab's einen Typ, der über hundert bewaffnete Raubüberfälle durchgezogen hat. Der hat uns erzählt, wo das war, wie viel er abgegriffen hat, wann er Scheiße gebaut hat, wann es eng wurde, wie er in Schwierigkeiten geraten ist. Wir hörten uns das an, weil der Typ witzig war, er konnte Geschichten erzählen und uns alle zum Lachen bringen. Manchmal kamen welche zu ihm und sagten: ›Ey, Roger, erzähl mal, wie du damals die Safeway-Filiale überfallen hast.‹ Sie hatten die Story zwar schon mehrfach gehört, aber das machte nichts, es blieb lustig.« Johnny grinste dabei, was den Mutt dazu brachte, auch ein wenig zu grinsen, und Johnny fuhr fort: »Als wärn wir noch draußen auf dem Scheiß-Knasthof, hm?«

Der Mutt sagte: »Wenn ich den nächsten Typ umlege, kannst du's in der Zeitung lesen.«

»Wann soll ich die Augen offen halten?«

»Die nächsten paar Tagen oder so.«

»Ich hab mich gefragt«, sagte Johnny, »ob du's je mit den Nutten machst, die hier reinkommen?«

18

»Tony Amilia hat Prostatakrebs«, sagte Terry, die aufgeschlagene Zeitung vor sich. »Aber er wurde frühzeitig entdeckt, also wird man wahrscheinlich nicht operieren, weil der Mann so alt ist. Bevor der Krebs ihn umbringt, wäre Amilia schon an was anderem gestorben. Falls er also verknackt wird, wird er nicht deswegen auf freiem Fuß bleiben.«

»Jede Wette, dass er freikommt«, sagte Debbie, »oder Bewährung kriegt und eine Strafe zahlen muss. Vor zehn Jahren hat man ihn mit praktisch denselben Anklagepunkten vor Gericht gestellt, und ihm ist nichts passiert.«

Sie saßen in Frans Bibliothek und lasen die gemeinsame Sonntagsausgabe der *News* und der *Free Press*. Eine Sonderbeilage fasste den Prozess zusammen, auf dem Seitenrand fanden sich die Biographien der Angeklagten sowie eine kurze Geschichte des organisierten Verbrechens in Detroit, die bis zur Purple Gang in den Zwanzigerjahren zurückreichte.

Debbie sagte: »Wusstest du, dass das eine jüdische Bande war?«

»Ich wusste, dass sie nicht zur Mafia gehörten.« Terry sah von der Zeitung auf und betrachtete die am anderen Sofaende sitzende Debbie, durch Zeitungsteile auf den Sitzkissen von ihm getrennt. »Wo kam der Name her, Purple Gang?«

»Man nannte sie ›bunt schillernd‹, und ein Typ, den sie unter Druck setzten, sagte, klar, lila, die Farbe von verfaultem Fleisch, und das blieb hängen.« Sie sah ihn an, fragte: »Was macht dein Rücken?«

»Er ist wirklich ein bisschen steif.«

»Ich fand klasse, was du zu Randy gesagt hast – als hättest du ein Messer im Rücken stecken.«

»Wir hatten ihn gut im Griff.«

»Aber die zweifünfzig rückt er nie und nimmer raus, und er weiß, dass wir vor Gericht niemals so viel zugesprochen kriegen.«

»Seiner Meinung nach sollten wir Vito Genoa verklagen.«

»Tolle Idee – einem Mafiakiller den Prozess machen.«

»Falls er wirklich einer ist«, sagte Terry. »Im Kino lassen sie immer einen Killer aus Detroit kommen, als ob die rumsäßen und auf Anrufe warteten. Typ nimmt den Hörer ab, ›Berufskiller, was kann ich für Sie tun?‹ Gerade hab ich das irgendwo gelesen.« Terry überflog die beiden aufgeschlagenen Seiten. »Hier ist es, drei Personen ermordet und enthauptet aufgefunden. Die beiden verdächtigen Killer wurden aus San Diego hierher geholt. Wenn wir hier wirklich so viele Killer haben, warum sollte man welche von außerhalb kommen lassen?« Er ließ die Zeitung sinken. »Johnny hat sich mit dem Typ unterhalten, den er für einen Rausschmeißer hielt. Das ist Randys Bodyguard, sie nennen ihn offenbar den Mutt. Johnny gegenüber hat er behauptet, er sei eine Art nebenberuflicher Killer. Drei Leute habe er umgebracht und einen Auftrag für einen Vierten in Arbeit.«

»Warum sollte er Johnny so was verraten?«

»Das hat Johnny auch gesagt. Im Knast erkennt man einen Knacki, aber nicht, wenn irgendein Typ an der Bar auf einen zukommt. Er sagte, der Typ sei zu dämlich, dem könne man keinen Mordauftrag erteilen. Johnny wollte nur die Telefonnummer der Rothaarigen haben, die er an der Bar angequatscht hat. Sie heißt Angie.«

»Hat er die Nummer?«

»Ja, aber er wollte sie mir nicht verraten.«

Debbie nahm den Köder nicht an, las immer noch in ihrem Zeitungsteil. Die Nacht hatten sie in Frans und Mary Pats extragroßem Bett verbracht, waren sogar noch mehr zur Sache gegangen und hatten noch mehr geschwitzt als zuvor, hier oder anderswo. Als er sagte: »Schatz, du könntest das glatt hauptberuflich machen«, war sie eingeschnappt gewesen, hatte sich von ihm abgewandt und gesagt: »Vielen Dank.« Er wollte sie besänftigen, meinte, das sei eben blöd rübergekommen. »Ich hab das als Kompliment gemeint.« Sie drehte sich wieder zu ihm um. »Ich bin besser als jede Professionelle, Terry, ich empfinde was dabei.« Mit Debbie ins Bett zu gehen, war ein Erlebnis, das er mitnehmen und zeitlebens genießen konnte. Während eines zärtlichen Augenblicks, als er ihr Gesicht in dem weichen, durchs Fenster fallenden Licht sah, hätte er ihr fast gesagt, dass er sie liebte.

»Ich denke mir«, sagte Terry, »wenn der Mutt so dämlich ist, wie Johnny behauptet, und man dann das abgehörte Gespräch liest, zwischen den beiden Mafiosi in dem Auto …«

»Da bin ich noch nicht.«

»Sogar ihr Anwalt nennt sie Schwachköpfe. Er hat den Geschworenen erzählt, ihre Sprüche hätten sie sich durchs Betrachten von Filmen wie *Der Pate* und *Hexenkessel* angeeignet.«

»Es sind aber echt nette Typen.«

»Stimmt, sie können nichts dafür, wenn ihnen aus den Filmen dieses Image anhaftet und sich die Leute vor ihnen fürchten. Da könnte etwas dran sein, wenn man sich die Bänder anhört. Das FBI hat ihr Auto verwanzt, und man versteht die beiden recht gut. Sie stehen an der Michigan Avenue, gegenüber von einem Geschäft, das als Tarnung für einen Buchmacher dient. Sie nennen den Geschäftsinhaber einen Kamelreiter, er ist also aus dem Nahen Osten, vielleicht Chaldäer. Sie wollen das Schaufenster kaputtschießen, also schuldet ihnen der Mann Geld. Es regnet aber, und keiner dieser beiden harten Knochen will den Wagen verlassen. Sagte der eine: ›Triffst du's nicht von hier aus?‹ Und der andere antwortet: ›Es sind zu viele Leute auf der Straße, verdammt. Guck sie dir an, wie sie da rumlaufen. Wer behauptet eigentlich, Detroits Straßen sind nicht sicher?‹ Als sie zurück zur East Side fahren, verirren sie sich. ›Scheiße, wo ist die Sechsundneunzig? Die müsste eigentlich gleich hier sein.‹ Auf dem Tonband ist mehr, die beiden unterhalten sich darüber, was passierte, falls jemand Tony Amilia umlegen würde. Sie klingen wie Kinder, die versuchen, harte Männer zu spielen.«

»Haben sie das Fenster zerschossen?«

»Damals nicht. Einige der Buchmacher, die bei dem Prozess als Zeugen auftraten, sagten aus, sie seien zwar bedroht worden, hätten sich aber deswegen keine grauen Haare wachsen lassen. Es sei nicht so, wie man damals über Gotti und die Mafia in New York lesen konnte.«

»Man nennt sie auch ›der stille Mob‹«, sagte Debbie. »Tony Amilia ist nie eines Verbrechens überführt worden; er ist Familienvater, fünfzehn Enkelkinder, spendet für wohltätige Zwecke, ist ein Hauptfinanzier des Waisenhauses. Er kümmert sich um sein Geschäft, Mayflower Wäscheservice, und wohnt zurückgezogen in Grosse Pointe Park. Ich hab eben ein Foto seiner Villa gesehen.« Debbie blätterte die Zeitung durch, bis sie es wiederfand, dann gab sie die Seiten Terry.

»Windmill Point Drive«, sagte Terry und betrachtete das Bild. »Da oben, direkt am See, haben die Häuser früher etwa eine Million und mehr gekostet. Heute sind sie wahrscheinlich teurer. Die Stadtteile heißen, am Ufer entlang, Grosse Pointe Park, Grosse Pointe, Grosse Pointe Farms und Grosse Pointe Woods abseits des Sees, auf der anderen Seite der Autobahn liegt Harper Woods, wo ich aufgewachsen bin. Direkt unter Harper Woods – ich muss dir die East Side mal zeigen – liegt Copland, wo haufenweise weiße Cops aus Detroit wohnen. Laut Fran munkelt man, sie wollten die Vorschrift ändern, dass die Polizisten nicht mehr innerhalb der Stadtgrenzen wohnen müssen. Die meisten Mafiosi, von Amilia mal abgesehen, wohnen nördlich der Pointes, noch hinter St. Clair Shores in der Gemeinde Clinton.«

»Die Bundesbehörden würden liebend gern ihr gesamtes Vermögen konfiszieren«, sagte Debbie, »ihre Autos, alles, was ihnen gehört, wobei man das zu Grunde legt, was sie in den letzten zehn oder mehr Jahren illegal verdient haben. Zwanzig Millionen. Für mich klingt das nicht, als wäre mit dem organisierten Verbrechen viel Profit zu machen.«

»Zwei Millionen pro Jahr«, sagte Terry. »Ist doch nicht übel.«

Debbie sagte: »Tony macht seinen Schnitt, der nimmt sich seinen Anteil von allem. Aber was bleibt dann für seine Unterführer übrig? Selbst wenn man voraussetzt, dass es nicht mehr als zehn, zwölf ›echte‹ Mitglieder der Mafia gibt. Ich habe gerade gelesen, dass es hier zu keinem Zeitpunkt mehr als dreiundzwanzig ›echte‹ Mitglieder gab, das gilt zurück bis in die Anfänge, damals in den Dreißigern.«

»Viele Leute begreifen nicht«, sagte Terry, »warum man in einer Stadt, wo illegales Glücksspiel immer akzeptiert war, so hart dagegen vorgeht. Als ich noch ein Kind war, arbeitete einer der Platzanweiser in unserer Kirche als illegaler Wettfritze. Hier gab's schon immer Pferderennen, seit Jahren eine staatliche Lotterie, und jetzt haben wir Kasinos. Wo ist da der Unterschied?«

»Aber in der Mafia sind üble Burschen«, sagte Debbie. »Das solltest du eigentlich wissen.«

»Stimmt, und es gibt Postangestellte und Schüler, die ihre Freunde erschießen. Ich verteidige ja gar nicht, was das Syndikat treibt, aber diese Leute arbeiten so im Verborgenen, dass man sie kaum wahrnimmt.« Terry ließ nicht locker. »Du hast irgendwann mal etwas über Tony Amilia gesagt, das ich interessant fand.« Nach einer Pause sagte er: »Ich frage mich, ob wir eine Audienz bei ihm bekommen könnten, einen offiziellen Besuch.«

»Warum?«

»Ich wüsste gern, ob du das mit deinem befreundeten Anwalt besprechen könntest. Wie heißt er doch gleich, Bernacki? Ich sag dir, was mir vorschwebt. Wenn dir die Idee gefällt, willst du ihn bestimmt anrufen.«

Er sah, wie sie aus dem Fenster in den grauen Vormittag schaute, ehe sie sich wieder ihm zuwandte.

»Du willst mit einem Mafiaboss reden –«

»Der als großzügiger Wohltäter bekannt ist.«

»Aha, du willst ihn als Pater Dunn aufsuchen.«

»Na klar.«

»Und ihm«, sagte Debbie, »von den kleinen Waisenkindern in Ruanda erzählen.«

Aus Ed Bernackis Büro im Renaissance Center hatte man einen Blick auf den Detroit River und bis rüber nach Kanada, das Kasino drüben in Windsor war der einzige helle Fleck am Flussufer. Bernacki sagte: »Es ist Sonntag. Woher wusstest du, dass ich hier bin?«

Debbie erzählte, sie habe zuerst bei ihm zu Hause angerufen.

Und Bernacki sagte: »Ich muss besser aufpassen, wem ich meine Telefonnummer gebe.« Er hörte sich ihre Begründung an, warum sie gern eine Audienz bei Mr. Amilia hätten, und sagte dann: »Na schön, willst du wissen, was ich davon halte? Die Idee ist nicht schlecht. Trotzdem glaube ich nicht, dass Tony sich darauf einlässt. Es wird ihm nicht wichtig sein. Er will nämlich Publicity in jeder Form vermeiden.«

»Auch, wenn sie ihn in ein gutes Licht rückt?«

»Die Presse kann es um hundertachtzig Grad drehen, in Leitartikeln schreiben, es sei ziemlich klar, warum er so was macht. Aber ich rede mit ihm. Vielleicht ist Tony einverstanden, aber ich muss dir sagen, dass ich es bezweifle. Eins steht jedenfalls fest, er wird euch nicht in seinem Haus empfangen. Niemand tritt über die Schwelle, es sei denn Familienmitglieder und Vertraute.«

Debbie sagte, ihr sei egal, wo sie sich träfen.

»Ich melde mich wieder«, sagte Bernacki und rief Tony Amilia in dessen Haus in Windmill Point an, das einmal pro Woche auf Wanzen kontrolliert wurde.

Bernacki fragte Tony, wie es ihm an diesem tristen, pisstrüben Sonntagmorgen gehe, und der Mann sagte langsam und mit leiser Stimme: »Komisch, dass Sie das sagen. Wissen Sie, was ich die ganze Nacht mache? Pissen. Vier-, fünfmal steh ich auf. Spüre einen enormen Drang, geh aufs Klo, und es kommen ein paar Tropfen Pisse raus. Dann ist Schluss, und bald geht's wieder los. Ich bin da so lange drin, dass Clara ruft: ›Alles in Ordnung?‹ Manchmal kommen zwei Strahlen raus. Ich denke: Was zum Teufel geht hier ab? Hatten Sie das schon mal, zwei Strahlen? Tagsüber, morgens ist es fast genauso schlimm. Ich trinke morgens keinen Kaffee mehr, damit ich nicht durch den ganzen Gerichtssaal pisse. Was gar keine schlechte Idee wäre. Damit sie sehen, was ich von ihrem Scheißprozess halte. Ed, wenn ich den Drang spüre, denke ich, ich muss zwanzig Minuten lang pissen, und dann tröpfelt es bloß raus. Ich hab zu Clara gesagt: ›Ich pisse mehr als die Flüssigkeitsmenge, die ich zu mir nehme.‹ Erklären Sie mir das mal.«

»Es ist ein Symptom«, sagte Bernacki. »Es bedeutet, dass Ihre Prostata geschwollen ist und den natürlichen Urinfluss behindert.«

»Aber warum pisse ich mehr als ich trinke?«

»Das kommt Ihnen nur so vor.«

»Manchmal ist Blut in der Pisse. Mein Urologe sagt: Nur keine Bange, Sie haben Krebs, was erwarten Sie da? Der Mann hat die Manieren eines dieser Cops, die früher mit ihren verdammten Flinten in einem Buick Streife gefahren sind.«

Bernacki sagte: »Ich verstehe ja, dass pissen Sie mehr beschäftigt als der Prozess.«

»Scheiß auf den Prozess. Die Feds holen sich einen runter, mehr nicht.«

»Tony, ich möchte Ihnen etwas erzählen, was Ihnen eine gute Presse bringen könnte, die Ihnen zurzeit gut in den Kram passen würde. Ich möchte, dass Sie sich mit einem Priester unterhalten, einem gewissen Pater Terry Dunn aus Afrika.«

»Bimbo?«

»Er ist weiß, ein Missionar.«

»Die halten bloß alle die Hand auf. Wie viel will er haben?«

»Er will was von Ihnen«, sagte Bernacki, »aber das Ganze ist nicht uninteressant, vielleicht gefällt Ihnen die Idee.«

»Na gut, worum geht's?«

»Das sollten Sie sich besser persönlich anhören.«

»Warum nicht am Telefon?«

»Die hängen vor dem Haus Wanzen auf, Tony. Das wissen Sie doch. Passen Sie auf, soll ich nicht gleich einen Termin klar machen? Dann müssen Sie's sich nicht zweimal anhören, sondern erfahren es direkt von Pater Dunn. Heute noch, dann müssen wir nicht erst einen Termin suchen, der allen Beteiligten passt.«

»Ein irischer Priester hält die Hand auf. Das steht schon mal fest.«

»Wie gesagt, etwas an der Idee könnte Ihnen gefallen.«

»Sie sind sich bei dem Typ absolut sicher?«

»Ein Gottesmann, Tony, für den sich eine Person verbürgt, die mein vollstes Vertrauen hat.«

»Na schön, ich mach das klar und ruf Sie an. Und sagen Sie ihm, er soll etwas geweihtes Öl mitbringen. Er kann mir vorzeitig die letzte Ölung verpassen, dann hab ich's hinter mir.«

19

Sie warteten in einem Bereich des Restaurants, den man für private Feiern abtrennen konnte: Tony Amilia und sein Anwalt Ed Bernacki, an einem runden Tisch mit Platz für zehn Personen, auf dem ein weißes Tischtuch lag. Darauf standen Schälchen mit Oliven, etliche Flaschen Pellegrino, eine Kanne Kaffee, Gläser und Tassen, Aschenbecher, einer direkt vor Tony, der Kaffee trank und eine Zigarette rauchte. Bernacki saß neben ihm, und sie unterhielten sich, aber nicht laut genug, dass der am Tisch stehende Vincent Moraco hätte hören können, was sie sagten. Vincent, dunkler Anzug und Hemd hochgeschlossen, begab sich zu den offen stehenden Türen des Raums. Von dort konnte er durch das leere Restaurant zum Eingang sehen, wo Vito Genoa auf den Priester wartete.

Vincent hatte Tony gefragt: »Wen treffen wir?« Tony antwortete: »Einen Priester.« Als Vincent wissen wollte: »Welchen Priester?« und dabei an den von gestern Abend dachte, sagte Tony: »Einen Priester, in Ordnung?« Tony hatte immer noch einen Fuß in der Kirche, weil er dabei war, wenn seine Enkel getauft wurden und zu ihrer Ersten Heiligen Kommunion gingen.

Vor zwanzig Jahren hätte Vincent den Boss – der damals ein anderer Boss gewesen war – nie gefragt, wen sie trafen. Damals redete er nur, wenn man mit ihm sprach. Heutzutage war es egal. Man konnte zwar nicht behaupten, der alte Tony wäre einer von ihnen, man konnte nicht mit ihm rumalbern; aber man konnte ihn mit Vornamen anreden und jammern, der verfluchte Prozess ruiniere das Geschäft. Darauf sagte Tony nur, er solle abwarten, es kämen auch wieder bessere Zeiten. Kurz vor dem Prozess hatte Tony zu ihm gesagt: »Wieso bist du nicht angeklagt worden, Vincent?«, er klang zwar misstrauisch, fragte ihn aber nie auf den Kopf zu, ob er mit der Regierung eine Absprache getroffen habe. Vincent hatte ihm geantwortet, der Hauptgrund sei, dass er nie mit diesen Ärschen von der Straße rede. Auch im Auto rede er nie auch nur ein Wort über Geschäfte – und dafür dankte er Gott dem Allmächtigen, als er ein einziges Mal im Gerichtssaal gewesen war und zwischen den Besuchern gesessen hatte und sie die Tonbänder abspielten, die sie mit den Wanzen in Autos aufgenommen hatten.

Die beiden Witzfiguren zogen vom Leder. JoJo und diese beschissene Schmalzlocke Tito, beide mittlerweile Zeugen der Anklage. Vincent hatte Tony anschließend gefragt, ob er die beiden umlegen solle, doch Tony meinte nur: »Was können die beiden Penner schon erzählen? Was die wissen, beruht auf Hörensagen, oder ihr Wort steht gegen meins. Ed wird sie im Zeugenstand fragen, welche Absprache sie mit der Anklage getroffen haben, und das war's dann.«

Die Bänder wurden dem regnerischen Tag zugeordnet, als die beiden auf der anderen Straßenseite von dem Buchmacherschuppen an der Michigan Avenue im Wagen gesessen hatten und nicht aussteigen wollten. Sie unterhalten sich – man konnte ihre Stimmen zuordnen –, JoJo mit dem Hundegesicht, so nannten sie ihn, sagte: »Was würde deiner Meinung nach passieren, wenn jemand den alten Tony abknallt?« Tito, der überhaupt nichts weiß, antwortet, er wisse es nicht, fragt aber dann: »Wer würde dann Boss werden?« JoJo sagt: »Das meine ich ja. Die Frage ist, wie man in der Firma nach oben kommt. So wie Gotti in New York, nachdem er Castellano umgelegt hatte. In New York wissen sie, wie so was geht. Hier sitzt man bloß auf seinem Arsch.« Titos Stimme: »Willst du Tony umlegen?« JoJo: »Ich frage nur, was passieren würde.«

Blödsinn. Er dachte darüber nach, sonst hätte er es Tito gegenüber nicht erwähnt. Auch einige der anderen dachten vielleicht darüber nach.

Als er damals mit Tony darüber gesprochen hatte, ob er diese Witzfiguren nicht umlegen sollte, und Tony nichts davon wissen wollte, hatte er widersprochen. Vincent hatte gesagt: »Tony, wenn die Leute hören, was auf diesen Bändern ist – diese Idioten finden nicht mal nach Hause, ohne sich zu verfahren –, werden sie den Respekt vor uns verlieren, uns für einen Haufen Volltrottel halten.« Tony sagte, er solle sich deswegen keine Sorgen machen, und ging pissen. Der Alte war jetzt nur noch dem Namen nach ein Boss. Sobald er verurteilt war und in den Knast ging, stünde die Tür offen, und Vincent konnte direkt hereinspazieren. Kam Tony nicht ins Gefängnis, musste man nur noch darauf warten, dass er sich zu Tode pisste, oder, wie die beiden Kretins gesagt hatten, dass man ihn abknallte. Falls das jemals geschah, würde er zur Stelle sein und übernehmen. Als Erstes würde er Randys acht Mille für sich behalten und Randys Kompagnon werden, sich im Restaurant aufhalten, damit die Leute ihn sahen und wussten, wer er war. Er war der Ansicht, dass reiche Weiber besonders gern mit einem bekanntermaßen gefährlichen Typ flirteten. Einen Smoking anziehen. Dieser verfluchte Tony lebte wie ein Maulwurf und blieb in seinem Loch, bis er ins Gericht musste. Er wollte nicht verraten, wobei es bei diesem Meeting ging. Nur dass ein Priester kam. Es musste derselbe sein, der Vito gestern Abend eine genuesische Schwuchtel genannt hatte. Für einen Priester hatte der Typ Mumm.

Sie fuhren auf der 10 Mile Road zur Kelly Road, Debbie saß am Steuer, bog rechts ab, und da war es. »La Spezia«, sagte Terry. »Sonntags geschlossen.«

Debbie sagte: »Nicht wenn uns Tony hier treffen will. Wie viel Uhr ist es?«

»Zwanzig nach vier.«

»Perfekt. Ed sagte, kommt frühestens um Viertel nach.« Sie bog in den Parkplatz ein und sagte: »Da an der Tür steht ein Typ, der wie dein Freund aussieht.«

Sie parkten vor dem Haus, dessen nach unten gezogenes Dach und Holzrahmen Debbie an eine Skihütte erinnerten. Sie wartete, bis Terry seine Tasche mit Fotos vom Rücksitz genommen hatte, und gemeinsam gingen sie auf Vito Genoa zu, der die Tür aufhielt.

»Wie geht's, Pater?«

Das erinnerte Terry daran, dass er sich ein wenig tiefer bücken, den Hals ein wenig steifer wirken lassen musste, als er den Kopf drehte. Er sagte: »Ich werde es wohl überleben.«

Vito folgte ihnen ins Restaurant. »Sie hätten das nicht zu mir sagen dürfen.«

Terry ließ den Hals steif, als er seinen Körper umdrehte: »Das erzählst du mir jetzt.«

Sie kamen durch das leere Restaurant, im Halbdunkel erkannte man weiße Tischdecken und Sets, und Vincent Moraco, der gepflegte kleine Mann, den Debbie noch vom letzten Abend kannte, bedeutete ihnen, an den runden Tisch zu treten. Sie sah, wie Tony Amilia in einer blauen Trainingsjacke sie beobachtete, während Ed mit ihm sprach, wie Tony nickte. Sie wusste nicht, ob sie an dem Tisch Platz nehmen sollten. Anscheinend nicht, denn nun sah Ed sie beide an – mit ernster Miene, wie bei einer Totenwache – und sagte: »Ihnen ist klar, dass es sich nicht um einen Höflichkeitsbesuch handelt. Ich habe Mr. Amilia mitgeteilt, wer Sie sind, also erzählen Sie doch gleich, was Ihnen vorschwebt.«

Terry trat mit seiner Sporttasche an den Tisch, zog den Reißverschluss auf, und Ed sagte: »Pater, möchten Sie die Präsentation übernehmen?«

Zum Antworten bekam Terry keine Gelegenheit. Vincent Moraco tauchte neben ihm auf, nahm ihm die Tasche ab und durchsuchte sie. Er stellte sie auf den Tisch und sagte zu Terry: »Da wir Sie nicht kennen, Pater, muss ich Sie jetzt abtasten.« Vincents Tonfall war durchaus freundlich. »Sie könnten irgendein Typ sein, der sich als Priester verkleidet hat.«

Terry drehte sich zu ihm um und hielt sein Jackett auf. »Ich verstehe. Nur zu.«

Debbie ließ Tony nicht aus den Augen, dessen Gesicht und Halbglatze nach einem Winter in Florida braun gebrannt waren. Er hatte eine getönte Nickelbrille auf, und man hätte ihn leicht für einen ehemaligen Geschäftsmann halten können, einen leitenden Manager, der jetzt seinen Ruhestand genoss.

Vincent Moraco trat beiseite, und nun holte Terry seine Fotos raus, legte sie in Reihen mitten auf die Tischplatte.

Debbie sah, wie sich Tony eine Zigarette anzündete und mit Ed sprach, sich nicht für das interessierte, was Terry tat. Sie wollte, dass Terry das merkte und sich beeilte, weitermachte. Er schaute auf, na endlich –

Und sagte: »Bestimmt haben Sie schon Fotos von obdachlosen Kindern gesehen, von Waisen, um die sich niemand kümmert. Diese Kinder stehen für Tausende andere, die auf sich allein gestellt sind und Müllkippen nach Essen durchwühlen, weil ihre Eltern ermordet wurden. In meiner Kirche in Ruanda liegen siebenundvierzig Leichen seit dem Tag, als ich die Messe las und mit ansah, wie sie getötet, hingeschlachtet wurden, vielen hat man die Füße abgehackt, was Hutu während des Genozids überall in Ruanda taten.«

Terry legte beide Hände auf den Tisch, um sich abzustützen, ruhte sich ein Weilchen aus, ehe er sich wieder aufrichtete, langsam, als Zeichen für seinen Schmerz.

»Ich bin hier, um Gemeinden aufzusuchen und Geld für die Kinder zu sammeln. Aber das kann ich jetzt nicht mehr, weil ich mir gestern Abend eine Verletzung zugezogen habe, als ich in einem Restaurant namens Randy's ausgerutscht und gestürzt bin.«

Debbie behielt Tony und Ed im Auge. Keine Reaktion. Terry schläferte sie ein.

Sie trat vor und sagte: »Pater, bitte setzen Sie sich, ehe Sie hinfallen«, zog einen Stuhl heran und ließ ihn darauf Platz nehmen, was Tony mit wachsendem Interesse beobachtete.

»Wenn Sie mir gestatten, unser Anliegen vorzubringen«, sagte Debbie zu ihm, »komme ich sofort zur Sache.« Tony schien leicht zu nicken, und sie redete einfach weiter. »Auch ich bin daran beteiligt. Wenn Sie den Grund wissen wollen – der Wichser, dem das Restaurant gehört, hat mich um siebenundsechzigtausend Dollar betrogen und weigert sich, sie zurückzuzahlen.«

Tony war ganz Auge und Ohr.

»Als ich den Hurensohn das nächste Mal sah, hab ich ihn vor Zeugen mit meinem Wagen angefahren und musste für drei Jahre in das Gefängnis von Sawgrass nach Florida. Als ich wieder rauskomme, erfahre ich, dass Randy Geld wie Heu hat und ein erfolgreiches Restaurant in der Innenstadt betreibt. Ich beschloss, ihn aufzusuchen. Ich nahm Pater Dunn mit – der Pater ist ein Freund der Familie –, weil ich hoffte, dass er Randy dazu bringen könnte, in sich zu gehen, zu erkennen, was für eine falsche Schlange er ist, und das zu tun, was sich gehört.«

Tony hielt seine Zigarette in der Hand, die Asche war so lang, dass sie jeden Moment abfallen konnte.

»Ich hatte vor, Mr. Amilia, Randy um zweihundertfünfzigtausend zu bitten, die Hälfte für Pater Dunns Kinder, die andere Hälfte war das Doppelte von dem, was die Schlange mir schuldet, als Ersatz für das, was ich während dieser drei Jahre nicht verdienen konnte.« Debbie räusperte sich. »Könnte ich vielleicht ein Glas Wasser haben?«

Tony antwortete nicht. Er sah Vincent Moraco an. Vincent kam rüber, nahm eine Flasche Pellegrino und goss ihr ein Glas voll. Debbie nahm einen tiefen Schluck und nach einer kleinen Pause noch einen. Sie sagte: »Danke« und redete weiter.

»Etwas geschah gestern Abend in dem Restaurant, was unseren Plan über den Haufen warf. Zwei Ihrer Männer zwangen uns, unseren Tisch zu verlassen. Das ärgerte Pater Dunn, und er sagte etwas, das ihm jetzt Leid tut. Er nannte Ihren Mr. Genoa eine Schwuchtel. Natürlich war Mr. Genoa über diese Bemerkung empört und schlug Pater Dunn zusammen, wobei der sich eine Rückenverletzung zuzog. Ich möchte im Namen von Pater Dunn betonen, dass er das Wort ergriff, weil er nicht wollte, dass uns Personen von dem Tisch entfernten, die erst eine Stunde nach der reservierten Zeit auftauchten.« Als Tony Amilias Blick zu Vincent wanderte, sagte Debbie: »Pater Dunn ist ein Gottesmann, aber er lässt sich auch nichts gefallen. Das darf man auch nicht, wenn man eine Mission in Ostafrika leitet, wo man Straßenbanden als Gegner hat, die nach Belieben andere Leute umbringen.«

Debbie hob das Glas und trank einen Schluck Wasser.

»Und so nahm das anschließende Treffen mit Mr. Agley eine unerwartete Wendung. Jetzt schlugen wir ihm einen Vergleich inklusive einer Schmerzensgeldzahlung vor, von dem wir annahmen, dass Mr. Agley ihn einem Prozess vorziehen würde. Ich machte ihm einen Vorschlag zur Wiedergutmachung, und er sagte, ich solle verschwinden. Wörtlich sagte er: ›Leg dich nicht mit mir an, Kleine. Du bist nicht in meiner Liga.‹ Nun ... ich werde nicht auf ihn hören. Darf ich mich setzen?«

Dann könnte sie sich am Tisch festhalten.

Tony nickte, ohne die Zigarettenasche auf seiner Jacke zu bemerken.

Sie nahm neben Terry Platz, legte ihm kurz eine Hand auf die Schulter und kam zur Sache.

»Ich möchte Ihnen Folgendes vorschlagen, Mr. Amilia ... wenn Sie sich die zweifünfzig von der falschen Schlange holen und einen Scheck über diesen Betrag ausstellen würden, zahlbar an die Stiftung Waisenkinder von Ruanda, könnten Sie den gesamten Betrag von Ihrer Einkommensteuer absetzen. Außerdem würde die Presse Sie als Retter der Waisenkinder des Paters feiern, eine Publicity, die Ihnen zurzeit ganz besonders gelegen kommen dürfte.«

Im Raum war es mucksmäuschenstill.

Tony sah Debbie immer noch an, sagte aber kein Wort. Schließlich brach Ed Bernacki das Schweigen.

»Wie kommen Sie an Ihr Geld, Deb, wenn der Scheck an die Waisenkinder geht?«

»Ed, Sie glauben doch wohl nicht, dass mich der Pater um meinen Anteil betrügen würde.«

»Okay, und wie kommt diese Publicity zur rechten Zeit in die Zeitungen?«

»Dafür sorge ich schon. Wenn Mr. Amilia möchte, samt einem Foto von ihm, wie er dem Pater seinen Scheck überreicht.«

»Sie glauben nicht, dass die Absicht, die dahinter steckt, offensichtlich wäre, wenn man den Erscheinungstermin in Betracht zieht?«

»Wieso? Mr. Amilia ist ein stadtbekannter Philanthrop und Mäzen. Dass er momentan auf Grund irgendwelcher absurder Anschuldigungen vor Gericht steht, hat damit nichts zu tun. Seine Großzügigkeit spricht für sich.«

Ed lächelte. »Sie tragen ziemlich dick auf, Deb.«

Sie blieb ernst. »Ich kann's nicht ändern, Ed, das ist nun mal meine Meinung.«

Wieder wurde es still, alle warteten auf Tony, den Boss.

Schließlich sagte der zu Terry: »Verraten Sie mir eins. Diese Typen, die den Leuten die Füße abhacken – warum tun sie das?«

20

Montagmorgen wachte Terry als Erster auf, ließ Debbie in dem übergroßen Bett weiterschlafen und ging nach unten, um die Zeitung zu holen und Kaffee aufzusetzen.

Am Abend zuvor hatte Debbie neben dem Telefon gesessen und darauf gewartet, dass Ed Bernacki anrief und ihnen mitteilte, Tony sei einverstanden; Debbie war zuversichtlich. »Ich weiß, dass er zustimmt. Warum auch nicht? Er ist der Boss. Er muss Randy nur sagen, dass er ihm das Geld geben soll.« Als sie gestern das Restaurant verlassen hatten, war Ed mit ihnen zur Tür gegangen, und sie hatte ihn gefragt, wie ihre Chancen stünden. Ed sagte, er habe keine Ahnung. »Bei manchen Dingen weiß man, wie Tony reagiert, aber in diesem Fall nicht. Man muss Tony Zeit lassen, sich zu entscheiden. Wenn er ablehnt, vergesst es einfach, probiert es nicht noch mal.«

»Und was, wenn es nicht klappt«, hatte Terry gestern Abend gesagt, »wenden wir uns dann noch mal an Randy?«

Debbie sagte: »Er macht's. Hast du's nicht gemerkt? Tony mag mich.«

Er brachte Debbie eine Tasse Kaffee, saß da und betrachtete die kleine Gaunerin, die dalag und schlief wie ein Engelchen. Er konnte sich vorstellen, so weiterzumachen, mit ihr zusammenzuleben. Übers Heiraten hatten sie noch nicht gesprochen. Einmal hatte sie erzählt, sie habe nie geplant, Kinder zu kriegen, worauf er fragte: »Warum nicht?« Er habe sich immer vorgestellt, eine Familie zu gründen, drei oder vier Kinder, worauf sie entgegnete: »Warum hast du's nicht getan? Statt jahrelang deine Mutter zu täuschen.« Darüber konnten sie sich endlos im Kreis drehen: Er sei noch nicht bereit, sei noch nicht der richtigen Frau begegnet, habe nie eine Arbeit gefunden, die ihm gefiel – die üblichen Ausreden. Er zweifelte nicht daran, dass Debbie die Richtige sein könnte. O Mann, ein Blick auf sie genügte. Und witzig war sie auch noch. Wie viele Frauen waren witzig? Doch deshalb wollte sie ins Showgeschäft, und deshalb konnte er sie sich nicht als Hausmütterchen vorstellen. So viel dazu.

Er sagte: »Deb?« Beim zweiten Versuch schlug sie die Augen auf.

»Hat Ed angerufen?«

»Wahrscheinlich ist er im Gericht.«

»Dann ruft er in der Mittagspause an.«

»Mein Bruder und seine Familie kommen heute Nachmittag nach Hause. Gegen vier sind sie da.«

Debbie sagte: »Wir müssen das Bett neu beziehen. Nein, wir müssen Bezüge und Laken waschen und trocknen und dieselben wieder draufmachen. Und die Handtücher auch. Was machen wir dann? Du bleibst, und ich ziehe aus? Es sei denn, du gestehst es Fran, dann kannst du bei mir einziehen, und wir tun so, als hätten wir einen gemeinsamen Hausstand.«

Es war witzig, wie sie das sagte. Er nickte in Richtung des Kaffees auf dem Nachttisch.

Sie nahm die Tasse und lächelte Terry an. »Weißt du, was du bist, Terry? Ein Heiliger. Das hab ich mal zu deinem Bruder gesagt, als du noch in Afrika warst, bei deinen Waisen und deiner Haushälterin mit den coolen Röcken, ich sagte: ›Vielleicht ist er ein Heiliger.‹ Dein Bruder sagte: ›So weit würde ich nicht gehen.‹ Und dann sagte er: ›Aber wer weiß?‹ Siehst du, was für einen Eindruck du auf andere machst? Terry, du bist ein sehr umsichtiger Mensch.«

Davon fühlte er sich auch nicht anders, als er sich ohnehin schon fühlte, wie er da in einem Schlafzimmer saß, das nicht seins war, kurz bevor ... was auch immer als Nächstes geschah, eine Frau betrachtend, mit der er geschlafen hatte und die er vermutlich liebte, für die er zärtliche Gefühle hegte, aber ohne den Drang, darüber hinaus zu gehen. Es hatte ähnliche Gelegenheiten, vergleichbare Augenblicke gegeben, als er in Ah-frikah mit Chantelle zusammen gewesen war und sich gefragt hatte, was daraus werden würde. Chantelle war wunderschön, aber nicht witzig, vielleicht war sie ja auf Kinyarwanda witzig, aber das würde er nie herausfinden.

Debbie hatte sich inzwischen hingesetzt und trank ihren Kaffee. Sie sagte: »Wenn wir den Scheck kriegen, müssen wir ein Konto eröffnen ...«

»Ich hab dir doch erzählt, dass ich schon eins eröffnet habe«, sagte Terry und sah, wie sich ihr Blick veränderte. »Gleich nachdem ich hier ankam, war Fran mit mir bei Comerica. Wir können es auf dem Konto deponieren, bei der Stiftung Kleine Waisenkinder.«

»Klar. Hatte ich vergessen. Ich dachte, wir eröffnen ein gemeinsames Konto.«

»Was glaubst du denn, was ich mache«, sagte Terry, »das Geld abheben, wenn du gerade nicht hinsiehst?«

Sie lächelte. »Du glaubst also auch, dass wir's kriegen.«

Sie ließ ihr Handy den ganzen Morgen, mittags und nachmittags an. Es klingelte um zehn vor zwei.

Sie waren gerade mit der sauberen Bettwäsche im Schlafzimmer, und Debbie überlegte, wie die Laken und Betttücher gelegen hatten, als sie beide letzte Nacht die Decken zurückgeschlagen hatten und ins Bett gesprungen waren. Sie ging mit ihrem Telefon ans Fenster und schaute auf die Straße hinab, wo die Büsche und Bäume gerade zu knospen begannen, was Debbie als gutes Omen nahm.

»Deb?« Eds Stimme.

»Was hat er gesagt?«

»Er macht's.«

»Musstest du ihn überreden?«

»Das hast du schon gemacht, Kiddo. Als du weg warst, sagte er zu mir: ›Wie finden Sie das, nennt sie Randy einen Wichser!‹ Das hat ihm ausgezeichnet gefallen.«

»Dachte ich mir, darum hab ich's gesagt. Auf Überwachungstonbändern werden irgendwelche Typen dauernd so genannt. Und was passiert jetzt?«

»Sobald er es in der Hand hat, rufe ich dich an. Oder jemand anderes. Es braucht bestimmt nicht mehr als einen Besuch. Diese Burschen, ich kann dir sagen –«

»Ed, warum arbeitest du für sie?«

»Ich bin Anwalt. Wusstest du das nicht?«

»Na los, sag schon.«

»Also gut. Erstens, die Fälle sind erstklassig, man kriegt jede Menge Presse. Zweitens, die Leute zahlen pünktlich. Und drittens, es macht Spaß, sie zu beobachten. Guckt sie euch doch im Fernsehen in irgendwelchen Sitcoms an – ich sehe die echten Gangster. Und jetzt, wo der Prozess läuft – da wohne ich praktisch bei ihnen. Du weißt, was ich meine. Wenn man sicher ist, dass sie einem nichts tun, ist der Umgang mit ihnen unterhaltsam. Entweder lacht man mit ihnen, oder man lacht über sie, eins von beidem. Bis bald, und Glückwunsch.«

Terry stand neben dem Bett, immer noch seine Seite des Lakens in den Händen. »Wann kriegen wir es?«

»In ein bis zwei Tagen. Er muss es zuerst in der Hand haben, ich meine Tony.«

»Tja, du hast's geschafft. Hättest du nicht eingegriffen, würde ich immer noch da stehen, auf sie einreden, und sie wären längst alle eingeschlafen.«

Debbie sagte: »Ich hab dir doch gesagt, er mag mich.«

Angie ging ans Telefon. Sie sagte: »Einen Moment« und trug das schnurlose Gerät ins Schlafzimmer, wo sich Vincent Moraco gerade die Hose anzog. Er ließ immer Hemd und Socken an, schien es aber nie eilig zu haben. Und genau das war heute Nachmittag das Problem, ihn vor sechs aus der Wohnung zu bekommen.

»Wer ist es?«

»Klingt nach Vito.«

Vincent nahm das Telefon. Es war Vito, der sagte, Tony wolle ihn sofort sehen. »Er konnte dich nicht finden«, sagte Vito. »Ich hab ihm gesagt, ich weiß bestimmt, wo er gerade ist. Also, wie war's?« Vincent unterbrach die Verbindung.

»Ich muss zu Tony.«

Angie sah auf die Uhr. Fünf nach sechs.

»Na, dann mal los.«

Sie trug einen schlabbrigen weißen Baumwollpulli, der ihren Slip bedeckte, einen rosafarbenen. Dann kamen die weißesten Beine, die Vincent in seinem Leben gesehen hatte, wie Marmor. Bloß dass sie immer warm waren, wenn man die Hand über sie nach oben gleiten ließ.

»Es kommt jemand, stimmt's?«

»Schatz«, sagte Angie, »ich arbeite. Wenn keiner mehr kommt, kann ich dich keine Gratisnummern mehr schieben lassen.«

»Wer ist es?«

»Warum willst du das wissen? Ein Typ.«

»Den du über Randy's bekommen hast?«

»Ich glaub schon.«

»Dann gehören zwei Scheine davon mir.«

Was für ein Arsch. Jede Wette, dass er noch das Geld von seiner Erstkommunion hatte.

Vincent ging.

Ein paar Minuten später spazierte Johnny Pajonny herein.

»Na klar, jetzt fällt's mir wieder ein«, sagte Angie. »Ich hatte gehofft, dass du's bist. Gib mir deine Jacke.«

Johnny sagte: »Ich glaube, unten im Hausflur bin ich Vincent Moraco begegnet, aber ich hab ihn mir nicht gut angeguckt.«

»Das ist auch besser so«, sagte Angie, »sonst sagt er bloß: ›Siehst du etwa mich an?‹ Das stammt aus einem Film, glaub ich.«

Vincent musste in der Diele warten, bis Tony ihn empfing, und Vito sagte, Bernacki sei gerade bei ihm. Als Vito nach draußen ging, dachte Vincent wieder an den Typ in Angies Hausflur, er war sich inzwischen sicher, dass es der andere von dem Tisch im Restaurant gestern Abend war, der beim Priester, er hatte dieselbe Lederjacke an. Der Mann sah vertraut aus, ein Gesicht von früher, als sie vor ein paar Jahren im Zigarettengeschäft tätig gewesen waren, aber Vincent fiel kein Name zu dem Gesicht ein.

Endlich kam Ed mit seiner Aktentasche raus, nickte ihm zu. Vincent betrat das Arbeitszimmer und näherte sich Tony, der an seinem Schreibtisch saß, der wie eine beschissene rot-goldene Hochzeitstorte aussah – Tony behauptete, genau so einen habe mal Louie XIV. besessen – und dessen mit rotem Leder bezogene Platte wie immer leer war, abgesehen von den direkt vor Tony liegenden Papieren.

»Fahr zu Randy«, sagte Tony, »und komm mit einem Scheck über zweifünfzig wieder.«

Vincent traute seinen Ohren nicht. »Ist das dein Ernst, du gibst ihnen das Geld?«

Tony sah Vincent durchdringend an und schob ihm die Papiere über den Schreibtisch zu. »Er soll das unterschreiben. Es ist eine Darlehensvereinbarung.«

»Tony, der Typ gehört uns. Das ist so, als würden wir's uns selbst wegnehmen.«

»Was gibt er uns pro Woche?«

»Fünf Riesen«, antwortete Vincent, ohne zu zögern, er wusste sogar schon, was als Nächstes kam.

»Ich dachte, wir hätten acht verlangt.«

»Was er da umsetzt, reicht für solche Beträge nicht aus. Ich hab mich mit ihm auf fünf geeinigt, genau wie bei den Buchmachern.«

»Das zahlt er jetzt seit neun, zehn Monaten?«

»Von dem, was die Mädchen anschaffen.«

»Reicht es, um die fünf zu zahlen?«

»Die Summe hab ich ihm genannt. Mich interessiert nicht,

woher er sie nimmt. Wenn er sein Privatvermögen anbrechen muss – tja, da kann man nichts machen.« Vincent wollte unbedingt das Thema wechseln. »Du willst diesem irischen Priester 'ne Viertelmillion schenken, damit er die für 'nen Haufen Niggerbälger ausgibt?«

»Das Mädchen kriegt die Hälfte«, sagte Tony. »Du warst doch dabei, weißt du nicht mehr?«

»Schon, aber was kümmert's uns, ob Randy sie irgendwann mal über'n Tisch gezogen hat? Du gibst ihnen Knete, die nur darauf wartet, dass wir sie uns bei Bedarf selbst nehmen.«

Tony sah ihn immer noch durchdringend an. Ohne einen Blick auf das Telefon zu werfen, streckte er den Arm aus und legte die Hand drauf.

»Wenn ich Randy jetzt anrufe und frage, wie viel er pro Woche zahlt, antwortet er mir dann: fünf Riesen?«

Vincent zögerte. Damit hatte er nicht gerechnet, und er zögerte einen Augenblick zu lange, der alte Tony starrte ihn an, bis er wegguckte. Dann zuckte Vincent mit den Achseln und sagte: »Klar, fünf«, was ein wenig überrascht klingen sollte. Dann: »Hab ich dir doch schon gesagt«, schon etwas schärfer, als habe er den Eindruck, Tony stelle seine Loyalität in Frage.

Tony nahm seine Hand vom Telefon und sagte: »Vincent, fahr los und hol mir die zweifünfzig.«

21

Randy glaubte nicht, dass es mit dem Priester Schwierigkeiten geben würde. Er beauftragte seinen Bruder, einen Prozess anzustrengen, denn monatelange beeidete Aussagen, Gerichtstermine werden aus irgendwelchen Gründen angesetzt und wieder verschoben, bis der Typ schließlich – oder schon lange vorher – wieder in Afrika ist. Mit Debbie wurde er fertig. Sollte er ihr wirklich mal siebenundsechzig Riesen abgeknöpft haben – er wusste gar nicht mehr, dass es so viel war –, musste er ihr bloß ein paar Riesen geben, um sie zu beruhigen, und dann mit ihr spielen, ihr Ego streicheln, über ihre Witze lachen, konnte sogar mit ihr wieder was anfangen, wenn er Lust hatte.

Wenn alles nach Plan lief, würde sich der Mutt noch in dieser Woche um Vincent kümmern, noch vor Samstag, und dann war es vorbei mit den acht Riesen pro Woche, wenigstens so lange, bis Tony merkte, dass das Geld ausblieb, und da hatten sie ihn vielleicht schon für zwanzig Jahre in irgendeinem Knast weggesperrt. Das hoffte Randy wenigstens. Er glaubte, der Mutt würde Vincent umlegen, weil er ein Motiv hatte, er hasste Vincent; aber da der Mutt dermaßen dämlich war, würde er wahrscheinlich Mist bauen und erwischt werden, entweder vom Syndikat oder von den Cops, wohl eher von der Mafia, außer er beging den Mord und haute ab, keine Zeit, um sich zu verabschieden oder sein Honorar abzuholen. Randy glaubte nicht, dass der Mutt ihn mit reinziehen würde. Falls doch, wollte Randy verblüfft tun und es einfach leugnen.

Er saß an seinem Schreibtisch, dezent beleuchtet, und las die letzte Kritik seines Restaurants in *Hour Detroit*. Ambiente – hervorragend. Bedienung – sehr gut. Essen … da kam der Mutt hereinmarschiert.

»Sie wollten mich sprechen?«

»He, komm rein und setz dich. Wie geht's denn so?«

»Ganz gut.«

Der Mutt schloss die Tür, ging zum Schreibtisch und nahm Platz.

»Willst du mir etwas sagen?«

»Worüber?«

»Du bereitest dich doch darauf vor, die Tat zu begehen, oder?«

»Oh. Klar, und ob. Ich arbeite gerade einen Plan aus, wo ich's am besten mache. Ich dachte mir, dass ich zu seinem Haus fahre, bloß wird auch seine Frau da sein, und die will ich nicht auch noch erledigen. Wenn Sie wissen, was ich meine.«

»Ich weiß genau, was du meinst«, sagte Randy, der sich merklich zurückhielt, schließlich waren er und dieser zurückgebliebene Hillbilly ja nun Kumpel.

»Am liebsten würd ich ihn mal irgendwo erwischen, wenn er gerade zu Abend isst.«

»Du meinst doch wohl nicht hier.«

»Nein, in irgendeinem italienischen Restaurant, er sitzt da, hat die Serviette in seinen Kragen gestopft –«

»Ein gutbürgerliches«, sagte Randy, »schon seit Generationen hier ansässiges Gasthaus. Bekannt wegen seiner guten einfachen Nudelgerichte, karierte Tischdecken. Genau wie im Kino.«

»Ja, genau so.«

»Die haben wir hier nicht«, sagte Randy. »Aus irgendeinem Grund sind gute italienische Restaurants in Detroit dünn gesät. Es gibt ein paar … Nein, ich hab mir überlegt, dass es am besten ist, wenn du ihm folgst. Du siehst ihn in sein Auto steigen und wieder aussteigen. Wenn der richtige Moment gekommen ist, machst du ihn platt und fährst weg. Hast du einen Wagen?«

»Den Pickup, mit dem ich hergekommen bin. Könnte 'ne neue Batterie gebrauchen, ich muss ihn dauernd fremdstarten. Ich wollt schon die ganze Zeit zu Sears fahren und mir 'ne neue besorgen.«

»Oder du könntest eins klauen, nur für den Job. Meines Wissens«, sagte Randy, »wird das gern so gemacht. Für den Fall, dass sich jemand die Nummer merkt.«

»Das is 'ne gute Idee.«

»Hast du schon einmal ein Auto gestohlen?«

»Als ich klein war – Spritztouren hat man das genannt. Wir haben uns ein Auto geschnappt, sind damit nach Indianapolis gerast und dort rumgefahren. Aber ich hab mir überlegt«, sagte der Mutt, »ich könnte mir einen Fahrer suchen. Dann hätte ich, na ja, freie Hand. Ich müsste keinen Parkplatz suchen, wenn ich losziehe und es mache.«

»Einen deiner Kumpel fragen?«

»Ich hab hier keinen. Ich kenne aber 'nen Typ, der auch gesessen hat, der würde das machen.«

Das gefiel Randy ganz und gar nicht. Er sagte: »Mutt, ich glaube nicht, dass du Hilfe brauchst, als hättst du das noch nie gemacht«, wobei er den Anflug eines gedehnten Hillbilly-Tonfalls hinbekam. »Verdammt, du besorgst dir 'ne Pistole und erschießt den Typ. Mach's im Vorbeifahren, dann brauchst du keine Unterstützung.«

»Warum nich.«

»Du hast dir doch 'ne Pistole besorgt?«

»Noch nich, aber ich mach's. Es heißt, in dieser Stadt kommt man problemlos an 'ne Knarre ran.«

Randy sagte: »Mutt? Lass uns das vor diesem Samstag über die Bühne bringen. In Ordnung?«

»Tja, na gut, ich mach mich an die Arbeit.« Der Mutt stand auf, um zu gehen; dann drehte er sich noch mal zu Randy um. »Sie haben nich gesagt, wann ich mein Geld kriege.«

Randy guckte ein wenig verdutzt, um Unschuld zu demonstrieren. »Ich dachte, sobald der Job erledigt ist. Macht man das nicht so?«

Der Mutt sagte: »Also, meistens –«

Randy unterbrach ihn. »Mutt, kein Wort mehr.«

Die Tür ging auf, und Vincent Moraco kam hereinspaziert. Mutt trat beiseite, als der Capo an den Schreibtisch kam, und Randy sagte: »Hey, Vincent, gerade haben wir über Sie geredet.«

Debbie schob in der Küche gerade Käsesandwiches in den Grill, als das Telefon klingelte. Nicht ihres, sondern das an der Wand, darum ließ sie Terry rangehen, der gerade in der Bibliothek war, wo er in der Zeitung nach Filmen suchte. Ein paar Minuten später kam er in die Küche.

»Das war Fran. Sie bleiben noch einen Tag, sind morgen um vier zu Hause.«

Debbie sagte: »Was ist mit dem Bett?«

»Stimmt, wenn wir drin schlafen, müssen wir noch mal das Bettzeug waschen.«

»Wir könnten auch bloß drin schlafen«, sagte Debbie, »und am Morgen machen wir das Bett, dann ist es so gut wie neu.«

»Bettzeug nicht waschen.«

»Wer soll das merken?«

»Nur drin schlafen.«

»Schätzchen, ficken können wir überall.«

Vincent hatte auf dem Schreibtischstuhl gegenüber von Randy Platz genommen, und der Mutt saß an der Wand unter Soupy Sales. Randy dachte zuerst, Vincent könnte vielleicht fragen, was sie über ihn geredet hatten, doch dann dachte er: Nein, Vincent würde nie zeigen, dass ihn das interessierte. Nein, er legte sofort los.

»Tony will von dir zweihundertfünfzig als Darlehen haben.«

Er hielt die Papiere hoch. »Die unterschreibst du, damit Tony den Scheck dem Mädchen geben kann, das du beklaut hast. Lass dir das eine Lehre sein, sagt Tony.«

Randy kniff die Augen zu Schlitzen zusammen, bestritt aber nichts. »Wie ist sie an ihn rangekommen?«

»Mit dem Priester. Die beiden haben 'ne religiöse Masche am Laufen. Sie hat Tony überredet.«

»Das gleiche Spielchen hat sie bei mir versucht, aber ich hab sie rausgeworfen. Sie hat Tony Amilia überzeugt?«

»Er mag solche kleinen Tussis.«

»Also wirklich – der Mann ist fünfundsiebzig Jahre alt!«

»Hey. Wenn Tony etwas will, kriegt er's auch.«

»Na schön. Er stellt einen Scheck für diese Waisenkinder-Stiftung in Afrika aus, schreibt den Betrag von der Steuer ab … Wann zahlt Tony das Darlehen zurück?«

»Das steht hier.« Vincent ließ die Unterlagen auf den Schreibtisch fallen. »Du unterschreibst alle drei Kopien.«

Randy betrachtete die Papiere, einen Schuldschein, nahm sie aber nicht in die Hand. »Fünfundzwanzig Jahre, ›die Rate wird noch vereinbart‹ – ich schenke ihm das Geld.«

»Per Scheck«, sagte Vincent, »von einem deiner Privatkonten.«

»So viel hab ich auf keinem Konto.«

»Stell den Scheck aus.«

Randy musste überlegen. Dann sagte er: »Sonst –«, er brach ab. »Passiert was? Ich meine, lässt sich das nicht irgendwie vermeiden? Schließlich –«

Und die Antwort kam vom Mutt, der an der Wand saß. Er sagte: »Scheiße, leg doch denjenigen um, der den Scheck kriegen soll. Dann braucht er das Geld nicht mehr.«

Alle schwiegen. Aber nicht lange. Vincent griff den Vorschlag auf. »Klar, das fällt einem als Erstes ein, aber man muss den Einfall von allen Seiten betrachten, gründlich durchdenken.«

Wie diese Idee aufgenommen wurde, bewirkte, dass sich Randy kerzengerade hinsetzte. Er fragte sich zwar kurz, warum sich Vincent auf so etwas einlassen sollte, sagte aber: »Was gibt's da zu überlegen? Meine Güte, macht's einfach.«

Vincent sagte: »Ich spreche von dem Wie, du Blödmann.«

»Nimm einen, der sich damit auskennt.«

»Keinen aus der Organisation, kommt nicht in Frage.«

Randys Gedanken überschlugen sich. »Überfahrt ihn. Mäht ihn um, wenn er gerade die Straße überquert, mit 'nem Truck, egal womit, nehmt einen Buick Riviera.«

Vincent schaute den Mutt an. »Er hat so was schon gemacht, das Landei. Sag ihm, er soll jemanden umlegen. Der Mutt sagt, in Ordnung, und macht den Kerl alle. Stimmt's, Mutt?«

Der Mutt sagte: »Logo« und sah Randy an, der ihn ansah, die beiden nahmen zum ersten Mal seit Vincents Eintreffen Augenkontakt auf. Mutts gelassener Gesichtsausdruck kam für Randy überraschend. Tatsächlich – er nahm einen Mordauftrag von einem Typ an, den er auftragsgemäß umlegen sollte … Und wenn Vincent ihm vertraute, ein in solchen Dingen erfahrener Mensch wie Vincent, dann war der Mutt vielleicht doch nicht so dämlich, wie er aussah. Mann, war das abgefahren. Randy lehnte sich erst mal in aller Ruhe zurück.

Zu Vincent sagte er: »Er kann so was?«

»Sagte ich doch, er hat's schon gemacht.«

Randy wandte sich wieder an Mutt: »Was sagst du dazu?«

»Klar, ich mach's. Aber wer von denen war's noch mal?«

»Der Priester.«

Der Mutt sagte: »Oh«, zögerte und fuhr dann fort: »Das geht wohl in Ordnung, ich bin Baptist.«

»Es ist also abgemacht«, sagte Randy. »Du machst es.«

»Jawohl, aber wer bezahlt mich?«

Randy sagte sofort: »Dafür ist Vincent zuständig«, obwohl er wusste, dass es Streit geben würde.

Und natürlich sagte Vincent: »Du bist derjenige, der dann nichts bezahlen muss.«

»Aber du hast mehr zu verlieren als ich«, erwiderte Randy, »falls es Tony herausfindet.« Jetzt konnte er Vincent in aller Ruhe anstarren – scheiß drauf. Er konnte sagen: »Ich hab mich gefragt: Warum willst du nicht, dass Tony die zweifünfzig ihnen gibt? Und dann wurde mir klar, na klar, du betrachtest es als dein eigenes Geld. Da kommen die acht Mille pro Woche her. Würde mich nicht überraschen, wenn du einen Teil davon abzweigst. Wenn Tony erst mal weg ist, kannst du das Ganze behalten, sogar mehr verlangen, stimmt's? Dann kannst du verlangen, was du willst. Das Restaurantgeschäft … bah, reine Fassade. In Wirklichkeit bin ich 'ne beschissene Bank.«

Vincent hörte zu, saß da und beobachtete ihn. Regte sich nicht auf, sondern guckte nur mit seinem schläfrigen Blick. Nein, er wirkte ganz entspannt – und das zerrte allmählich an Randys zentralem Nervensystem und bewirkte, dass er verkrampfte. Er war sich ziemlich sicher, dass er Recht hatte; aber verdammt, vielleicht war er zu weit gegangen.

Daher verspürte Randy den Drang, mit einem leichten Lächeln hinzuzufügen: »Aber ich kann nicht klagen.«

Vincent erhob sich und stand über dem Schreibtisch. »Unterschreib die Papiere und füll einen Scheck aus.«

Randy sagte: »Warum? Den brauchst du doch nicht mehr, oder?«

»Wenn ich zu Tony komme, hab ich den Scheck in der Hand, den ich holen sollte. Klar? Stell endlich den Scheißscheck aus.«

Randy unterschrieb die Kopien des Schuldscheins. Er entnahm dem Schreibtisch ein Scheckbuch, stellte einen Scheck auf den Namen Tony Amilia aus, trug den Betrag zweihundertfünfzigtausend Dollar ein und legte den Scheck auf die Unterlagen. Er sah zu, wie Vincent alles nahm und die Papiere mit dem Scheck faltete. Kein Dankeschön oder so.

Stattdessen sagte er: »Wir beide unterhalten uns noch mal, du Schlaumeier.« Machte kehrt und sagte beim Rausgehen zum Mutt: »Leg den Priester bald um.«

Er war schon zur Tür hinaus, bevor sich der Mutt aus seinem Stuhl erhob und hinter ihm her eilte.

Randy rief: »Wo willst du hin?«, doch der Mutt war schon weg.

Er holte Vincent im Restaurant ein und folgte ihm auf die Straße. Vincent drehte sich zu ihm um.

»Was ist?«

»Wie viel zahlen Sie mir?«

Vincent brauchte ein Weilchen, dann sagte er: »Fünfundzwanzig.«

»Fünfundzwanzig was?«

»Hunderter – was dachtest du denn?«

Jetzt musste der Mutt ein Weilchen überlegen. »In Ordnung. Und ich brauch eine Pistole, 'ne saubere.«

»Ich werde sehen, was sich machen lässt.«

Als er sich umdrehen wollte, sagte der Mutt: »Sie bezahlen mich besser bei Übergabe der Pistole, weil ich abhaue, sobald ich fertig bin.«

»Ich hab gesagt, ich werde sehen, was sich machen lässt.«

»Das reicht mir nicht«, sagte der Mutt. »Sie wollen doch den Priester los werden, oder?«

Daraufhin warf ihm Vincent einen Blick zu, den der Mutt von seiner Mom kannte, die immer so geguckt hatte, wenn er sich vergaß und in ihrer Gegenwart »Scheiße« sagte, und sie ihn mit »junger Mann« anredete und drohte, ihm den Mund mit Seife auszuwaschen, was sie aber nie tat. Diese Leute waren wie seine Mom, sie wollten einem Angst einjagen. Vincent sah ihn mit diesem Blick an, sagte dann aber: »Bleib hier in der Nähe. Ich ruf dich an.« Alles klar? Sie probierten es mit bösen Blicken.

22

Am Dienstagmorgen war Terry auf, Debbie lag noch im Bett; Terry kam mit Kaffee für Debbie durch das Esszimmer, in Richtung Diele. Er sah gerade kurz aus dem Fenster, als die Limousine in die Auffahrt bog, 11 Uhr 15, Fran mitsamt Familie war gute fünf Stunden vor der geplanten Ankunftszeit da. Terry stellte den Kaffeebecher auf den Esszimmertisch, raste durch die Diele und die Treppe rauf, nahm zwei, drei Stufen auf einmal. Eigentlich wollte er Debbie mit dem Kaffee wecken und ihr sagen, sie schlafe wie ein Teenager. Stattdessen sagte er dicht an ihrem Kopf: »Sie sind wieder da.« Sie schlug die Augen auf. »Fran und die ganze Familie sind da.« Sie reagierte mit: »Das kann nicht sein«, aber das war's auch schon. Debbie war cool, ließ sich in ihrem T-Shirt aus dem Bett fallen, und gemeinsam zogen, glätteten und strichen sie Laken und Decken zurecht. Terry rannte in den Flur und war gerade auf der Treppe, als die Haustür aufging, die zwei Mädchen hereinliefen und wieder stehen blieben, als sie nach oben sahen und ihn entdeckten.

Jane war die Ältere, und Katy war noch ein Baby gewesen, als er sie bei seinem letzten Besuch hier gesehen hatte; die Mädchen mussten jetzt acht und sechs sein. Er kam die Treppe herunter und sagte: »Hallo, Mädels, kennt ihr mich noch? Euren Onkel Terry?«

Hinter ihnen kam Mary Pat, die ein wenig überrascht wirkte, aber noch war alles im grünen Bereich. Fran kam mit dem Gepäck rein, stellte die Taschen auf den Boden und sah Terry an, blieb aber stumm, bis Terry feststellte: »Ihr seid früh dran«, worauf Fran sagte: »Ja, wir hatten keine Ruhe mehr. Wenn man den Flug um eins nimmt, mit dem wir eigentlich kommen wollten, gewinnt man nur ein paar Stunden morgens, um ein bisschen Sonne zu tanken … Hey, ich hab Padilla angerufen. Er sagt, ihr hättet ein gutes Gespräch geführt, und er sei, na ja, zufrieden.«

»Ja, er machte einen netten Eindruck.«

Mary Pat hatte sich nicht von der Stelle gerührt, ließ ihn nicht aus den Augen, Mary Pat in einem langen schwarzen Mantel mit einer Art schwarzem Pelzkragen, die blonden Haare trug sie in dem pflegeleichten Pagenschnitt, den er immer vor sich sah, wenn er an sie dachte. Sie sagte: »Wie geht's dir, Terry?«, was sich anhörte, als wolle sie es wirklich wissen. Doch als er gerade antwortete: »Mir geht's gut, schön, dich zu sehen, Mary Pat«, sagte sie: »Mädels, euer Onkel Terry heißt jetzt Pater Terry, Pater Terry Dunn. Er ist Priester geworden.« Sie gab beiden Mädchen einen Schubs, und sie kamen näher und umarmten ihn, schlangen die Arme um seine Hüften und Beine, bis er sich hinhockte und die beiden ihm um den Hals fielen. Er zog sie näher an sich heran, seine Hände fühlten ihre kleinen Knochen. Jane, die Ältere, sagte: »Wir wissen, wo du warst. Du warst in Afrika.« Darauf sagte er: »Ja, das stimmt, und wenn ihr möchtet, erzähl ich euch davon und zeige euch Fotos, die ich mitgebracht habe.« Er wollte ganz normal mit ihnen sprechen und nicht klingen, als rede er mit Kindern, doch genau das tat er, er sprach viel zu langsam, suchte nach Wörtern. »Hört mal, ihr kleinen Schätzchen, wir setzen uns später zusammen, dann zeig ich euch ein paar afrikanische Kinderchen und erzähle euch, was die so machen ... ihr wisst schon, wie sie leben ...«

Fran kam zu seiner Rettung. »Du hast also Fotos gemacht?«

»Ja, eine Menge.«

Er stand wieder auf, und die Mädchen gingen um ihn herum, die Treppe hoch; er wollte sie aufhalten, aber ihm fiel nichts ein. Sie würden nach oben gehen, Debbie begegnen –

Mary Pat sagte: »Ist das dein Kaffee da auf dem Tisch?«

Er drehte sich wieder um, dachte rasch nach. »Ja, ich kam gerade aus der Küche, als ich die Limousine in die Auffahrt biegen sah ...« Er überlegte zu schnell – warum kam er gerade die Treppe hinunter – wenn der Kaffee ... Es war egal. Schon kamen die Mädchen wieder die Treppe runter, während Mary Pat und Fran Debbie anstarrten, die in Pulli und Jeans oben stand.

Sie lächelte die beiden freundlich an. »Hallo da unten. Sie müssen Mary Pat sein. Ich bin Debbie Dewey.« Dann kam sie die Treppe hinunter. »Sie wissen bestimmt, dass ich für Fran gelegentlich Ermittlungen übernehme? Ich bin hier, um den Pater abzuholen, und er bot an, mir das Haus zu zeigen, von dem ich schon so viel gehört habe, und ich bin begeistert. Sie haben einen ausgezeichneten Geschmack, Mary Pat.« Nun war sie unten in der Diele, sagte: »Hallöchen, Mädels« und hielt Mary Pat die Hand hin, während Fran sagte: »Ja, das ist Debbie, ich hab dir von ihr erzählt«, und Debbie sagte zu Mary Pat: »Endlich lerne ich Sie mal kennen.« Sie gaben einander die Hand, und

Debbie fuhr fort: »Ich wollte den Pater mitnehmen, damit er ein paar Gemeinden aufsucht, er möchte einige Sonntagstermine festklopfen, um Spenden für seine Mission zu sammeln, für die Stiftung Waisenkinder von Ruanda. Aber ihr wollt bestimmt auspacken, darum geh ich am besten aus dem Weg«, bückte sich dann aber zu den Mädchen nach unten, stützte beide Hände auf ihre Knie. »Hi, ich bin Debbie. Mal sehen, du bist bestimmt Jane, stimmt's? Hi, Jane. Und du musst Katy sein, Hi, Katy. Ihr habt beide wunderschöne Schlafzimmer, feine Puppen.«

Terry sah zu, das Lächeln in seinem Gesicht festgefroren. Sie wusste genauso wenig wie er, wie man mit kleinen Mädchen redet. Er sagte: »Ich hol deinen Mantel« und ging auf den Dielenschrank zu.

»Der ist in der Küche, glaub ich«, sagte Debbie.

Nun ging Terry ins Wohnzimmer. »Stimmt ja, als du reinkamst, haben wir Kaffee gemacht ...« Er nahm den Becher vom Tisch und forderte sich im Stillen auf, um Himmels willen die Klappe zu halten. Mary Pat folgte ihm bis zum Esstisch. Er nahm den Regenmantel aus der Küche und kam rechtzeitig wieder zurück, um zu sehen, wie Mary Pat den Tisch inspizierte, mit den Fingerspitzen über die Stelle rieb, wo der Becher mit heißem Kaffee auf der polierten Platte gestanden hatte. Mary Pat blieb stumm. Das Wort ergriff sie erst wieder, als sie in der Diele waren und Terry Debbie in ihren Mantel half.

»Ich hab mich gefragt, wessen Wagen in der Auffahrt steht.«

Debbie sagte: »Oh.« Und weiter: »Äh, tja, das ist meiner. Also, hören Sie, es hat mich wirklich sehr gefreut.«

Terry beobachtete Mary Pat; die Lady aus dem Villenvorort blieb bisher ziemlich cool, sie ging zu Debbie, machte keinen Aufstand wegen des Flecks auf dem Tisch, sagte zu Debbie, es habe sie auch sehr gefreut, und Debbie ging.

Fran ging als Nächster. Er sagte, jeden Tag, den man länger in Florida bleibe, stapelten sich die Berge mit Arbeit immer höher. Er habe einen Haufen Arbeit zu erledigen, einen Haufen Arbeit.

Damit blieb nur noch Mary Pat mit dem Gepäck bei Terry.

Sie sagte: »Hilfst du mir beim Tragen?«

Drei Umhängetaschen aus Nylon und zwei Rucksäcke, er ließ sie von seinen Schultern auf den Teppichboden im Schlafzimmer gleiten, stand da und wartete darauf, dass Mary Pat einen Blick aufs Bett warf. Er wusste, dass er sich wie ein Teenager benahm – oben ist ein Mädchen, und plötzlich kommt die Familie hereinspaziert –, konnte aber nichts dagegen machen; die Situation ließ sich einfach nicht erklären, schon gar nicht das Bett. Er sah zu, wie Mary Pat an dem Bett vorbei zu einem dazu passenden weißen kleinen Sofa und Stuhl ging, zwischen denen ein niedriger Tisch stand, in der Fensternische. Auf dem Tisch standen Pflanzen, überall im Haus standen Pflanzen, die er nicht gegossen hatte. Mary Pat nahm auf dem Zweisitzer Platz, betrachtete die Pflanzen, winkte ihn dann zu sich.

»Mach die Tür zu und komm her. Ich tu dir nichts.«

Terry hörte die Mädchen am anderen Ende des Flurs, als er die Tür zustieß. Er ging auf Mary Pat zu, und sie sagte: »Hast du eine Zigarette?«

Er hob beide Hände und fasste sich ans T-Shirt. »Nicht dabei.«

»Schau mal in die oberste Schublade der Kommode, die neben dir steht. Da müsste eine Packung drinliegen.«

Er zog die Schublade auf, tastete zwischen Strumpfhosen herum und zog ein Päckchen Marlboro raus. »Da liegt auch noch ein Aschenbecher.«

»Es müsste auch ein Feuerzeug da sein, ein rosa Bic. Hol alles raus.«

Er reichte ihr Zigaretten und Feuerzeug und stellte den Aschenbecher auf den Tisch. »Ich wusste gar nicht, dass du rauchst.«

»Du hast geglaubt, ich friere Eintöpfe und Kekse ein und gehe zu Elternabenden. Fran glaubt, ich schiebe pausenlos den Staubsauger über den Küchenboden.«

»Machst du's?«

»Höchstens zweimal täglich.«

»Ist das nötig?«

Sie lächelte ihn an. »Ist das wichtig? Setz dich, Terry. Möchtest du eine Zigarette?« Er schüttelte den Kopf, und sie zündete mit dem rosa Bic eine an. Dann sagte sie: »Du weißt nie, was du zu mir sagen sollst, stimmt's?«

»Wir reden doch.«

»Eigentlich nicht. Wie war's in Afrika?«

»Gar nicht übel.«

»Merkst du, was ich meine? Du hast fünf Jahre in Ruanda gelebt, und es war gar nicht übel. Was war nicht übel, das Essen, die Krankheiten? Warst du gern dort?«

»Ich fand's angenehm.«

»Hast du viel getrunken?«

»Auch nicht mehr als vorher.«

»Hast du dich gelangweilt?«

»Manchmal.«

»Auch nicht mehr als zu Hause, hm? Warum langweilst du dich nicht, Terry?«

»Weiß Fran, dass du rauchst?«

»Natürlich. Vor den Mädchen verheimliche ich es.«

»Was ist, wenn sie reinkommen?«

»Die Tür ist zu. Sie wissen, dass sie zuerst klopfen müssen, ob es in Ordnung ist.« Sie zog an der Zigarette. »Ich werde jetzt an deine Tür klopfen, Terry, und dir eine Frage stellen. Hoffentlich bist du ehrlich zu mir.«

Eigentlich wollte er warten, sagte dann aber: »Es war nie was zwischen Fran und Debbie, falls dir das Sorgen macht.«

»Ach du meine Güte, das weiß ich doch. Frans Gewissen würde ihn in den Irrsinn treiben. Terry, er ist Vorsitzender des Väterclubs in der Schule. Er ist das jüngste Mitglied der Knights of Columbus in der Erzdiözese Detroit. Seine Kumpel sind so was wie Veteranen eines längst vergangenen Krieges, sogar ihre Uniformen sehen uralt aus.«

»Er trägt den Admiralshut und das Schwert? Das hat er mir gegenüber nie erwähnt.«

Mary Pat zog an ihrer Zigarette. Sie wartete.

»Na schön, wie lautet die Frage? Du willst wissen, ob Debbie und ich in deinem Bett geschlafen haben?«

»Das war mir klar, als ich ins Zimmer kam. Sogar schon vorher, als ich Klein-Debbie oben an der Treppe gesehen und das fröhliche Geplapper gehört habe –«

»So was kann ich nicht«, sagte Terry.

»Nein, konntest du noch nie. Aber es steckt noch mehr dahinter«, sagte Mary Pat. »Mit einer Frau in meinem Bett schlafen ist eine Sache … Habt ihr es frisch bezogen?«

»Noch nicht.«

»Aber dass ein Priester mit einer Frau im selben Bett schläft – das könntest du nie zugeben, nicht nach all den Jahren, die du auf katholischen Schulen verbracht hast, allein die Vorstellung wäre schockierend, skandalös.« Sie zog an ihrer Zigarette. »Du kannst dich da nicht rauswinden, Terry. Du musst mir die Wahrheit sagen.«

»Ich muss.«

»Und nichts als die Wahrheit, so wahr dir Gott helfe. Du bist kein Priester, oder?«

Er schüttelte den Kopf. »Nein.«

Ihm fiel ein, wie Debbie gefragt hatte, ob er sich jetzt besser fühle, und das war der Fall. Doch dann merkte er, worauf das Ganze hinauslief, als Mary Pat sagte: »Vermutlich ist das auch eine Sünde, aber nicht so schwerwiegend, wie sein Gelübde zu brechen? Vergiss nicht, dass ich eine gute Presbyterianerin war, bevor ich Fran kennen lernte und konvertierte. Und so, wie die Regeln immer weiter aufgeweicht werden, bin ich mir nicht mehr sicher, was eine Sünde ist und was nicht. Debbie weiß natürlich, dass du kein Priester bist.«

»Sie hat es vermutet, genau wie du.«

»Terry, ich habe nichts vermutet, ich kenne dich. Du bist nicht selbstlos genug, nicht genug auf Sicherheit bedacht oder deiner Mutter ergeben.«

»Den Mädchen hast du erzählt, ich sei Pater Terry.«

»Vielleicht hab ich es einen Augenblick lang geglaubt. Dann taucht die verschlafene Debbie auf und macht einen auf lieb und unschuldig.«

»Fran glaubt es.«

»In erster Linie will er es wohl glauben. Dann braucht er keine Angst zu haben, dass du im Gefängnis landest. Aber tief drinnen? Da bin ich mir nicht so sicher.« Und weiter: »Großartig, wie Klein-Debbie dich Pater nannte. ›Ich nehme den Pater mit, damit er ein paar Gemeinden aufsucht, um Spenden für seine Mission zu sammeln, für die Waisenkinder.‹ Und das Bett ist noch warm. Seid ihr spitz aufeinander, du und Deb?«

»So sieht's zurzeit aus, ja.«

»Ihr habt's in meinem Bett getrieben.«

»Nur einmal.«

»Fünf Jahre in Afrika, und du kommst zurück –«

»Vielleicht zwei Mal.«

»Terry …?«

»Und einmal genau da, wo du gerade sitzt.« Er bildete sich ein, dass Mary Pat ihren Hintern auf dem Zweisitzer verschob, ein Stückchen wegrutschte. »Einmal in der Bibliothek, sonst in ihrer Wohnung, mehr nicht.«

»Ich bewundere deine Zurückhaltung«, sagte Mary Pat. »Sag mir eins, was bist du denn, wenn du kein Priester bist?«

»Ich schätze, ich bin wieder das, was ich früher mal war.«

»Terry, spiel hier nicht den Trottel oder Naiven, okay – ›wieder das, was ich früher war‹ –, du bist ein Gauner, gib's zu. Du willst deinen Priesterkragen umlegen und Kirchengemeinden auf betrügerische Weise dazu bringen, dir Geld zu geben. Du bist doch ein Betrüger, Terry?«

»So war es ursprünglich geplant«, sagte er ehrlich und erzählte ausgerechnet seiner Schwägerin, was sie wissen wollte, und dabei sah er es sich selbst an, hörte sich reden. »Aber jetzt haben wir einen Gönner«, und dabei lächelte Terry leicht, als er Tony Amilia vor sich sah, wie er in seiner Trainingsjacke am Tisch saß. Vielleicht fand das auch Mary Pat komisch, wenn er es ihr erzählte. Vielleicht aber auch nicht. Sie lächelte nicht.

Sie sagte: »Wir. Debbie steckt da mit drin?«

»Sie ist mir behilflich.«

»Jetzt zieht ihr nur noch einen Menschen über den Tisch, diesen Gönner, statt einer Menge Leute, die in einer Kirche sitzen?«

Darauf brauchte er nicht zu antworten. Die Mädchen schlugen gegen die Schlafzimmertür und riefen nach ihrer Mom. Die sagte: »Lass sie bitte rein«, drückte ihre Zigarette aus und verteilte dann mit der Hand den aus dem Aschenbecher aufsteigenden Rauch.

Terry ging zur Tür, machte sie auf, und die Mädchen sahen zu ihm hoch, zögerten. Als er zu seinem Stuhl zurückging, kamen sie herein, und Jane sagte: »Wir können unsere Rucksäcke nirgends finden.«

»Sie sind hier«, sagte Mary Pat. »Onkel Terry hat sie für euch mit raufgebracht.« Und sie fuhr fort: »Mädels, kommt mal kurz her.« Sie gingen auf die Seite des Tischs, wo ihre Mutter saß. Katy, die Sechsjährige, schmiegte sich eng an Mary Pat, die ihrer Kleinen eine Locke aus der Stirn strich. »Sag Onkel Terry, was du werden möchtest, wenn du groß bist.« Sie wollte überredet werden. »Sag's ihm, Süße, er möchte es gern wissen.«

»Ich möchte eine Heilige werden«, sagte Katy.

»Wie die, nach der du benannt wurdest«, fragte Terry, »die heilige Katharina?«

»Welche Katharina?«

Er musste überlegen. »Katharina von Siena?«

»Die ist in Ordnung. Sie war Mystikerin und konnte Schutzengel sehen. Meine Lieblingsheilige ist Katharina von Alexandria, Jungfrau und Märtyrerin. Sie wurde auf ein mit Dornen gespicktes Rad gebunden, aber das ging kaputt. Da hat man ihr den Kopf abgeschnitten.«

Mary Pat sagte: »Katy steht auf Märtyrer.«

Terry fragte: »Weißt du, was sie mit der heiligen Agatha gemacht haben?«

»Ist das die, der sie die Brüste abgeschnitten haben und die anschließend in ein loderndes Feuer geworfen wurde?«

»Glühende Kohlen«, sagte Terry.

Katy schob sich um den Tisch herum auf ihn zu. »Kennst du noch mehr?«

»Was ist mit dem heiligen Sebastian?«

»Der wurde von Pfeilen durchbohrt.«

»Katy steht auf Heilige«, sagte Mary Pat. »Das hat sie von Jane übernommen, die die meisten aus dem Internet hat – das sind kleine Cyberkatholiken –, aber jetzt interessiert sich Jane intensiv für Tennis, USTA-Wettbewerbe, Altersklasse zehn und jünger. Sie hat letztes Jahr angefangen, mit sieben, die ersten paar Spiele verloren und seitdem keins mehr. Jane ist inzwischen Regionalchampion«, sagte Mary Pat, berührte Jane, spielte in ihren Haaren herum. »Nicht wahr, Schätzchen?«

Jane sagte zu Terry: »Weißt du, gegen wen ich spielen will? Serena Williams, sie hat die Open gewonnen.«

»Ist die nicht viel älter als du?«

»Klar, aber wenn ich in ihrem Alter bin, ist sie erst vier- oder fünfundzwanzig.« Sie wandte sich an ihre Mom. »Wieso hast du ›Onkel Terry‹ gesagt statt ›Pater‹?«

»Ich dachte, er wäre Priester geworden«, antwortete Mary Pat, »aber das ist er gar nicht. Er hat nur Spaß gemacht.«

Jane sagte: »Oh« und ging. Als Katy sie einholte, sagte Jane: »Du sollst ihn nicht mehr Pater nennen«, und Katy sagte: »Ich weiß.« Mary Pat wartete, bis sie ihre Rucksäcke genommen und das Zimmer verlassen hatten.

»Merkst du, wie leicht das ist? Alles halb so wild. Onkel Terry ist kein Priester. Auch gut. Sie halten dich einfach für einen netten Kerl, der sich mit Heiligen auskennt. Das ist doch in Ordnung.« Und weiter: »Ist dir eigentlich klar, dass wir eben zum ersten Mal miteinander geredet haben?«

»Mary Pat, aus dir wäre ein guter Staatsanwalt geworden.«

»Ich hätte in einer Menge Berufe Karriere machen können. Stattdessen habe ich beschlossen, deinen Bruder zu heiraten, Kinder zu bekommen und Hausfrau zu werden, und das bin ich.

Wenn du ein Gauner sein willst, Terry, liegt das allein bei dir. Ich werde dich nicht mehr aushorchen oder dir im Weg stehen. Ich möchte dir nur noch eine Frage stellen. Vielleicht zwei.«

»Nur zu.«

»Gefällt ihr wirklich, wie ich das Haus eingerichtet habe?«

»Debbie? Sie ist begeistert. Es erinnert sie an das Haus, in dem sie aufgewachsen ist. Und die andere Frage?«

»Wird sie auch bei dir bleiben, Terry, wenn du Scheiße baust?«

23

Der Mutt kam gegen Mittag. Er schob den Kopf in Randys Büro, sagte: »Heute Abend geht klar« und wollte wieder gehen.

»Moment mal – Mutt? Was geht klar?«

Der Mutt tauchte wieder in der Tür auf. »Ich leg heut Abend beide um. Mr. Moraco zuerst.«

»Wo?«

»Weiß ich noch nicht. Ich erfahre noch, wo ich ihn treffen soll. Damit er mir die Knarre und mein Geld gibt.«

Randy stand an seinem Schreibtisch, ohne Jackett, mit dunklem Hemd, heller Krawatte. Er setzte sich. »Du hast keine Knarre?«

»Hab ich Ihnen wohl noch nicht erzählt. Mr. Moraco gibt mir fünfundzwanzig, damit ich den Priester umlege, und er liefert die Knarre. So isses abgemacht. Dann hab ich also eine.«

Randy sagte: »Um Vincent umzulegen.«

»Genau, wenn er sie mir gegeben hat.«

Randy ließ sich Zeit. »Du benutzt die Waffe, die dir Vincent gibt, um Vincent umzulegen.«

»Warum auch nicht, hm?«, sagte der Mutt, und weiter: »Tja, bis später«, und wollte verschwinden.

»Halt.«

Die Einfalt des Mannes war überwältigend: Da stand der kleine Hillbilly aus Indiana, der brave Bursche, mit seinen Muskeln und den Narben, und wartete darauf, gehen zu dürfen, den Hut in der Hand – stellte Randy sich vor –, falls er einen Hut gehabt hätte.

Und Randy sagte zu ihm: »Mutt? Sei vorsichtig.«

Am Nachmittag wartete Johnny Pajonny an der Bar auf ihn. Der Mutt hatte angerufen und gesagt, er wolle mit ihm reden. Als Johnny fragte, worüber, sagte der Mutt: »Du weißt schon. Erinnerst du dich, was du neulich abends erwähnt hast?« Mehr wollte er nicht verraten, vielleicht wurde ja das Telefon abgehört. Erbärmlich, wie das Hirn dieses Typs arbeitete. Es ging wohl um die Nutten, vermutete Johnny. Nachdem der Mutt ihn mit Angie zusammengebracht hatte, sagte Johnny, er sei auch an einigen der anderen Mädchen interessiert. Mit Angie hatte er ein Arrangement getroffen: Er hatte ihr erzählt, er sei Mafioso und erwarte den üblichen Mafia-Rabatt auf die dreihundert, die sie normalerweise bekam, daher musste er ihr nur hundertfuffzig zahlen …

Da war der Mutt ja, er kam gerade aus dem hinteren Bereich des Restaurants, doch als er am Barkeeper vorbeigehen wollte, sagte der etwas zu ihm, und der Mutt ging zum anderen Ende der Bar und nahm den Telefonhörer. Nach einer Minute winkte er dem Barkeeper – er brauchte einen Kuli. Jetzt schrieb er etwas auf – drüben, wo Kellner die bestellten Getränke abholten.

Johnny war sich ziemlich sicher, dass Angie ihn mochte und

gegen den Rabatt nichts einzuwenden hatte. Sie war so gut, dass es ohnehin schnell vorbei war. Er konnte immer mal bei ihr vorbeischauen; aber warum nicht eine andere Nutte ausprobieren, und zwar wieder mit dem Mafiarabatt? Darüber wollte Mutt vermutlich mit ihm sprechen.

Der Mutt kam und sagte: »Ich möchte auf dein Angebot zurückkommen.«

Johnny hatte ihm nichts angeboten und daher keine Ahnung, was der Typ meinte. Er sagte: »Ja …?«

»Du hast angeboten, mich zu fahren.«

Johnny sagte: »Ich brauch erst mal 'nen Drink« und bestellte einen Wodka-Tonic, musste sich erst mal sammeln, um von Nutten auf Auftragsmorde umzuschalten und mit einem Typ reden zu können, der vermutlich noch nie einen Schuss abgegeben hatte, außer vielleicht damals auf der elterlichen Farm mit einem einschüssigen Kleinkalibergewehr, bei der Jagd auf Eichhörnchen und Backenhörnchen. Er könnte sich vorstellen, dass der Mutt irgendeinen Knacki im Hof abgestochen hatte, und vielleicht, nur vielleicht, hatte er mal jemanden bei einer Kneipenschlägerei im Handgemenge erschossen. Aber ein richtiger Auftrag? Ein Blick auf den Typ genügte. Es war eher unwahrscheinlich.

»Mit anderen Worten, du hast den Auftrag, jemand umzulegen, und willst, dass ich den Wagen fahre.«

»Zwei«, sagte der Mutt.

»Zwei was?«

»Ich soll zwei umlegen, beide heute Abend.«

Johnny bekam seinen Drink und nahm einen kräftigen Schluck. »Hast du einen Wagen?«

»Stellt der Fahrer nicht den Wagen?«

»Glaubst du, ich nehm meinen eigenen? Nein, der Killer

stellt den Wagen, so wird's gemacht. Sonst wird es für den Fahrer doppelt riskant. Erstens, weil er ein Auto geklaut hat, und zweitens könnte er sich der Beihilfe schuldig machen. Nein, ich kann dir leider nicht helfen.«

»Schon gut, ich besorg den Wagen«, sagte der Mutt.

Jetzt zögerte Johnny. »Angenommen du hast einen, wo soll's denn hingehen?«

Der Mutt nahm eine Cocktailserviette aus seiner Hemdtasche, faltete sie auf und studierte seine Notizen. »Franklin Street, zwischen St. Aubin und Dubois. Weißt du, wo das ist?«

»Klar, aber da ist nichts, bloß Lagerhäuser und leere alte Gebäude. Mal sehen, außer ein paar Kneipen, die Soup Kitchen ist in der Nähe.«

»Das hat er gesagt, die Soup Kitchen sei gleich um die Ecke, nicht sehr weit.«

»Was hat der Typ da vor, will er in seinem Wagen sitzen und auf dich warten?« Das ergab keinen Sinn.

Doch der Mutt sagte: »Anscheinend.«

»Um wie viel Uhr?«

»Acht Uhr. Punkt acht, hat er gesagt.«

»Der Typ, der dir den Auftrag erteilt hat.«

»Ja. Fährst du mich?«

Johnny verschaffte sich noch etwas Zeit mit den Worten: »Hängt davon ab, was du zahlst.«

»Tja, weiß nich genau, ehrlich gesagt.«

Der Typ hatte überhaupt keine Ahnung. Dennoch klang es nicht so, als wäre das Ganze frei erfunden, darum bohrte Johnny noch ein wenig nach. »Willst du das Fahrerhonorar auf der Basis dessen aushandeln, was du verdienst? Das wäre eine Möglichkeit.«

»Jeder bezahlt fünfundzwanzig –«

»Stimmt ja, du hast zwei Aufträge.«

»Fünfundzwanzig Hunderter für einen, fünfundzwanzigtausend für den anderen.«

»Aha«, sagte Johnny. Der Typ war ein Volltrottel. Eigentlich müsste er sich das genauer erklären lassen. Doch dann dachte er: Nein, lieber nicht. Frag ihn ... Johnny sagte: »Kriegst du die Hälfte als Anzahlung?«

»Die fünfundzwanzig Hunderter kriege ich im Voraus, den ganzen Betrag. Doch von dem anderen Geld, dem großen Haufen, hab ich noch gar nichts.«

»Mutt, man macht es so, und zwar nur so, dass man den halben Betrag vorab bekommt, oder man lässt es bleiben. Sonst könnte man nach Strich und Faden übers Ohr gehauen werden. Verstehst du, was ich meine? Nein, Mutt, die wichtigste Regel in diesem Geschäft lautet, man kriegt die Hälfte im Voraus.«

Der Mutt sagte: »Na gut.«

Johnny zündete sich in aller Ruhe eine Zigarette an und trank einen Schluck Wodka-Tonic. »Okay, wir machen es folgendermaßen. Ich komme hier vorbei ... Nein, besser nicht. Mal überlegen ... Wo musst du hin, um den anderen zu erledigen?«

»Weiß ich noch nicht.«

»Mutt, ich sag das nur sehr ungern, aber das hört sich so an, als hättest du von Tuten und Blasen keine Ahnung.«

»Ich muss nur rausfinden, wo ich hinfahren soll, mehr nicht.«

O Gott. Johnny trank noch einen Schluck. »Pass auf, du besorgst dir ein Auto und kommst beim MGM Grand vorbei – weißt du, wo das ist?«

Mutt kniff die Augen zusammen, als wollte er sich den Ort vorstellen.

»Das Spielkasino, Mutt, lässt sich unmöglich übersehen, neben dem John Lodge Freeway? Das ist dein Test, du musst es finden. Wenn du um halb acht mit fünf Riesen in der Hand am MGM-Haupteingang vorfährst und rüberrutschst, hast du einen Fahrer.«

»Ich werde da sein«, sagte der Mutt.

Der Typ war ein Idiot, na und? Entweder hatte er die fünf dabei oder nicht.

Randy schaute vom Schreibtisch hoch, wo wieder der Mutt stand und sagte, er habe vergessen zu erwähnen, dass er die Hälfte seines Geldes für den Auftrag im Voraus bekam, und ob er es jetzt sofort kriegen könne. Er klang aber nicht überzeugt, dass er es auch bekommen sollte, hielt immer noch seinen Hut in der Hand.

»Du willst sichergehen, dass du auch wirklich bezahlt wirst«, sagte Randy. »Das verstehe ich zwar, aber damit für dich heute noch was rüberkommt, bist du ein wenig zu spät dran.«

»Wieso?«

»Die Banken haben geschlossen. Du kannst deinen Scheck sowieso nicht vor morgen deponieren. Warum wartest du nicht und lässt dir den vollen Betrag geben, fünfundzwanzig Riesen, zahlbar zu Gunsten von Searcy J. Bragg, jr.?«

»Außerdem hab ich vergessen, Ihnen zu sagen«, sagte der Mutt, »dass ich das Geld bar haben will, zwölftausend und fünfhunnert Dollar.«

»Tja, nun, das ist unmöglich.«

»Bar, oder es läuft nicht.«

Randy stand auf und zog das Futter aus seinen Hosentaschen. Als der Mutt grinste, sagte Randy: »Da muss ich wirklich passen. Wo soll ich es hernehmen, wenn die Banken um vier schließen?«

»Wenn Sie die Tür abschließen«, sagte der Mutt, »dann wegen Frauen oder Geld.«

»Und was ist das, ein Spruch bei euch in Indiana?«

»Entweder ist Heidi oder irgend 'ne andere Frau hier drin bei Ihnen, oder Sie holen Geld aus Ihrem Geheimversteck. Sie zahlen meinen Lohn bar, Sie bezahlen Mr. Moracos Anteil bar, und als Sie mir den Auftrag gegeben haben, hieß es: bar oder als Scheck.«

Stimmt, das hatte er gesagt; aber Randy hatte von Anfang an geplant, dem Mutt einen Scheck zu geben und ihn sperren zu lassen, sobald der Mutt abhaute. Da Randy das kaum zugeben konnte, sagte er: »Also gut, ich gebe dir deinen Scheck.«

»Ich will Bargeld.«

»Ich kann dir jetzt sofort einen Scheck ausstellen, Mutt, über den gesamten Betrag.«

»Bar, oder es läuft nicht.«

Randy ließ sich Zeit. »Hat Vincent dich schon bezahlt?«

»Für den Priester? Macht er heut Abend.«

»Wie viel?«

»Hab ich Ihnen doch schon gesagt, fünfundzwanzig.«

»Echt? Ich weiß, dass du sagtest, er besorgt dir eine Knarre –«

»Wenn Sie mir nicht glauben«, sagte der Mutt, »rufen Sie ihn doch an. Bezahlen Sie mich zuerst, dann müssen Sie nie wieder seine Stimme hören. Und ihm nie wieder beim Essen zusehen.«

Da sah Randy Vincent Moraco vor sich, eine Serviette in den Kragen gestopft, den Kopf über sein Gratisessen gebeugt, und das genügte Randy, um seine Meinung zu ändern und keine Ausflüchte mehr zu gebrauchen. Er sagte zum Mutt: »Du hast Recht, du tust mir einen Riesengefallen und solltest dein Geld genauso bekommen, wie du willst. Ich muss gestehen, Mutt, dass ich gelegentlich die Hauptziele aus den Augen verliere und wegen Details kleinlich werde.«

Der Mutt sagte: »Tatsächlich?«

Die Machete lag noch in der Küche, wo Johnny mit ihr herumgespielt hatte.

Mary Pat fragte Terry, warum er das Ding mitgebracht habe, und er antwortete, es sei ein Andenken. Sie sagte, sie hätte nicht gedacht, dass er an ein so entsetzliches Erlebnis erinnert werden müsse, an die vielen ermordeten Menschen. Er sagte, er habe die Machete in der Kirche gefunden, wo sie benutzt worden sei, und sie rufe ihm Teile der Szenerie detailliert ins Gedächtnis zurück, die so eine Art – wie nannte man das doch gleich – Tableaus waren, furchtbare, als Einzelbild angehaltene Momente, aber stumm, ohne die Schreie, die Kakophonie der Stimmen. Da sie nicht nach den Einzelheiten fragte, behielt er sie für sich. Den Mädchen erzählte er, das Messer würde benutzt, um Zuckerrohr zu hauen und Bananenbündel von den Stauden zu schlagen.

Und er hatte die Leinentasche mit den Fotos in der Küche liegen lassen.

Als sie bereit waren, sich die Bilder anzusehen, legte er sie auf den Holztisch und zeigte ihnen alle, außer dem von einem grünen Gummiband zusammengehaltenen Bündel, das er zurück in die Tasche legte. Die Mädchen kletterten auf Hocker, um besser sehen zu können, fanden die Fotos interessant, knieten auf den Hockern, um näher heranzukommen, beugten sich über die Bilder und stellten dann Fragen. Was macht der da? Er sucht Holzkohlebrocken, um sie auf dem Markt zu verkaufen. Warum? Damit er was zu essen bekommt, einen Maiskolben rösten kann. Warum macht das nicht seine Mom? Er hat keine Mom, er ist ein Waisenkind. Was sind Waisenkinder? Das weißt du doch, Mom hat's uns gesagt. Ich hab's wieder vergessen. Ein Kind, das weder Mom noch Dad hat. Sie lassen ihn mit Feuer spielen? Er spielt nicht, er weiß, was er tut. In Ruanda wächst man schnell auf oder gar nicht. Diese hier sind im Waisenhaus und spielen gerade irgendwas. Was macht der da? Das ist ein Mädchen. Woher weißt du das? Weil sie ein Kleid anhat. Das sieht nicht wie ein Kleid aus. Weshalb haben sie keine Haare? Die rasieren sie ab, damit sie kein Ungeziefer in die Haare kriegen. Was für Ungeziefer? Alle möglichen Viecher, hab noch nie so viel Ungeziefer gesehen wie in Afrika. An der Wand sehen die Biester aus wie Tapetenmuster, das sich bewegt. Er sah zu Mary Pat rüber, die an der Spüle stand und Salat wusch. Was macht der da? Das ist eine Müllhalde, und er sucht Lebensmittel, irgendwas zu essen, auch wenn's, na ja, ein bisschen vergammelt ist. Wird er denn nicht krank? Wahrscheinlich, wenn nicht davon, dann von was anderem. Warum geht er nicht in einen Laden? Weil er arm ist, er hat kein Geld. Warum geht seine Mom nicht? Er hat keine. Das hab ich doch schon erklärt, diese Kinder sind Waisen. Warum? Sagte ich doch gerade, sie haben keine Eltern. Warum nicht? Oh. Ihre Eltern sind gestorben, darum haben die meisten dieser Kinder kein Zuhause. Mom hat gesagt, deshalb bist du wieder nach Hause gekommen, damit dir die Leute Geld für die Waisenkinder geben.

Erneut sah er zu Mary Pat rüber, und diesmal sah Mary Pat ihn auch an. Sie sagte: »Möchte vielleicht eins von euch Mädels den Atlas holen? Onkel Terry zeigen, wo er wohnt?«

Katy wollte ihn holen gehen, und sie durfte auch. Unterdessen klingelte das Telefon, das neben der Spüle an der Wand hing. Mary Pat nahm den Hörer ab und drehte sich zu Terry um.

»Deine Co-Spendensammlerin.«

»Was machst du gerade?«

»Ich zeige den Mädchen meine Fotos.«

»Weiß Mary Pat Bescheid?«

»Sie weiß alles. Und damit meine ich alles.«

»Was hat sie gesagt?… Ach so, du kannst nicht reden? Hör zu, Ed Bernacki hat angerufen, wir treffen uns mit Tony. Und rat mal, wo.«

»Keine Ahnung.«

»Bei ihm zu Hause. Weißt du noch, wie Ed mir erzählt hat, außer Familienmitgliedern und Gangstern dürfe niemand sein Haus betreten? Wir besuchen ihn zu Hause. Ach ja, und du wirst abgeholt.«

»Du kommst vorbei? Wann?«

»Nein, sie schicken dir einen Wagen, um halb acht.«

»Warum?«

»Wenn Ed sagt, dass wir den Boss besuchen, stell ich keine Fragen.«

»Wirst du auch abgeholt?«

»Ja, wir beide.«

»Warum fahren wir dann nicht beide gemeinsam?«

»Vielleicht tun wir das ja, aber so, wie ich Ed verstanden habe, holt man uns getrennt ab.«

»Warum holen sie nicht zuerst dich ab, und dann kommt ihr bei mir vorbei und holt mich ab?«

»Vielleicht läuft's ja genau so.«

»Kannst du nicht Ed anrufen und ihm sagen, wir wollen gemeinsam hinfahren?«

»Was machst du dir Sorgen, du Schwachkopf, er gibt uns das Geld.«

Die beiden Mädchen, Kopf an Kopf über den Atlas auf der Anrichte gebeugt, suchten Ruanda, und Katy sagte: »Mom hat es uns gezeigt.« Jane ergänzte: »Es ist schwer zu finden. Genau hier soll es liegen ... irgendwo.«

»Selbst wenn man weiß, wo es liegt«, sagte Terry, »ist es schwer zu finden. Seht ihr den Viktoriasee? Ruanda liegt etwa einen Zentimeter links davon. Es ist hauptsächlich grün, und das stimmt auch, das ganze Land ist so 'ne Art großer Gemüsegarten.«

»Gibt es da keine wilden Tiere?«

»Für die ist kein Platz, fast alles ist Ackerland, außer diese Ecke hier, wo in den Bergen die Gorillas leben.«

»Wir haben in einem Film Gorillas gesehen. Eine Frau hat sich mit ihnen unterhalten. Sie sagte, man muss ganz leise sein, sonst werden die Gorillas wütend, weil sie Angst haben, dass man ihnen wehtut.«

»So sind Gorillas eben«, sagte Terry, »in ihrer Nähe muss man vorsichtig sein.« Als er aufschaute, sah er, dass ihn Mary Pat von der anderen Seite des Tischs aus beobachtete. Er sagte zu ihr: »Heute Abend treffen wir unseren Mäzen. Anthony Amilia. Weißt du, wer das ist?«

Sie zögerte, sagte dann: »Natürlich weiß ich das«, drehte sich wieder zur Spüle um, tat den Salat in ein Geschirrtuch und trug es zum Kühlschrank. Als sie ihn wieder ansah, sagte sie nur: »Weiß Fran Bescheid?«

»Ich hatte noch keine Gelegenheit, mit ihm zu sprechen, und jetzt ist er weg.«

»Rufst du ihn an?«

»Wenn du drauf bestehst ... Ich hatte gehofft, dass er nach Hause kommt, bevor ich aufbreche.«

»Terry, Fran und ich haben keine Geheimnisse voreinander.

Nach unserem Gespräch heute Morgen habe ich ihn angerufen.«

»Du hast mich verpetzt, hm?« Als sie nicht lächelte, sagte er: »Du weißt doch, dass ich ihm die ganze Geschichte erzählt hätte. Ich habe nur gewartet, weil Fran noch mit dem Staatsanwalt wegen mir verhandelt hat, auch als ich schon wieder im Lande war. Ich fand, das konnte er nicht guten Gewissens tun, wenn er mich nicht für einen Priester hielt.«

Sie sagte: »Dass du unehrlich bist, stört dich nicht weiter?«

»Nicht sehr, nein. Findest du, ich hätte ins Gefängnis statt nach Ruanda gehen sollen?«

»Ich habe keine Ahnung«, sagte Mary Pat, »was du in Ruanda gemacht hast, außer Fotos von Kindern.«

»Ich finde, ich habe mich ganz gut geschlagen«, sagte Terry. Ich habe gelegentlich die Messe gelesen, immer Weihnachten und Ostern. Jede Woche habe ich die Beichte abgenommen. Meine Haushälterin habe ich mal gefragt, ob sie fand, dass ich mich gut hielt. Sie sagte, ich könnte noch besser sein.«

Einen Augenblick lang sah es so aus, als wäre Mary Pat schockiert, sprachlos. Doch dieser Zustand war nicht von Dauer, das wusste er.

Er sagte: »Es ist nicht immer so, wie es aussieht, hab ich Recht?«

24

Der Mutt kam verspätet zum vereinbarten Treffpunkt mit Johnny. Um Viertel nach sieben, als er aus dem Haupteingang von Randy's trat, war viel los, Einparker in ihren roten Jacketts sprangen in Autos, um mit ihnen davonzurasen. Der Mutt sagte zu einem von ihnen: »Ey, Boy, bring Mr. Agleys Caddy, wenn du zurückkommst, klar?« Mist, es dauerte bestimmt eine Viertelstunde, bis er mit dem Wagen vorfuhr, und der Mutt sagte: »Stimmt was nicht mit dir, wieso dauert das so lange?« Der Bimbo wurde auch noch frech, sagte zu ihm: »Ich konnte ihn nicht finden, Boy.« Da fiel Mutt wieder ein, dass Randy ihm mal gesagt hatte, er solle die Einparker nicht mehr »Boy« nennen, »Farbige mögen das nicht, für sie ist das ein Zeichen von Respektlosigkeit. Du hast sie im Gefängnis doch auch nicht ›Boy‹ genannt, oder?« Worauf der Mutt antwortete, er habe sie überhaupt nichts genannt, da es keinen Grund gab, mit ihnen zu reden. Als wäre das noch nicht schlimm genug, fand er beim ersten Vorbeifahren den Eingang zum MGM Grand Spielkasino nicht und musste noch eine Runde drehen, dass der Freeway direkt daneben verlief, verwirrte ihn. Er dachte, Johnny wäre sauer, weil er zu spät kam. War er nicht …

Als der Mutt auf den Beifahrersitz rutschte, stieg Johnny ein und stellte die einzige wichtige Frage: »Hast du's?«

Der Mutt gab ihm ein dickes Bündel Geldscheine, und Johnny musste sich mit dem Gedanken anfreunden, dass der Typ es ernst meinte, es sollte wirklich jemand umgebracht werden, und er, Johnny, fuhr den Scheißwagen. Johnny nahm sich die Zeit, das Bündel zu öffnen und an einem Ende durchzublättern. Alles Hunderter. Er sagte: »Tja, in Ordnung«, um sich in Stimmung zu bringen, dem Mutt zu zeigen, dass er dabei war. »Wie viel Uhr hast du?«

Der Mutt musste die Armbanduhr aus den Ärmeln seiner Lederjacke und seines Hemds kramen. Er hielt sie dicht an das Armaturenbrett des Cadillac, direkt vor die Digitaluhr, und sagte: »Viertel vor.«

Sie fuhren jetzt durch die westliche Innenstadt, und Johnny dachte: Lafayette oder Fort Street rüber zur Woodward, dann rechts ab in die Jefferson … Er sagte: »Wo hast du den Caddy her? Mann, der riecht ja noch nach Neuwagen.«

»Er gehört Randy.«

»Ach du Scheiße … weiß er, dass du ihn genommen hast?«

»Ich hab ihn gefragt, ob er noch wegwollte, da hat er nein gesagt.«

»Ist dir klar, dass die Cops den Wagen zu ihm zurückverfolgen, falls irgendein Zeuge am Tatort das Nummernschild sieht?«

»Ich an Randys Stelle würd sagen, der Wagen is geklaut worden.«

»Und wenn sie ihn zu dir zurückverfolgen?«

»Dann würd ich denen sagen, Randy lässt mich das Auto nicht fahren. Wenn einer behauptet, ich hätte es genommen, dann lügt er und will mich drankriegen, weil ich nicht respektvoll war und ihn ›Boy‹ genannt hab.«

»Was redest du da für 'nen Scheiß?«

»Is unwichtig.«

Johnny sagte: »Lass mich raten. Randy hat dir den Mordauftrag erteilt.«

»Stimmt.«

»Er weiß aber nicht, dass du seinen Wagen hast.«

»Was er nicht weiß, macht ihn nicht heiß, oder?«

»Hat Randy dir die Kanone besorgt?«

»Die ich benutzen werde? Ich hab sie noch nicht.«

Das brachte Johnny wieder auf die Palme, und er musste Ruhe bewahren. »Was redest du da? Wir müssen anhalten und sie holen?«

»Also, der Typ, den ich umlegen soll? Der gibt sie mir.«

Johnny fiel keine neue Frage ein, es gab einfach zu viele neue Fragen. Er sprach also einen anderen Aspekt an, wechselte ein wenig das Thema. »Wen legst du eigentlich um? Kennst du ihn?«

»Klar, Mr. Moraco.«

Und Johnny sagte: »Ach du Scheiße – ey, echt jetzt.«

»Randy hasst ihn.«

»Das kann ich mir vorstellen, wenn er fünfundzwanzig Riesen springen lässt, um ihn aus dem Weg zu räumen.« Ein Haufen Geld, Johnny spürte das Bündel in seiner Tasche, er war da an einer großen Sache beteiligt, und dieser Dummbeutel hatte das Sagen. »Und Vincent gibt dir die Knarre, die du benutzen willst?«

»Ja, für den anderen Fall.«

»Genau, hatte ich ganz vergessen.«

»Wenn der Erste erledigt ist, fahren wir weiter.«

Johnnys Hirn rang immer noch mit der Vorstellung, Herrgott im Himmel, dass er diesen Hohlkopf zum Mord an Vincent Moraco chauffierte. »Aber er weiß es nicht, Vincent meine ich – nein, unmöglich.«

»Was?«

»Sonst würde er dir nicht die Kanone bringen.«

»'türlich nicht, er hat keinen blassen Schimmer.«

Johnny merkte allmählich, dass man genau darauf achten musste, was der Mutt sagte, und die richtige Frage stellen musste. Dann ergab es einen Sinn, auch wenn man es immer noch nicht glauben konnte.

Sie fuhren mittlerweile auf der Jefferson Street ostwärts, vorbei am Renaissance Center, einem gläsernen Hochhäuserkomplex, der die Skyline Detroits darstellte. Es war ein angenehmer Abend, dreizehn Grad im Freien. Johnny beruhigte sich.

Jetzt war er nun mal hier, da konnte er es genauso gut hinter sich bringen. Herrje, fünf Riesen – sehr lange konnte es nicht dauern. Er brauchte nicht mal auszusteigen …

»Also gut, du machst also Vincent Moraco platt.«

»Jawohl, Sir, ich schieße ihn in den Kopf, gehe auf Nummer Sicher.«

»Er gibt dir die Kanone, und du legst ihn um.«

»Vorher kassiere ich mein Geld.«

»Mutt, du musst darauf achten, dass die Waffe geladen ist.«

»Das ist ein guter Hinweis. Mann, ich will wirklich nicht auf ihn schießen, und dann macht's bloß klick-klick. Ja, das darf ich echt nicht vergessen, zuerst die Knarre kontrollieren.«

Johnny dachte: Bin ich hier im falschen Film oder was?

Terry in seinem schwarzen Anzug und dem Priesterkragen war abmarschbereit, stand am großen Fenster im Wohnzimmer, nervös. Fran, der immer noch mit seinem Berg Arbeit kämpfte, rief an und sagte, er käme nicht vor acht nach Hause. Die Mädchen hatten zu Abend gegessen und sahen in der Bibliothek MTV. Mary Pat war in der Küche. Als der Chrysler Town Car vorfuhr, sah Terry auf seine Uhr. Es war neunzehn Uhr fünfunddreißig. Er sah, wie Vito Genoa ausstieg, zur Treppe kam und klingelte. Debbie saß nicht in dem Wagen. In der Diele rief Terry: »Ich gehe jetzt«, woraufhin Mary Pat durchs Wohnzimmer nach vorn kam. Sie fragte, wann er nach Hause käme. Er antwortete, er habe keine Ahnung. Mary Pat sagte, er hätte etwas essen sollen. Er sagte, er habe immer noch keinen Hunger. Als er nach draußen kam, nickte Vito Genoa ihm zu. Terry fragte, ob sie auch Debbie abholten. Vito sagte, dafür sei ein Kollege zuständig. Terry überlegte laut, ob es nicht einfacher gewesen wäre, wenn ein Wagen sie beide abgeholt hätte. Vito sagte:

Einfacher für wen? Während der fünfundvierzigminütigen Fahrt auf und über Autobahnen im Osten Detroits und den Pointes saß Terry auf der Rückbank. Er machte Konversation.

»Weißt du, warum ich dachte, du gehörtest zur Gemeinde Star of the Sea?«

»Weil das Ihre Gemeinde war?« Vito sah in den Spiegel.

»Ich ging zu Queen of Peace. Aber erinnerst du dich noch an Balduck Park und den Hügel? Wo im Winter alles voller Schlitten war? Da haben wir beide uns mal geprügelt.«

»Ach ja?«

»Ich war elf, du zwei Jahre älter.«

»Heißt das, ich hab angefangen?«

»Das hast du dauernd gemacht, Jungs drangsaliert, die kleiner waren als du. Vito, du warst ein schlimmer Rabauke.«

Vito schaute in den Rückspiegel.

»Wir beide haben uns gekloppt? Wer hat gewonnen?«

»Ich hab dir die Nase blutig geschlagen, aber du hast mich verdroschen, bis ich nicht mehr aufstand.«

»Sie waren das, hm? Daran erinnere ich mich.«

»Und ich weiß noch«, sagte Terry, »wie sehr einem nachher die Hände wehtun.«

»Stimmt, die Scheißhände. Man gewöhnt sich dran, einen Totschläger zu benutzen.«

»Ich weiß noch, wie ich später dein Foto im Sportteil gesehen habe, als du auf dem Denby-College warst und es in die All-State-Auswahl geschafft hast. Was warst du noch mal, Defensive Tackle?«

»Linebacker.«

»Genau. Bestimmt hast du einige Angebote bekommen.«

»Ein paar. Aber ich wollte kein Profi werden.«

Eine Weile fuhren sie schweigend weiter.

»Du bist einer der Angeklagten in dem RICO-Prozess wegen Bildung einer kriminellen Vereinigung?«

»Ich bin seit drei Jahren auf Kaution draußen, während die da rumspinnen.«

»Wie läuft's denn so?«

»Überhaupt nicht. Wir werden freigesprochen.«

Terry fiel der Zigarettenschmuggel ein, und fast hätte er das Thema erwähnt, doch dann dachte er: Warum? Willst du etwa erreichen, dass der Typ dich mag?

Wieder herrschte Schweigen. Sie fuhren im Dunkeln Richtung Osten, aus der Entfernung kamen Scheinwerfer näher.

»Sie leben also in Afrika?«

»Seit fünf Jahren.«

»Ich würd von diesem Scheißafrika nichts haben wollen, nich mal geschenkt.«

»Manche Ecken sind wirklich hübsch. Vom Ungeziefer mal abgesehen. Ich hatte Schwierigkeiten, mich an die Viecher zu gewöhnen, einige sind riesig, alle möglichen Insekten, die man sich nur vorstellen kann.«

Im Rückspiegel waren Vitos Augen zu sehen.

»Wann geht's wieder rüber?«

»Ziemlich bald, glaube ich.«

Vito sagte: »Das glaub ich auch.«

Terry zögerte. Dann sagte er: »Ach ja?«, saß im Dunkeln und wartete, dass die Augen des Mannes wieder im Rückspiegel auftauchten.

Debbie arbeitete schwer daran, den Fahrer zum Reden zu bringen, einen jungen Burschen, der nachts eine Sonnenbrille trug. Na toll.

»Wie lange sind Sie schon beim Syndikat?«

Darüber musste er nachdenken, ehe er sagte: »Welches Syndikat meinen Sie?«

»Wie wär's mit dem hiesigen, dem von Detroit? Denn da sind wir ja.«

»Warum wollen Sie das wissen?«

»Ich mache Konversation.« Arschloch. »Schon mal im Gefängnis gewesen?«

Jetzt musste er darüber nachdenken, ehe er sagte: »Das ist meine Sache.«

»Ich wette, Sie haben noch nie gesessen.«

»Hab ich auch nicht vor.«

»Ich war schon im Knast«, sagte Debbie. »Schwere Körperverletzung. Ich hab einen Typ ins Krankenhaus gebracht.« Sie wartete. »Wollen Sie wissen, womit ich ihn getroffen habe?«

»Womit?«

»Mit 'nem Buick Riviera.«

»Echt?«

»Er war mein Ex. Ich hab gerade in Florida meine Mutter besucht, da sah ich ihn direkt vor mir die Straße überqueren. Er war über ein Jahr mit den Alimenten im Rückstand und hatte nicht vor zu bezahlen.«

»Haben Sie ihn überfahren?«

»Er verfing sich unter dem Wagen und wurde etwa dreißig Meter mitgeschleift.«

»Echt?«

»Ich sagte zu dem Polizisten, der mich festnahm: ›Aber die Ampel war grün. Ich durfte fahren.‹ Er hätte nicht über die Straße gehen dürfen.«

»Nicht wenn Sie grün hatten, nö.«

»Sie brachten den Typ in einem Gipskorsett in den Gerichtssaal, und damit war ich am Arsch.«

»Echt?«

»Ich war drei Jahre im Knast. Fragen Sie mich, ob es das wert war, ihn zu überfahren.«

»War's das?«

»Nein. Wie heißen Sie?«

»Tommy.«

»Gehen Sie nie in den Knast, Tommy, wenn Sie's vermeiden können.«

Eine Weile herrschte Schweigen.

»Wie ist es so, ein Gangster zu sein?«

Johnny erzählte dem Mutt, sein Dad habe früher hier unten bei Eaton Chemical gearbeitet, die es heute nicht mehr gab; die Firma hätte Farbstoffe und verschiedene Produkte für die Trockenreinigung hergestellt. Mann, war das dunkel hier, nicht? Die ganze Gegend war zum Teufel, den Lagerhäusern sah man nicht an, ob sie dicht waren oder noch im Geschäft. Sie bogen in die Franklin Street ein, folgten im Schritttempo den Lichtkegeln der Scheinwerfer über diese Straße, an der einmal Eaton Chemical gestanden hatte. Johnny erzählte, wenn sein Dad nach Hause kam, seien seine Hände ganz fleckig gewesen. Einmal habe er sich wirklich übel mit Säure verätzt. An den Armen. Johnny sagte: »Okay, bist du so weit? Halt die Augen offen.«

Der Mutt sagte: »Ich bin so weit.«

»Da oben steht ein Wagen. Wie viel Uhr ist es?«

»Hab ich doch grad gesagt. Zehn nach.«

»Wir fahren vorbei, und du wirfst einen Blick drauf.«

Johnny drückte leicht aufs Gaspedal, beschleunigte auf etwa vierzig Stundenkilometer, als sie an dem Auto vorbeikamen, das ohne Licht dastand.

»Er ist es«, sagte der Mutt.

Johnny sah sich um. »In dem Wagen sitzen zwei.«

»Ja, er hat einen Fahrer dabei.«

»Du hast gesagt, er wäre allein.«

»Ich hab gesagt, was er gesagt hat, ich sollte ihn hier treffen, und er ist da, oder nicht? Wie er gesagt hat.«

»Was ist mit dem anderen Typ?«

»Hat er halt Pech«, sagte der Mutt. »Ich hab ihn nicht eingeladen.«

»Das gefällt mir nicht«, sagte Johnny und fuhr langsamer, um in die nächste Straße rechts abzubiegen. Sie bogen noch dreimal rechts ab, Johnny blieb bei fünfundzwanzig Stundenkilometer, bis sie wieder auf der Franklin Street waren. Mann, war das dunkel.

Der Mutt sagte: »Halt hinter dem Wagen.«

Johnny sagte: »Ich fahr nicht zu dicht ran, sondern lasse ein wenig Abstand, falls wir schnell verschwinden müssen.« Er näherte sich dem anderen Wagen langsam und hielt sieben, acht Meter hinter ihm. Er sah zwei Insassen, der Fahrer schaute sich um, blickte im Scheinwerferlicht des Cadillac nach hinten.

»Mach das Licht aus«, sagte der Mutt.

»Ich will sehen, was du tust«, sagte Johnny. »Bei so was kann man nie wissen.«

Der Mutt stieg aus, und Johnny sah ihm nach, als er zur Beifahrerseite des Wagens ging, dort am Fenster stand und mit Vincent sprach, der ihm etwas gab, was der Mutt in seine Lederjacke steckte. Das waren wohl die fünfundzwanzig Hunderter. Jetzt sprachen sie wieder miteinander. Jetzt hielt der Mutt etwas in der Hand und betrachtete es. Das musste das Schießeisen sein, vermutete Johnny. Jetzt streckte Vincent die Hand aus dem Fenster. Er ließ sich von Mutt die Kanone geben, nahm sie zu sich ins Auto und reichte sie wieder zurück. Der

Mutt drehte sich nun damit um, großer Gott, zielte damit in Richtung Johnny auf die Scheinwerfer, drehte sich dann wieder zu dem anderen Wagen um, und Johnny hörte die Schüsse, *peng-peng*. Laut, o Mann, und dann noch zwei, *peng-peng*, rasch hintereinander, Mutt hielt das Eisen in den Wagen und erschoss den anderen, den Fahrer. Johnny dachte: Okay, bloß weg hier. Aber der Mutt ging erst mal um das Heck des Wagens herum und gestikulierte dabei – als wolle er damit sagen, was er gerade machte, doch das wurde dadurch kein bisschen klarer –, während er zur Fahrerseite ging und dort die Tür aufmachte, sodass die Leiche des Fahrers nach draußen rutschte. Der Mutt wuchtete sie nach drinnen, steckte dann Kopf und Schultern über den Typ hinweg ins Auto, und als er sich wieder aufrichtete, sah Johnny, dass der Mutt in jeder Hand eine Waffe hatte, die er beide auf Johnny richtete und dabei im Scheinwerferlicht grinste. Johnny fuhr vor und hielt neben ihm.

»Steig endlich ein, verdammte Scheiße.«

Der Mutt stieg ein, und Johnny fuhr los, bevor die Tür zu war. Johnny musterte die dunkle leere Straße im Rückspiegel; niemand folgte ihnen. Er sagte: »O Mann, wer war der andere?«

»Hab ich eben zum ersten Mal gesehen«, sagte der Mutt, »irgendein Typ halt. Er ist der Erste, den ich umgelegt habe, ohne ihn zu kennen.« Und weiter: »Nein, das nehm ich zurück. Den Chaldäer, von dem ich dir erzählt hab, kannte ich auch nicht. Weiß bis heute nicht, wie er hieß.«

»Warum hast du die Kanone genommen und dabei kostbare Zeit vergeudet?«

Der Mutt hielt in der rechten Hand einen .38er mit kurzem Lauf hoch. »Mr. Moraco gibt mir diese Stupsnase und sagt, er ist geladen, aber nur mit fünf Kugeln. Ich frage ihn, ob er noch mehr Munition hätte. Darauf sagt er, wenn ich mehr als fünf

Schuss bräuchte, bin ich der Falsche für den Auftrag und soll ihm sein Geld zurückgeben. Ich sag zu ihm: ›Schon, aber ein paar davon brauch ich jetzt gleich‹, und schieß ihn in den Kopf. Dann musste ich den anderen Typ abknallen, verstehste, damit blieb für den nächsten Auftrag nur noch eine Kugel übrig. Ich hoffte, dass der Fahrer 'ne Waffe dabeihatte, und so war's, diese hier, 'ne Automatik.«

»Das ist eine Glock«, sagte Johnny, »da drin hast du mehr als du brauchst, etwa fünfzehn Schuss.«

»Schön, Randy hat gesagt, ich soll die Fünfundsiebzig nach Norden nehmen, bis zur Big Beaver Road. Weißt du, wo das ist?«

»Klar, etwa in Höhe Sixteen Mile Road. Wie geht's dann weiter?«

»Links abbiegen auf die Woodward Avenue. Ab da muss ich noch mal nachsehen.«

»Wir fahren raus nach Bloomfield Hills?«

»Ja, da wohnt er bei seinem Bruder.«

Johnny trat voll aufs Bremspedal, Gummi quietschte auf dem Asphalt, der Mutt riss beide Hände, in denen er die Waffen hielt, nach vorn, die Hände trafen auf das Handschuhfach, und er ließ beide Waffen fallen. Johnny klammerte sich am Lenkrad fest und sah den Mutt an, der sich bückte und den Boden abtastete.

»Du sollst Terry Dunn umlegen?«

Der Mutt, immer noch mit dem Kopf unten, sagte: »Ja, den Priester. Mach das Licht an.«

»Du kannst Terry nicht umlegen, er ist ein Freund von mir.«

Der Mutt tauchte wieder auf, in der Hand den kurzläufigen Revolver. »Ey, ich kann's nicht ändern, hab schon mein Geld bekommen.«

»Er ist mein Freund, Mutt«, und Johnny schaute dabei geradeaus, über seine Knöchel auf dem Lenkrad hinweg auf den Verkehr, der vielleicht dreißig Meter entfernt auf der Jefferson Avenue in beide Richtungen floss. Er sagte: »Herrgott noch mal« und schüttelte den Kopf.

Der Mutt sagte: »Fährst du mich oder nicht?«

»Das darfst du nicht machen, Mutt. Lass es bleiben … er reist sowieso ab, fliegt nach Afrika zurück.«

»Fährst du mich oder nicht?«

»Nein, ich fahr dich nicht – bist du bescheuert?«

»Dann gib mir mein Geld zurück.«

»Scheiße, ich hab dich bis hierhin gefahren.«

Der Mutt richtete die Waffe auf ihn. »Gib mir mein Geld zurück.«

Johnny nahm das Bündel aus der Seitentasche seiner Jacke und gab es Mutt. Der nahm es, hielt dabei die Kanone auf ihn gerichtet, Johnny beobachtete ihn jetzt, ließ die Waffe nicht aus den Augen, der Typ fasste einen Entschluss, o Mann, und war kurz davor zu handeln. Johnny nahm eine Hand vom Lenkrad, die linke, und legte sie auf den Türgriff. Er sagte: »Na gut, ich fahr dich also nicht, dein Geld hast du auch … Hast du die andere Knarre gefunden? Du musst unter dem Sitz gucken.«

Als der Mutt, den Kopf gebeugt, zwischen seinen Beinen nach unten griff, stieß Johnny gegen die Tür, sprang, als sie aufging, ins Freie, und das Fenster zersplitterte gleichzeitig mit dem Knall des im Auto abgefeuerten .38ers. Johnny lief die Straße zurück in die Nacht und dankte Jesus, Maria und Joseph, dass der Mutt den kurzläufigen Revolver aufgehoben hatte, in dem nur noch eine Patrone steckte, und nicht die Pistole.

Als der Mutt endlich die Glock in den Händen hielt, klangen ihm die Ohren, er hörte und sah nichts mehr, als er aus dem

Heckfenster auf die dunkle Straße hinter ihm schaute. Von Johnny war weit und breit nichts zu sehen, also hatte es auch keinen Zweck, ihn zu verfolgen. Jetzt musste er auf den Freeway fahren, beschloss der Mutt, und sich nach Norden aufmachen. Den Priester erwischen, bevor Johnny ihn anrief und sagte, dass der Mutt unterwegs war.

25

Vito begleitete Terry ins Haus. Zu einem jungen Typ mit Sonnenbrille im Flur sagte er: »Fahr deinen Wagen hinters Haus.« Zu Terry sagte er: »Warten Sie da drin.«

Im Wohnzimmer. Debbie drehte sich vom Kamin weg, als er näher kam. »Bist du schon lange hier?«

»Seit ein paar Minuten. Tony hat den Kopf reingesteckt und hallo gesagt.«

»Ach ja?«

»Ich war auch überrascht. Er sagte: ›Bin gleich bei Ihnen, sobald der Fotograf fertig ist.‹«

»Es gibt also eine richtige Zeremonie, die Überreichung des Schecks?«

Debbie ließ den Blick schweifen. »Was hältst du von der Inneneinrichtung? Hier ist seit vierzig Jahren nichts bewegt worden. Im Kamin liegen falsche Holzscheite.«

Terry hielt den Finger an seine Lippen, worauf Debbie die Schultern hochzog und eine Grimasse schnitt. Terry trat näher. »Das Zimmer könnte verwanzt sein. Von Tony, meine ich, damit er weiß, was die Leute von seinem Haus halten. Wenn es ihnen nicht gefällt, lässt er sie abknallen.«

»Es ist wunderschön«, sagte Debbie laut. »Ich sehe hier einige herrliche Stücke.« Dann, mit leiser Stimme: »Wie bei meiner Großmutter.«

»Mary Pat wollte wissen, ob dir ihr Haus gefällt. Ich hab gesagt, du wärst begeistert. Dann fragte sie, ob ich glaube, dass du auch zu mir hältst, wenn ich Scheiße baue. Würdest du das tun?«

»Was ist denn das für eine Frage? Natürlich würde ich. Aber wie können wir Scheiße bauen? Wir sind gemachte Leute.«

»Das hab ich ihr auch gesagt.«

»Sie hat die Wahrheit über dich geraten?«

»Sie wusste es. Sie sagte, egal aus welchen Gründen Männer Priester werden, für mich träfen alle nicht zu. Dann hat sie Fran angerufen und es ihm erzählt. Er ist erst nach Hause gekommen, als ich schon weg war, ich hab also noch nicht mit ihm gesprochen.« Terry fuhr fort: »Auf der Fahrt hierher…«, verstummte und warf einen Blick zur Tür.

»Was ist?«

»Vito wollte wissen, wann ich wieder nach Afrika flöge. Als ich antwortete, ich glaubte, ziemlich bald, sagte er: ›Das glaub ich auch.‹«

»Und …?«

»Als wollten sie dafür sorgen, dass ich zurückfliege. Ich habe Vito erzählt, ich sei mit einem Typ aus dem Kongo-Zaire rausgeflogen, der sonst Waffen hineinschmuggelt. Vito wollte wissen, ob man damit Geld verdienen könne. Ich hab ihm erklärt, ich sei bis Mombasa mitgenommen worden, danach hätte ich nur noch einfache Tickets gekauft, weil mir das Geld ausging. Ich hätte also kein Rückflugticket. Daraufhin sagte Vito, ich solle mir deswegen keine Sorgen machen.«

»Was heißt das?«

»Was ich dir gerade gesagt habe, sie wollen dafür sorgen, dass ich zurückfliege und das Geld für die Waisenkinder verwende.«

Debbie sagte: »Sie werden dir doch wohl keinen Aufpasser mitschicken, oder? Wir könnten uns erst mal in Paris oder so treffen – warum nicht? Und dann weitersehen.«

»Klar, das könnten wir.«

In der Tür tauchte Vito auf und winkte sie zu sich. Sie begleiteten ihn über den Flur in Tony Amilias Arbeitszimmer.

Debbie betrachtete den Schreibtisch aus dem siebzehnten Jahrhundert – ach herrje! – und lächelte den Mafiaboss kess an. »Mr. Amilia, ich kann Ihnen gar nicht sagen, wie dankbar wir Ihnen sind.«

Tony stand inzwischen, er hatte sich für das Foto einen dunklen Anzug und eine Krawatte angezogen. Er sagte: »Wir sind so weit, bringen wir's hinter uns« und drehte sich zu dem Fotografen um, der sein Blitzlicht testete, das Licht von einem weißen Schirm auf einem Stativ reflektieren ließ. Er sah sie an, sagte: »Hallo, ich bin Joe Vaughn« und schob sich langsam auf sie zu, um ihnen die Hände zu schütteln, ein junger Mann von Mitte dreißig, etwa so groß wie Tony Amilia; er wirkte nett, aber ein wenig nervös. Er sagte: »Pater, wenn Sie und Mr. Amilia sich bitte direkt an die Wand stellen würden …«

Debbie ging zur Seite. Sie sah zu, wie Joe die beiden vor einer an der Wand befestigten Gedenktafel platzierte:

DIE UNIVERSITY OF DETROIT MERCY EHRT
Anthony Amilia
ALS SCHIRMHERR UND MITGLIED DES
IGNATIUS-VON-LOYOLA-KREISES
IN ANERKENNUNG SEINER GROSSZÜGIGEN FINANZIELLEN
UND IDEELLEN FÖRDERUNG DER HÖHEREN BILDUNG
IN DER JESUITISCHEN UND MERCY-TRADITION

»Sehen Sie das?«, sagte Tony zu Debbie. »Ich bin auf die Uni gegangen, als es noch die U of D war, bevor man sich mit diesem anderen College zusammengeschlossen und das ›Mercy‹ drangehängt hat. Ich kann mir nicht vorstellen, dass es der Basketball-Mannschaft hilft, wenn sie sich die U of D Mercy Titans nennen. Als ich da war, haben sie noch Football gespielt, gegen Oklahoma, Kentucky, 'ne ganze Reihe gute Mannschaften.« Er sah wieder auf die Tafel. »Die soll auch auf dem Bild sein, als Beleg dafür, dass ich so etwas mache und das Foto nicht gefälscht ist. Joe gibt es der *News* und der *Free Press*, und die drucken es ab. Joe nimmt meine Familienfotos auf, bei unterschiedlichen Anlässen, Geburtstagen und so.«

Debbie hörte Terry sagen, er habe auch auf der U of D studiert, aber dazu schwieg Tony. Er sagte nur: »Na los, machen Sie das Foto.«

Joe sagte: »Sie wollen doch den Scheck auf dem Bild haben, oder?«

Tony gab Vito ein Zeichen. »Auf dem Schreibtisch.«

Vito brachte Tony den Scheck, und Debbie bekam mit, wie Terry versuchte, den Betrag zu entziffern, dabei lächelte Terry und nahm das eine Ende des Schecks in die Finger, den Tony ihm hinhielt und dann wieder wegzog.

»Sie müssen ihn nicht anfassen, wenn ich ihn Ihnen gebe. Sie müssen bloß dankbar gucken. Joe, machen Sie das Foto.«

»Ich möchte erst ein Polaroid machen«, sagte Joe. »Mal sehen, was wir kriegen.«

»Sie kriegen mich und ihn und den Scheck, das kriegen Sie. Und jetzt machen Sie das Foto.«

Joe machte sich an die Arbeit, das Blitzlicht leuchtete auf, Joe lief langsam heiß, hatte fünf Bilder im Kasten, als Tony sagte: »Das reicht. Vito, hilf Joe mit seiner Ausrüstung. Packen

Sie's draußen im Hausflur zusammen.« Dann ging er mit dem Scheck zu seinem Schreibtisch.

Debbie sagte: »Tja, das ging schnell. Ich kann Ihnen gar nicht sagen, wie dankbar wir Ihnen sind, Mr. Amilia.«

Er sah Terry an. »In Ordnung, Pater, sind Sie fertig? Vito bringt Sie wieder zurück.«

Debbie sagte: »Nun, wenn's das war«, sie stand jetzt am Schreibtisch und wartete darauf, dass Tony ihr den Scheck gab.

Doch der drehte sich zu ihr um und sagte: »Der Pater fährt heim, Sie bleiben noch ein Weilchen. Ich will mit Ihnen reden.«

Debbie sagte: »Wären Sie einverstanden, wenn der Pater warten würde? Damit wir gemeinsam zurückfahren?« Sie strahlte ihn kurz an. »Wir sind ziemlich aufgeregt.«

Tony sagte: »Tun Sie, worum ich Sie bitte, okay? Ich möchte, dass Sie bleiben.«

Sie sah ihn aus großen Augen an, zuckte mit den Schultern, die personifizierte Unschuld. »Ich dachte nur, es wäre einfacher ...«

Der Mann verzog keine Miene. Er hatte gesprochen, und damit basta, Ende der Diskussion. Debbie sagte: »Nein, wenn Sie möchten, dass ich bleibe, mach ich das gerne.« Gott, sie übertrieb. Sie hörte, wie sich Terry hinter ihr bei Mr. Amilia bedankte.

Er sagte: »Ich ruf dich nachher an, Deb.«

Und sie drehte sich rechtzeitig um, dass sie ihn aus der Tür gehen sah, die Vito hinter ihnen schloss. Ihr fiel ein, wie Terry in dem anderen Zimmer gesagt hatte, sie wollten dafür sorgen, dass er zurück nach Afrika ging.

Zuerst sagte Tony: »Seien Sie doch nicht nervös. Kommen Sie rüber und wir setzen uns, plaudern ein wenig.«

Er begleitete sie zu einer Sitzgruppe aus weißen Ledersesseln, die sich um einen Couchtisch aus Schiefer gruppierten, ein Telefon war auch da, eine gedimmte Stehlampe, aber Debbie nahm nicht sofort Platz. Sie ging ein paar Schritte an den Sesseln vorbei zu einer Glastür mit Blick auf den Lake St. Clair, der im Dunkeln schmaler und zum Detroit River wurde. Sie stand dicht an der Scheibe, schützte mit ihren Händen die Augen vor dem Licht im Arbeitszimmer, um zu sehen, was da draußen war. Gar nichts. Die graue Nacht. Seine Stimme fragte, ob sie etwas trinken wolle. Ohne sich umzudrehen, sagte sie: »Ich möchte Ihnen keine Umstände machen.«

»Ja oder nein?«

»Na gut, aber nur, wenn Sie einen Drink nehmen.«

»Ich verzichte wohl darauf, Miss Wohlerzogen, also kriegen Sie auch keinen.«

Noch während er das sagte, dachte sie: Warum sagst du so was? Er hat's sogar gemerkt. Sie blieb an der Glastür stehen und schaute ins Nirgendwo, betrachtete sich im Dunkeln, wollte wieder sie selbst sein und nicht mehr einen auf niedlich und scheißdankbar machen. Sie hatte sich einmal überschwänglich bei ihm bedankt, und das reichte. Jetzt sah sie draußen einen Lichtpunkt im Grau, das dunkler grau als der Himmel war, zwei sich bewegende Lichter. Sie sagte: »Haben Sie da den Alkohol aus Kanada rübergebracht?«

»Ich?«

»Während der Prohibition.«

»Für wie alt halten Sie mich? Nein, das waren hauptsächlich die Juden, die Fleisher-Brüder und Beeny Bernstein, die Purple Gang. Vor meiner Zeit.«

Sie wandte sich von der Scheibe ab und setzte sich zu ihm, zwischen ihnen der Schiefertisch. Sie sagte: »Wo ist der Haken?«

»Was soll das heißen?«

Er erinnerte sie an Ben Gazzara, ein wenig älter und schwerer vielleicht, aber derselbe Typ. »Was verlangen Sie von mir?«

»Ach, Sie glauben, ich will mit Ihnen Sex haben. Ein paar Viagra einwerfen, Frank Sinatra hören, bis die Pillen wirken. Und wissen Sie, was? Vermutlich wär das phantastisch, obwohl Clara gerade oben ist und den Rosenkranz betet.« Dann fragte er: »Ficken Sie mit dem Priester?«

Aus heiterem Himmel.

Wie ein Zwischenrufer in einem Comedy-Club, damit wurde sie fertig. »Nein, und Sie? Kriegt er nun den Scheck oder nicht?«

Tony nahm ihn aus der Innentasche seines Jacketts und betrachtete ihn, einen blassgrünen Scheck. Dann las er vor: »Zahlen Sie zu Gunsten der Stiftung Waisenkinder von Ruanda«, sah Debbie in die Augen und zerriss den Scheck in der Mitte.

Sie sagte: »Tja, so viel dazu. Sie haben Ihr Foto, und in der Zeitung machen Sie damit einen prima Eindruck. Ich hätte es wissen müssen.«

»Was hätten Sie wissen müssen?«

Sie sagte: »Wenn man bedenkt, womit Sie Ihr Geld verdienen …«

»Sie haben keine Ahnung, was ich mache.«

»Ich verfolge Ihren Prozess.«

»Die Behörden haben doch keine Ahnung. Ich rede nicht über das, was ich tue, ich mache keine Reklame. Ich hänge es nicht an die große Glocke. Sehen Sie manchmal die Stürmer im Profi-Football, wie sie hopsen, wenn sie einen Touchdown erzielen und ihren Tanz aufführen, vor Freude Bocksprünge machen? Larry Czonka, einer der ganz großen Footballspieler, hat gesagt, falls er das zu seiner Zeit jemals gemacht hätte, hätte er von Howie Long, einem anderen Großen, eins hinter die Ohren bekommen. Das ist genau mein Stil, seinen Job machen, ohne Aufmerksamkeit zu erregen. Sie sagen, Sie hätten was wissen müssen, als wüssten Sie, wovon Sie reden. Was machen Sie doch gleich? Sie arbeiten für Anwälte, stimmt's? Körperverletzung und so was, aber eigentlich möchten Sie lieber Stand-up-Comedy machen. Das weiß ich von Ed. Er hält Sie für witzig. Er hat Sie zwar nie auftreten sehen, aber das behauptet er. Sind Sie witzig?«

»Ich arbeite dran.«

»Wie ernst ist es Ihnen damit?«

»Ich bemühe mich ernsthaft, Comedy zu machen. Wie hört sich das an?«

»Da hab ich einen wunden Punkt erwischt. Vielleicht fällt es Ihnen ja schwer, sich zu entscheiden, was Sie wollen. Oder wie Sie es wollen. Ich glaube, Sie müssen nicht witzig sein, um über die Runden zu kommen. Die meisten dieser Clowns, die heutzutage Comedy machen, sind schauderhaft. Die toben auf die Bühne, als wären sie aus 'ner Kanone abgeschossen worden, und besser wird's nicht. Wer ist Ihr Lieblingskomiker aller Zeiten?«

»Richard Pryor.«

»Ach du Scheiße, der Bimbo mit dem Schandmaul. Was ist mit Red Skelton? Haben Sie mal seinen Gintrinker-Sketch gesehen?«

»Nun machen Sie mal 'nen Punkt.«

»Sie mögen Red Skelton nicht?«

»Der ist für mich genauso toll wie Milton Berle.«

»Jetzt machen Sie einen auf harter Brocken, was? Auf Ihrem Spezialgebiet.«

»Sie haben Ihren Stil«, sagte Debbie, »und ich hab meinen.

Wenn ich den Durchbruch schaffe, dann zu meinen Bedingungen.«

»Egal, was es kostet, hm?«

»Egal was.«

»Ich kann Ihnen helfen, das wissen Sie.«

Sie sagte: »Wie denn, mein Material schreiben?«

Tony lächelte sie an. »Sie gehen gern Risiken ein, nicht wahr?« Er stand von seinem Sessel auf, sagte: »Bleiben Sie sitzen«, ging zu seinem Schreibtisch, nahm etwas aus einem Aktenordner und kam damit wieder zurück. Mit einem Scheck. Dieser war blassblau. Er gab ihn Debbie und setzte sich wieder.

»Welcher Betrag?«

»Zweihundertfünfzigtausend.«

»Ausgestellt auf?«

»Barauszahlung.«

»Wie Sie sehen«, sagte Tony, »ist es ein Bankscheck, nicht wie der auf dem Zeitungsfoto. Den können Sie sofort Ihrem Konto gutschreiben lassen oder einlösen. Sie müssen nicht erst warten, ob er gedeckt ist.«

Sie sah zu ihm hoch. »Den geben Sie mir?«

»Das gehört alles Ihnen.«

»Warum? Stellen Sie mich auf die Probe oder was?«

»Sie meinen, um herauszufinden, ob Sie das Richtige machen? Schätzchen, das hat nichts mit Richtig oder Falsch zu tun. Ich gebe es Ihnen, weil mir dieser irische Priester und seine Waisen schnurzegal sind. Es gibt immer irgendwo Waisenkinder, das ist nun mal so.«

Sie sagte: »Aber unser Vorhaben, worüber wir gesprochen haben, seine Mission …«

»Ich treffe die Entscheidungen«, sagte Tony. »Wenn ich sage, es ist Ihr Geld, dann gehört es Ihnen und nur Ihnen.«

Debbie betrachtete wieder den Scheck.

»Wirklich?«, sagte sie.

»Und falls Sie sich wegen des Priesters Sorgen machen, vergessen Sie's«, sagte Tony. »Den schicke ich zurück nach Afrika.«

26

Terry wollte vorne neben Vito Genoa sitzen, diesmal vielleicht die Zigarettengeschichte erwähnen, dem Typ ein paar Informationen entlocken. Bekamen Sie den Scheck nun oder nicht? Aber Vito lehnte ab, er müsse hinten sitzen. Danach hielt Vito weitgehend die Klappe. Terry erwähnte zwar den Zigarettenschmuggel, aber Vito sagte nur: »Ach ja?« Es war eine ruhige Fahrt über die Freeways, zu sehen gab es nichts.

Doch als sie vor Frans Haus hielten, änderte sich die Lage schlagartig. Vito stieg aus und sagte ihm ins Gesicht: »Sie reisen morgen ab, Pater. Ich hole Sie um neun hier ab, und wir fahren zum Flughafen. Das heißt, Sie haben hier zu sein.«

»Ich sagte doch schon«, sagte Terry, »ich hab kein Rückflugticket.«

»Das regeln wir«, sagte Vito.

»Fliege ich ohne den Scheck?«

»Machen Sie sich deswegen keine Sorgen.«

»Hat Debbie ihn, Miss Dewey?«

»Das geht mich nichts an«, sagte Vito. »Ich seh Sie um neun.«

»Dann bleibt uns keine Zeit, den Scheck einzureichen.«

Und Vito sagte noch mal: »Machen Sie sich deswegen keine Sorgen.«

Fran machte die Tür auf, von dem Augenblick an, als Terry das Haus betrat, fragte Fran ihn aus, und Terry sagte: »Lass mich erst einen Happen essen, okay? Ich bin am Verhungern.« Fast halb zehn abends, und zuletzt hatte er mittags etwas gegessen, eins von Mary Pats berühmten Schinken-Sandwiches. Mary Pat telefonierte in der Bibliothek mit ihrer Mutter, und zwar seit einer Stunde. Laut Fran telefonierten sie zwei- bis dreimal täglich miteinander; wie konnten sich die beiden so viel zu sagen haben? Terry verdrückte noch ein Sandwich, Kartoffelchips und ein Bier, während er Frans Fragen bis zum Fototermin mit Anthony Amilia beantwortete und dass Debbie hatte bleiben müssen; er erwähnte nicht, dass man ihn morgen um neun abholen würde. Vielleicht war er dann gar nicht hier.

Während sie sich unterhielten, passierte zweierlei gleichzeitig: An der Haustür klingelte es, und Mary Pat kam mit den beiden Mädchen, damit sie Onkel Terry gute Nacht sagten.

Als die Tür aufging, sagte der Mutt: »Ich suche Pater Dunn. Sind Sie sein Bruder?«

Dieser ziemlich fette Bursche bejahte und fragte: »Erwartet er Sie?« Als würde er ihn sonst nicht einlassen.

»Ja, ich soll ihn treffen.«

Der fette Bursche zögerte, als ob er ihm nicht glaubte. Er sagte: »Hat möglicherweise Mr. Amilia Sie geschickt?«

Der Mutt spürte, dass die richtige Antwort ihm Einlass verschaffen würde, und sagte: »Ja, Sir, so ist es.«

Das öffnete die Tür ganz. Der fette Bursche wies ihm den Weg, und der Mutt folgte ihm in die Küche. Dort drehte sich der Priester in seinem schwarzen Anzug zu ihm um, außerdem waren da noch eine Frau und zwei niedliche kleine Mädchen, und der Mutt dachte: Scheiße. Was soll ich jetzt bloß machen?

Der fette Bruder sagte: »Dieser Gentleman hat dir etwas mitgebracht, Terry, von Tony Amilia.«

Dieser Gentleman – den Spruch hatte der Mutt noch nie gehört. Er nickte nur.

Die Frau, ihre Mutter, sagte zu den Mädchen, sie sollten die Bilder einfach liegen lassen – ein Stapel Fotos auf dem hohen Küchentisch, die sie sich gerade ansahen – und Onkel Terry einen Gutenachtkuss geben. Zu Mutt sagte sie: »Wir stören Sie gleich nicht mehr.«

Der sagte: »Sehr verbunden.« So ein Mist, die Mädchen machten es ihm viel schwerer, seinen Auftrag zu erledigen; er wollte gewiss nicht Mom, Dad und ihre Mädchen erschießen. Der Priester bückte sich, damit sie ihn umarmen und küssen konnten. Dann liefen die beiden Kleinen aus der Küche, gescheucht von ihren Eltern, die ihnen folgten. Der Priester sprach zuerst.

»Ich möchte Ihnen danken, dass Sie mir neulich abends geholfen haben, damit ich wieder atmen konnte. Ich bekam überhaupt keine Luft mehr.«

»Ja, er hat Ihnen einen ordentlichen Schlag verpasst.«

Der Mutt hörte die beiden Mädchen laut mit ihren Eltern reden, sie wollten etwas, bitte bitte bitte, riefen die Stimmchen. Scheiße. Darauf konnte er verzichten. Der Priester aß sein Sandwich auf, verspeiste den letzten Bissen und wischte sich mit einer Papierserviette den Mund ab.

In diesem Moment klingelte das Telefon. Es klingelte zweimal und hörte mitten beim dritten Klingeln auf, weil in einem anderen Zimmer jemand den Hörer abgenommen hatte.

Der Priester sagte: »Haben Sie etwas von Mr. Amilia dabei? Es handelt sich nicht zufällig um einen Scheck?«

»Nein, ich habe keinen Scheck.«

»Okay, worum geht es denn?«

Der Mutt merkte, dass der Priester an ihm vorbeischaute, und als der Mutt sich umdrehte, stand da der fette Bruder in der Tür und sagte: »Es ist für dich.«

»Debbie?«

»Dein Freund. Klingt, als wäre er außer Atem. Er versucht wohl seit einer Weile, dich zu erreichen, es war aber immer besetzt.«

Sein Freund, nun konnte sich der Mutt denken, wer dran war. Er sagte: »Ist es Johnny?«

Der fette Bruder bejahte. »Kennen Sie ihn?«

»Bin ihm ein paarmal begegnet.«

Der Bruder ging, und als der Mutt sich umdrehte, stand der Priester beim Wandtelefon, das Gesicht den Hängeschränken zugewandt, während er zuhörte, als traue er sich nicht, in die andere Richtung zu sehen. Tja, damit war das Überraschungsmoment gestorben, der Priester erfuhr von diesem Drecksack Johnny, was los war, und tat so, als wäre es bloß irgendein unwichtiger Anruf von einem Freund, er machte: »Hm-mh«, sagte dann: »Nein, hm-mh«, schauspielerte. Der Mutt steckte eine Hand in seine Lederjacke und packte die Glock. Er fragte sich, ob sich der Priester in die Hosen machen würde, wenn er die Waffe sah. Dann warf der Mutt einen Blick auf die Fotos, die sich die Mädchen angesehen hatten. Ein paar Negerkinder spielten auf festgetretenem Lehmboden. Andere gruben etwas aus, das wie Yamswurzeln aussah. Das mussten wohl die Waisen in Afrika sein, denen das Geld zugute kommen sollte.

Der Priester legte den Hörer auf, ließ sich Zeit, hier herüberzusehen.

Der Mutt sagte: »Ich will Ihnen sagen, was ich nicht verstehe. Wenn man Fotos von halb verhungerten Negerkindern sieht, dann haben sie immer überall Fliegen. Die hier nicht so sehr, aber was machen Fliegen da, wenn es gar nichts zu essen gibt?«

»Tote Menschen«, sagte der Priester, »locken Fliegen an.«

Er kam an das Ende des Küchentischs, wo die Fotos lagen, sagte: »Ich zeig's Ihnen« und griff in die Stofftasche ... der Mutt war kurz davor, die Glock zu ziehen und die Angelegenheit hinter sich zu bringen. Doch die Hand des Priesters tauchte wieder aus der Tasche auf und hielt einen Stapel Bilder, die von grünen Gummiringen zusammengehalten wurden; er nahm sie ab und legte dann die Fotos zu den anderen auf den Tisch, sagte: »Während ich da war, wurden über eine halbe Million Menschen ermordet.« Der Mutt schaute hin und sah Leichen, Skelette, manche sahen aus wie vertrocknete Lederfetzen, an den Knochen klebten Kleidungsreste, und alle Leichen lagen flach auf einem Betonboden. So etwas hatte er in seinem ganzen Leben noch nicht gesehen, aber aus irgendeinem Grund erinnerte ihn der Anblick an ein Gefängnis, das Southern Ohio Correctional. Er hörte den Priester sagen: »Ich war dabei. Ich habe an jenem Tag diese Leute und noch dreißig andere gesehen. Ich habe miterlebt, wie sie ermordet wurden, die meisten totgehackt mit Macheten wie dieser hier.«

Der Mutt sah, wie sich der Priester von der Anrichte hinter ihm umdrehte, eine große gottverdammte Machete in der Hand, die er mit den Worten hochhob: »Damit wurden einige von ihnen getötet.« Er hielt sie schräg, als wolle er zu einem Schlag ausholen, und der Mutt war sich nicht sicher, ob er seine Waffe noch rechtzeitig rausbekäme. Da zieht man los, um jemanden zu erschießen, und der schlägt einem den Kopf ab. Doch der Priester hatte eine Überraschung parat.

Er sagte: »Verraten Sie mir eins. Angeblich sind Sie ein bezahlter Killer – wie viele Menschen haben Sie umgebracht?«

Mutt, immer noch die Pistole in seiner Manteltasche fest umklammernd, antwortete: »Drei habe ich erschossen ... nein, vier. Und einen abgestochen.«

»Das war wohl im Gefängnis.«

»Ja, genau.«

»Also, ich habe mit einer russischen Pistole vier Hutu erschossen«, sagte der Priester, »einen nach dem anderen, wie Enten in einer Schießbude.«

»Was sind Hutu?«

»Die Bösewichter damals«, antwortete der Priester. »Ich frage mich, ob ich sie auch mit dem Ding hier hätte totschlagen können, so wie sie es mit den armen Leuten in der Kirche gemacht haben. Sie hätten die Schreie hören sollen.«

»Ich glaub's Ihnen.«

Der Priester wog die Waffe in der Hand, als wollte er ein Gefühl für das Gewicht bekommen, ob sie genau richtig ausbalanciert war und er damit zuschlagen konnte.

Der Mutt zog instinktiv die Schultern hoch.

Der Priester sagte: »Wissen Sie, was? Vermutlich könnte ich sie benutzen, wenn ich müsste.«

»Ich müsste sturzbetrunken sein«, sagte der Mutt, »um einem Menschen wie einen Baum zu fällen. Warum haben sie das getan?«

»Immer dieselbe Geschichte«, sagte der Priester. »Arme Leute bringen die weniger Armen um. Sie haben sich mit Bananenbier voll laufen lassen und sind ausgerastet.«

»So was schafft Bananenbier? Im Southern Ohio Correctional«, sagte der Mutt, »haben wir von unserem Schwarzgebrannten die schlimmsten Kopfschmerzen aller Zeiten gekriegt, davon wurde man echt bösartig. Als ich da war, gab's einen Aufstand. Was Sie eben gesagt haben, hat mich dran erinnert. Sechs Sträflinge im Block L und ein Wachmann wurden umgebracht, totgeschlagen. Sie haben alles in Brand gesetzt, was brennbar war, und den Rest kurz und klein geschlagen. Man fragt sich echt, was in die Leute fährt.«

»Kinder haben sie auch umgebracht«, sagte der Priester. »Die Waisen hier sind einige der Überlebenden.« Dann schaute er auf, legte die Machete auf den Tisch und sagte: »Ich sag Ihnen, was passiert ist, Mutt. So heißen Sie doch?«

»Ja, stimmt.«

»Ich habe Tony Amilia gebeten, mir zu helfen, diese hungernden Kinder zu verpflegen. Sehen Sie sich den an, wie er in der Müllkippe herumwühlt. Tony war einverstanden, das Geld wollte er sich von Randy holen. Darüber wissen Sie vermutlich Bescheid.«

»Stimmt«, sagte der Mutt, »und Randy wollte es ihm nicht geben.«

»Doch Tony hat ihn gezwungen, oder? Randy gab ihm zweihundertfünfzigtausend Dollar, die für die Kinder sein sollten, aber Tony hat das Geld behalten. Ich hab keinen Cent davon bekommen.«

Da runzelte Mutt die Stirn und sah ihn schräg an.

»Verstehen Sie, was ich sage?«

»Ja, aber ich hab mein Geld schon bekommen.«

»Um Vincent Moraco zu eliminieren, stimmt's? Das hat mir Johnny am Telefon erzählt.«

»Nein, ich hab die Hälfte im Voraus gekriegt, um Mr. Moraco zu erledigen. Aber Mr. Moraco hat mich bezahlt, damit ich Sie umlege.«

Einen Moment lang wirkte der Priester verwirrt, doch dann

sagte er: »Damit ich Randys Geld nicht kriege, hab ich Recht?«

»Ja …?«

»Und ich hab's auch nicht. Tony hat es. Wenn Sie jemanden erschießen wollen, erschießen Sie Tony. Sie sind hier an der falschen Adresse.« Der Priester widmete sich wieder den Fotos. »Es sei denn, Sie wollen etwas spenden, damit diese armen Waisen was zu essen kriegen. Sehen Sie sich doch die armen Kerlchen mal an. Werfen Sie einen Blick in diese Augen.«

Fran und Mary Pat saßen auf dem Sofa in der Bibliothek und sahen fern. Beide schauten auf, als Terry hereinkam, der jetzt ein weißes Hemd und Jeans anhatte. »Ist er weg?«, fragte Fran.

»Ja, er ist weggefahren.«

Fran sagte: »Einen so komisch aussehenden Gangster hab ich wohl noch nie gesehen. Was wollte er?«

»Er hat von der Stiftung für die Waisenkinder gehört«, sagte Terry, »und ist vorbeigekommen, um etwas zu spenden.« Mary Pat schenkte ihm einen kühlen, prüfenden Blick, als er ein Bündel Scheine hochhielt. »Fünftausend Dollar in bar.«

»So viel hatte er in der Tasche?«

»Anscheinend ist er gerade erst bezahlt worden«, sagte Terry. »Man weiß nie, wo es herkommt, stimmt's?«

Mary Pat sah ihn zwar noch an, sagte aber immer noch nichts, wich seinem Blick nicht aus, während er dastand.

Fran sagte: »Würdest du dich bitte setzen und mit uns reden?«

»Wenn ich zurückkomme«, sagte Terry.

Er ging zu den beiden und küsste Mary Pat auf die Wange.

»Ich muss Debbie treffen.«

27

Er drückte auf den Knopf neben *D. Dewey* und wartete im Licht über der Tür darauf, dass er ihre Stimme über die Gegensprechanlage hörte oder dass der Türsummer ertönte. Sie würde wissen, wer da war. Er drückte noch mal auf den Klingelknopf, wartete und trat dann nach hinten auf den Bürgersteig, um zu den Fenstern hinaufzuschauen. Doch dann fiel ihm ein, dass ihre Wohnung hinten lag, mit Blick auf den Golfplatz, und ihm fiel ein, wie er aus ihrer Balkontür nach draußen geschaut und den vielen Boden sah, auf dem man in dem Land, das er soeben verlassen hatte, etwas angebaut hätte, was er damals nachts für Platzverschwendung gehalten hatte. Er lief nach hinten zur Rückseite des zweistöckigen Hauses, und da war der Balkon. In der Wohnung brannte Licht. Terry stand am Rande des Fairways, schaute hinauf und rief: »Debbie!« In der Wohnung unter ihr ging ein Licht an. Als er noch mal ihren Namen rief, entdeckte er sie hinter der Glastür zum Balkon. »Ich bin's!« Sie sah ihn. Er winkte, lief nach vorn, drückte auf den Klingelknopf und musste dennoch auf den Türsummer warten. Was machte sie da bloß? Der Summer ertönte, und er ging die Treppe hoch zum Apartment Nummer 202.

Sie trug einen rosa Kimono, den er noch nicht gesehen hatte. Sie lächelte, aber irgendwie müde, ihr Blick blieb ausdruckslos.

»Warum bist du nicht das glücklichste Mädchen der ganzen Stadt?«

Sie sagte: »Ich war im Bad.« Sie wandte sich von der Tür ab und sagte: »Ich dachte, du würdest wenigstens vorher anrufen.«

»Was war los? Er wollte dich flachlegen, hab ich Recht?«

»Nichts dergleichen. Willst du was trinken?«

Er folgte ihr in die Küche, sagte: »Feiern wir oder was? Warum wollte er, dass du bleibst?«

Sie nahm eine Eisschale aus dem Kühlfach und machte sie auf. Ihr Wodka und die Flasche Johnnie Walker standen auf der Anrichte, immer noch von der ersten Nacht, als er hier gewesen war, ihre Tasche mit dem Schulterriemen lag neben den Flaschen. Sie sagte: »Er hat mir jede Menge Fragen gestellt. Anscheinend glaubte er, mir helfen zu können.«

»Wobei?«

»Damit ich in der Comedy Fuß fasse. Er glaubt, dass er Türen öffnen, mir sogar einen Auftritt in Jay Lenos *Tonight Show* beschaffen kann.«

»Wieso, weil sie beide italienischer Abstammung sind?«

»Er sagt, er habe da Beziehungen.«

»Geht's dir gut?«

Sie sagte: »Ich bin müde, fix und fertig«, und schob ihm seinen Drink hin.

»Erzähl mir, was passiert ist.«

»Er hat den Scheck zerrissen.«

Einfach so. Ohne jede Vorwarnung.

Terry hatte sein Glas in der Hand. Er stellte es wieder hin. »Wie meinst du das, er hat den Scheck zerrissen?«

»Er hat ihn in zwei Teile zerrissen.«

»Das soll wohl ein Witz sein?«

»Und dann hat er ihn noch mal zerrissen. Das hab ich gemeint, als ich sagte, er hat den Scheck zerrissen.«

»Den er mir hinhielt, als unser Foto gemacht wurde?«

»Genau den.«

»Aber er sagte: Geht in Ordnung. Er hat uns sein Wort gegeben.«

»Terry, der Typ ist ein verdammter Gangster.«

»Bist du ihm irgendwie auf den Schlips getreten?«

»Er wollte wissen, wer mein Lieblingskomiker sei, und ich sagte Richard Pryor. Seiner ist Red Skelton.«

»Ihr habt euch nicht so gut verstanden, wie du dachtest.«

»Ach ja … und als er sagte, er könne mir helfen? Da fragte ich: ›Was wollen Sie tun, mein Material schreiben?‹«

»Echt? Das hast du zu dem Mafiaboss gesagt, dem Boss der Mafia? ›Was wollen Sie tun, mein Material schreiben?‹« Terry stellte sich vor, wie Lauren Bacall diesen Spruch von sich gab, und in Gedanken nahm er einen ihrer Dialogsätze, seinen Lieblingsspruch, und machte daraus: Sie können doch schreiben, stimmt's, Tony? Man nimmt den Stift in die Hand und … Terry sagte: »Ein guter Spruch, von deinem Timing, den Umständen mal abgesehen. Was hat er geantwortet?«

Sie kam Tonys tiefer Stimme nahe, als sie sagte: »›Sie gehen gern Risiken ein, nicht wahr, Kleine?‹ Nein, ›Kleine‹ hat er nicht gesagt, nur, dass ich gern Risiken eingehe.«

»Du bist eins eingegangen, und es hat nicht geklappt.«

»Eigentlich glaube ich, dass er ihm gefallen hat, der Spruch.«

»Warum hat er dann den Scheck zerrissen?«

Sie sagte: »Falls er ihn uns überhaupt je geben wollte. Keine Ahnung … Er ist sehr strikt und bestimmt. Als er mich fragte, ob ich etwas trinken wollte, sagte ich: ›Aber nur, wenn Sie auch einen Drink nehmen.‹ Darauf er: ›Ich will nicht, also kriegen Sie auch keinen.‹ Barsch, aber irgendwie cool.«

»Siehst du ihn wieder?«

»Nein. O Gott, nein. Wie kommst du auf die Idee?«

»Du hältst ihn für cool.«

»Ich fand den Spruch cool. Kaum hatte er gesagt, als ich auch schon überlegte, ob ich es in eine Nummer einbauen könnte.«

Terry hielt sein Glas hoch. Er betrachtete den Scotch und kippte das meiste davon runter.

»Was hast du gesagt, als er ihn zerrissen hat?«

»Ich sagte, das hätte ich wissen müssen.«

»Du warst nicht überrascht?«

»Schon, aber das hab ich gesagt.«

»Wie hat er reagiert?«

Sie klappte die Augenlider zu und wieder auf. »Terry, ich bin müde, ich will ins Bett.«

»Möchtest du, dass ich bleibe?«

Sie nahm einen Schluck von ihrem Drink. »Wenn du willst.«

»Erzähl mir, was er gesagt hat.«

»Er sagte: ›Sie hätten was wissen müssen?‹ Ich sagte irgendwas darüber, wie er sein Geld verdient, ohne gleich konkret zu werden und ihn einen Gangster zu nennen, und er sagte ...« Sie machte eine Pause. »Er sagte: ›Sie wissen nicht, was ich mache.‹ Das wisse niemand, weil er sich bedeckt halte, er sei kein Wichtigtuer. Er verglich sich mit dem Footballspieler, der mal bei den Dolphins war, Larry Czonka, der sagte, wenn er mal nach 'nem Touchdown einen verrückten Tanz aufgeführt hätte – und da hab ich mir überlegt, ob ich das nicht mal in eine Nummer einbauen könnte, wie Footballspieler ausflippen. Wenn er das je getan hätte, hätte er von dem anderen Typ eins auf den Kopf gekriegt.«

»Howie Long.«

»So heißt er. Ich stellte mir einen Typ im Footballerdress vor, der einem anderen gegen den Helm schlägt, und der Typ sagt: ›So 'n Mist, meine Hand!‹«

Terry sagte: »So hab ich's mir auch vorgestellt, als ich das hörte.« Und weiter: »Dann steckte ja wohl nur dahinter, dass Tony mit dir reden wollte?«

»Tja, ist nichts draus geworden. Gehen wir ins Bett, Terry, wenn du bleiben willst.«

»Aber er hat sich die ganze Mühe gemacht –«

»Ich weiß auch nicht … Komm schon, Terry, machen wir's.« Dann ging sie.

In seinen Ohren klang das wie: Bringen wir's hinter uns. Vielleicht meinte sie das auch. Ihm fiel der Morgen in Frans und Mary Pats Schlafzimmer und ihr Gespräch über das Wechseln der Bettwäsche ein, als Debbie gesagt hatte, nein, sie würden in dem Bett nur schlafen, ficken könnten sie überall; und daran erinnerte er sich weniger, weil es eine anstößige Bemerkung aus ihrem Mund war, sondern weil dieser Satz zeigte, was sie vom physischen Liebesakt hielt, so was konnte man überall tun, das bedeutete nicht mehr als sich einen hinter die Binde zu kippen.

Terry goss sich noch einen Drink ein, trank ein Schlückchen und nahm das Glas mit ins Schlafzimmer, nippte noch einmal dran, während er zusah, wie Debbie den Kimono abstreifte, den er noch nicht gesehen hatte, und dann dastand und den Wecker auf dem Nachttisch betrachtete, in ihrem weißen Höschen, an dem sich auf einer Seite ein winziger rosa Bogen befand. Sie zog es aus, und Terry merkte, dass er sich besser bereit machte. Er sah ihr nach, wie sie über den Flur ins Bad ging. Dort blieb sie ein paar Minuten, und als sie wieder rauskam und das Badezimmerlicht ausmachte, lag er im Bett.

»Ich hab eine Seconal genommen. Ich muss diese Szene aus dem Kopf verbannen und schlafen.« Sie knipste das Licht aus und stieg ins Bett.

»Du wartest aber doch, bis, äh, nachher?«

»Keine Bange, ich bin bereit, wenn du bereit bist.« Sie streckte die Hand aus, griff ihm zwischen die Beine, sagte: »Ja, das bist du«, und los ging's, sie küssten und berührten einander, änderten ihre Stellung und blieben schließlich bei einem langsamen Rhythmus, Terry sah Afrika vor sich, dunstige Hügel und Teeplantagen, Häuser aus roten Lehmziegeln, Fledermäuse stießen aus den Eukalyptusbäumen herab, damit er den Rhythmus beibehielt und nicht zu hektisch wurde; doch als er gerade Ah-fri-ka und den Himmel bei Sonnenuntergang betrachtete, kam ihm plötzlich ein Gedanke, eine Frage:

Wenn Tony den Scheck zerrissen hat, warum sorgt er dann dafür, dass du zurückfliegst?

Sie sagte: »Stimmt was nicht?«

»Nein. Nein, alles läuft prima.«

Und so war es. Sie liebten einander und kamen zum Ende. Debbie nahm ein Kleenex und schlief ein, während Terry im Dunkeln an die Zimmerdecke starrte.

Warum will er dich nicht hier haben?

Du kannst ihm nicht schaden. Du wirst ihn nicht verpfeifen, verraten, dass das Foto gefälscht ist. Nein – er macht es für sie. Räumt dich aus ihrem Weg, nicht aus seinem.

Es war nicht mal sein Geld. Damit konnte man große Gesten machen. Den Scheck zerreißen und einen anderen ausstellen, um damit vor Klein-Debbie herumzuwedeln. Terry streckte sich, um an seinen Drink zu kommen, trank aus und betrachtete die schlafende Debbie, wie sie atmete, wie aus dem niedlichen Näschen gelegentlich kleine Schnarcher entwichen. Der Typ hatte ihn vor ihren Augen zerrissen. Sie sagte, das hätte sie wissen müssen. Sie sagte, er sei kein Angeber. Aber warum zerriss er den Scheck, wenn er damit keine Show machen wollte? Das gehörte zur Show. Warum sollte er sich sonst die Mühe geben. Er mag sie, will sie beeindrucken und unterbreitet ihr ein Angebot, so wie in diesem Film, und sie nimmt es an, es ist nur für sie, und sie will dir nicht gegenübertreten, sondern geht ins Bett und versteckt sich. Möchtest du, dass ich bleibe? Wenn du willst. Was kann sie sonst sagen, dass sie Kopfweh hat? Sie dachte, du würdest vorher anrufen. Zuerst wollte sie nicht darüber reden, ihn dann aber glauben machen, dass sie offen und ehrlich ist und mehr als nötig erzählt hat.

Aber nach deiner Abreise hat sie nicht gefragt.

Er hatte mit Debbie darüber gesprochen, bevor sie zu Tony fuhren, ihr gesagt, sie wollten dafür sorgen, dass er nach Afrika zurückflog, aber jetzt beschäftigte sie das nicht mehr. Oder falls doch, erwähnte sie es nicht; er würde abreisen und nie erfahren, was sie von Tony bekommen hatte.

Sie trug einen Kimono, den er noch nie gesehen hatte, was ihr Aussehen veränderte. Oder sie war anders, ganz unabhängig von dem rosa Kimono und seiner tiefroten Bordüre. Er glaubte nicht, dass sie im Bad gewesen war, als er geklingelt hatte. Er glaubte es nicht, weil sie behauptet hatte, sie sei im Bad gewesen. Stell's dir vor. Sie hört die Türklingel, als sie nicht damit rechnet. Dann klingelt es noch mal. Sie beschließt abzuwarten. Doch dann hört sie dich ihren Namen rufen und schaut nach draußen – ein Fehler, aber zu spät, sie weiß, dass du sie gesehen hast, und falls du nach oben kommst, will sie vorher das wegschaffen, was Tony ihr gegeben hat, wenn sie das nicht schon längst getan hat. Sie bringt es irgendwohin, was es auch sein mag. Ich dachte, du würdest wenigstens vorher anrufen – was nicht klang, als wäre sie froh, ihn zu sehen, sie klang gar nicht wie seine Liebste, seine kleine Ränkeschmiedin, seine Ex-Knacki-Freundin seit, wie viel, fünf Tagen?

Ist die Liebe nicht was Wunderbares …

Sie geht schlafen, weil sie will, dass das, was sie dir antut, vorbei ist, hinter ihr liegt. Sie mag dich. Das glaubte er wirklich. Aber mag sie dich genug, um dir zu vertrauen?

Sie behauptete, als er klingelte, sei sie im Bad gewesen.

Vielleicht war sie reingegangen, nachdem er geklingelt hatte.

Sie war ins Bad gegangen, um eine Seconal zu nehmen, und hatte das Licht ausgemacht, als sie wieder rauskam. An seinem ersten Abend hier hatte sie es angelassen, damit sie einander sehen konnten, als sie sich liebten.

Er schaute an die Decke.

Hatte sie ihn versteckt?

Oder verlässt sie sich darauf, dass du, Pater Dunn, naiv bleibst und ihr glaubst?

Wo versteckt sie Sachen?

Hat sie dir nicht mal erzählt …?

Er schaute an die Decke.

Er lauschte ihren friedlichen Atemgeräuschen.

Er glitt aus dem Bett …

Als Debbie aufwachte, war sie ein wenig benommen, wusste aber immerhin so viel, dass sie den Kopf drehte, um nachzusehen, ob Terry noch da war. Nö. Sie setzte sich, ehe sie in die andere Richtung sah, auf den Wecker. 9:25. Sie wollte sich die Zähne putzen, igitt, diesen unangenehmen Geschmack aus dem Mund kriegen, beschloss aber, vorher den Anruf zu machen. Sie rechnete damit, dass Mary Pat dranging, und so war es.

»Hi, hier ist Debbie. Ist Terry gut weggekommen?«

»Er wurde abgeholt, wenn Sie das meinen. Es waren zwei.«

»Sie sind zuverlässig«, sagte Debbie. »Ich meine, man muss sich echt keine Sorgen machen.« Und weiter: »Ich weiß nicht, was er Ihnen erzählt hat …« und machte eine Pause, um zu warten, ob Mary Pat es ihr erzählen würde.

Mary Pat sagte: »Nun, da Terry sich offenbar keine Sorgen gemacht hat, lasse ich es wohl auch bleiben.«

Debbie sagte: »Oh.« Und weiter: »Alles klar. Hat mich sehr gefreut, Mary Pat.«

Sie versuchte, sich in Terrys Stimmung zu versetzen, als sie zum Zähneputzen ins Bad gegangen war, schlenderte hinein und sah neue Rollen Klopapier, neun Stück, die sich auf ihrem Schminktisch stapelten, auf dem Boden die Plastiktüte, in der sie gesteckt hatten. Der Anblick war ein Schock und verzögerte das Zähneputzen um etliche Minuten.

Das bedeutete, dass er ihr nicht glaubte. Ihr Kumpel, ihr Partner glaubte ihr einfach nicht. Er hatte ihn gesucht, konnte aber nicht wissen, was er suchte. Er war hier suchen gegangen, weil – Mist – sie ihm anscheinend erzählt hatte, dass Randy mal im Bad herumgeschnüffelt hatte.

Aber sie hatte ihn nicht hier versteckt. Sie hatte ihn nirgends versteckt. In einer Panik zwischen Türgeklingel hatte sie überlegt und gedacht: Moment. Warum? Es ist Terry. Welchen Grund sollte er haben, hier herumzuschnüffeln?

Nein, sie hatte ihn in ihrer Tasche gelassen, in der Küche. Sie ging hinein, und da lag die Tasche, auf der Anrichte, und in ihr befand sich der Scheck in einem schlichten weißen Umschlag …

Doch da war er nicht.

28

Sobald das Trio fertig war, sagte der Pianist ins Mikro: »Und hier ist sie, die nicht nur Ihre Lachmuskeln strapaziert, sondern auch Ihre grauen Zellen, unser kommender Comedy-Star aus Detroit, Debbie Dewey.«

Dabei musste Debbie an die gelangweilte Stimme in *M.A.S.H.* denken, die über Lautsprecher den abendlichen Film ansagte und worum es dabei ging. Als er sie das erste Mal so angekündigt hatte, sagte sie zu dem Pianisten: »Carlyle, ich strapaziere keine Lachmuskeln.«

Und Carlyle sagte: »Das weiß ich, Mädchen. Aber das hier ist unsere einzige Auftrittsmöglichkeit in der Stadt, kapierste? Und wenn mir der Chef, dämlich wie er ist, erzählt, was ich zu sagen habe, dann sag ich's.«

Dieser verfluchte Randy. Sie sagte: »Könntest du dann wenigstens nicht so gelangweilt klingen?«

»Wenn der Chef sagt, ich solle es kultiviert vortragen, dann meint er damit dezent. Und das bedeutet für uns, Recht hast du, lang-wei-lig.«

Die Besprechung, bei der alles klargemacht wurde – Vito Genoa hatte Randy gesagt, was der zu tun hatte –, erinnerte Debbie an eine Strafmaßverkündung bei Gericht.

»Tony will, dass sie an drei Abenden pro Woche in Ihrem Laden hier auftritt.«

Randy erwiderte, wie es für ihn typisch war: »Ich führe keinen Comedy-Club. Das ist ein Vier-Sterne-Restaurant.«

Vito sagte: »Sie zahlen ihr fünf Riesen die Woche, zehn Wochen garantiert. Danach können Sie tun und lassen, was Sie wollen.«

»Ich soll ihr fünfzigtausend zahlen«, sagte Randy, »zusätzlich zu dem, was ich ihr schon gegeben habe?«

»Fünf Riesen pro Woche«, sagte Vito, »die Sie abschreiben können. Außerdem müssen Sie in diesen zehn Wochen keine Kommission für die Damen zahlen. Tony tut Ihnen einen Gefallen.«

Randy sagte: »Ich wüsste nur zu gern, welchen Gefallen sie ihm tut.«

Debbie meldete sich zu Wort. »Was ist, wenn ich nicht auftreten will?«

Sie saß auf dem Stuhl unter Soupy Sales, und Vito sah zu ihr rüber. Er sagte: »Wenn du klug bist, hältst du den Mund, bis du was Witziges zu sagen hast«, dann fragte er Randy: »Wo ist der Mutt?«

»Keine Ahnung. Hat wohl den Job geschmissen.«

»Wurde Ihr Wagen gefunden?«

»Noch nicht.«

»Ich glaube, er hat Vincent umgelegt und sich in Ihrem Cadillac abgesetzt. Was meinen Sie?«

»Ich hab gelernt, bei ihm nicht zu spekulieren«, sagte Randy. »Bei dem Mutt ist wirklich alles möglich.«

Der Mutt hatte Randy aus Ohio angerufen. »Wissen Sie, wer hier spricht? Ich bin's. Am Telefon will ich nicht viel sagen. Ich hab den einen erledigt, den andern aber nicht, weil er Ihr Geld nie gekriegt hat. Und ich bin nicht vorbeigekommen, um Sie-wissen-schon-was abzuholen, weil ich beschlossen hab, stattdessen den Wagen zu behalten.«

»Aber der ist dreimal so viel wert wie das, was ich dir schulde«, sagte Randy.

»Das macht nichts, Sie sind doch versichert. Ich brauch aber den Fahrzeugbrief, damit ich das Auto verkaufen kann, wenn ich will. Schicken Sie ihn zum Vergnügungspark nach Cedar Point, wo ich eine Weile arbeiten werde. Mann, die haben hier vielleicht tolle Attraktionen. Hier gibt's den Raptor, die Gottesanbeterin, die Wilde Welle. Hier gibt's den Eisernen Drachen, den Höllensturz …«

Als Debbie Tony anrief und ihm schniefend erzählte, was passiert war, sagte sie: »Ich hatte sie in der Hand, die Chance meines Lebens, und er hat mich beklaut – ein Priester.«

»Eigentlich meinen Sie«, sagte Tony, »dass Sie versucht haben, ihn übers Ohr zu hauen; aber der irische Priester kennt Sie besser als Sie ihn, und er hat Ihnen eine Lehre erteilt. Sie haben nicht aufgepasst.«

»Wollen Sie denn nichts unternehmen?«

»Was denn, einen meiner Jungs nach Afrika schicken? Es ist Ihr Geld, Kleine, nicht meins.«

»Tony, er ist nicht in Afrika. Bloß weil Sie ihm ein Flugticket gekauft haben … Da würde er zuallerletzt hinfliegen. Ich wäre nicht überrascht, wenn ich einen Anruf aus Paris oder Südfrankreich bekäme, eine vertraute Stimme am Telefon –«

»Sie wollen mir nicht erzählen«, sagte Tony, »dass Sie ihn überredet haben, die Kirche zu verlassen, oder dass er überhaupt nie ein Priester war.«

Sie schwieg.

»Das will ich nicht hören, verstanden? Dergleichen will ich von Ihnen nicht zu hören bekommen.«

Debbie sagte mit leiser, zerknirschter Stimme, die sie immer in petto hatte: »Ich hab doch einfach nur, na ja, laut nachgedacht. Ich hab ihm nicht alles erzählt, er hat den Scheck gefunden, und ich hab bekommen, was ich verdient hatte.« Sie rang sich die Worte ab: »Wenigstens wird er es für die Waisen verwenden.«

»Sie haben ihn also verleumdet, weil Sie wütend sind, nicht verlieren können. Stimmt das?«

»Es tut mir Leid, ehrlich.«

»Wollen Sie hinter ihm herhetzen? Nach Afrika fliegen und sich irgendeine Scheißkrankheit einfangen, von der Sie noch nie was gehört haben?«

»Ich komm schon drüber weg.«

»Vielleicht wäre es eine Hilfe«, sagte Tony, »wenn Sie zehn Wochen lang für, sagen wir, fünf Riesen die Woche ein Engagement hätten. Einen Teil des Geldes zurückbekämen.«

»Ich habe nicht den Namen, um auch nur annähernd so viel zu verlangen.«

»Aber ich«, sagte Tony.

Sie hörte auf zu schniefen. »Das könnten Sie arrangieren?«

»Würd ich's sagen, wenn ich's nicht könnte?«

Sie fragte nicht, ob die Sache einen Haken hatte.

Der Pianist des Trios sagte in sein Mikro: »Und da ist sie, die nicht nur Ihre Lachmuskeln strapazieren wird, sondern auch Ihre grauen Zellen« – er gab dem Ganzen ein wenig mehr Schwung –, »der kommende Star cooler Comedy, hier aus Detroit, Debbie Dewey!«

Sie kam aus dem Flur im Hintergrund und betrat in ihrem übergroßen Knastkleid samt den klobigen Tretern das Podium. Sie betrachtete die weißen Tischtücher und Gäste, die sich Randy's Preise leisten konnten, ein höfliches, geduldiges Publikum.

Na schön, auf geht's.

»Ich möchte bitte Ihre Hände sehen. Wie viele von Ihnen

haben schon mal gesessen? Damit meine ich nicht eine Nacht im Knast, wegen Trunkenheit am Steuer, sondern eine richtige Gefängnisstrafe.« Debbie hielt beide Hände über die Augen und sah hinaus in den Raum. »Keiner von Ihnen ist mal mit Drogen am Flughafen erwischt worden? Du kommst aus einem coolen Urlaub nach Hause, siehst plötzlich, wie irgendein Hundchen, so ein Snoopy, an deinem Gepäck rumschnüffelt und hoffst bei Gott, dass dich der Rauschgifthund nicht verpfeift?«

Es gefiel ihnen, Debbie sollte wissen, wie »hip« sie waren.

»Anscheinend bin ich hier die Einzige, die mal eingelocht war. Ich hab fast drei Jahre wegen schwerer Körperverletzung mit einer tödlichen Waffe abgesessen.«

Debbie sah zu dem an der Bar stehenden Randy rüber und widmete die nächsten Sätze ihm.

»Ich war gerade bei meiner Mom in Florida zu Besuch und traf zufällig meinen Exfreund ... mit einem Ford Escort. Nicht unbedingt das, was man sich unter einer tödlichen Waffe vorstellt, aber es genügte, die nächsten paar Monate hat er in einem Streckverband verbracht.«

Wieder wandte sie sich dem Publikum zu, den weißen Tischtüchern und den Gesichtern, von denen einige lächelten.

»Wenn ich Ihnen erzähle, was für eine falsche Schlange der Typ war, werden Sie verstehen, warum ich lieber am Steuer eines mit Altmetall beladenen achtzehnrädrigen Schwerlasters gesessen hätte. Hören Sie zu, Ladys: Wenn ein Mann, der sich eine Fledermaus als Haustier hält und sich gelegentlich als Priester ausgibt, mit Ihnen ausgehen möchte ... Sagen Sie ihm, Sie hätten keine Zeit. Als Erstes sagte er mir auf einem noblen Hochzeitsempfang, zu dem er gar keine Einladung besaß, wie ich später herausfand ...«

Chantelle spähte durch die mit Fliegengitter verkleidete Tür: Laurent, der RPA-Offizier, Barett unter dem Arm, und Terry, Hände in den Taschen seiner Khaki-Shorts, unterhielten sich im Garten, traten von einem Fuß auf den anderen, sahen zur leeren Kirche hinüber und unterhielten sich, schauten in die Ferne zur Teeplantage hinüber, auf den grünen, zu dieser Tageszeit dunklen Hang, es war Zeit für Mr. Walker, aber sie redeten immer noch, Terry rief nicht zum Haus, sie solle bitte den Scotch ins Freie bringen, für unseren Gast. Sie redeten wie Gentlemen miteinander, während sich der eine fragte, was der andere hier zu suchen hatte. Es war, als sähe man sich bei abgedrehtem Ton einen Film an, könnte sich aber vorstellen, was gesprochen wurde – jeder erzählte dem anderen, wie er sich freue, ihn wiederzusehen. Nein, es sei nichts Neues passiert. Ja, die in der Kirche seien bestattet worden … Chantelle wartete, bis Laurent Terry noch einmal die Hand gab, das Barett aufsetzte, zu seinem Land Cruiser ging, winkte und wegfuhr. Jetzt stieß sie mit dem Fuß die Fliegengittertür auf und brachte das Tablett mit den Gläsern und der Schale Eis nach draußen, die Flasche Johnnie Walker hatte sie sich unter den Armstumpf geklemmt. Sie glaubte, es wäre gut für den Muskel, so benutzt zu werden, während sie die Flasche an sich drückte, und glaubte, dass sie ihn immer und immer wieder benutzen würde, eine Frau wusste manches, was ein Mann nicht zu wissen schien.

»Warum hast du ihn nicht rausgetragen, als er noch hier war?«

»Warum hast du mich nicht drum gebeten?«

Sie stellte zuerst das Tablett, dann die Flasche auf den verzogenen Tisch und tat Eis in die Gläser.

»Ich dachte, wir würden feiern, uns den Black Label genehmigen.«

»Der ist mir eines Tages auf den Boden gefallen und zerbrochen.«

»Das macht nichts. Hast du mal den Bourbon probiert?«

»Ja, ich mag den Geschmack.«

»War Laurent oft hier?«

Sie reichte ihm seinen Scotch mit viel Eis. »Weißt du, wie lange du weg warst? Elfeinhalb Tage. Verrat mir, was du mit ›oft‹ meinst.«

»War er?«

»Er mag mich. Er kommt vorbei und sieht nach, ob ich wohlauf bin, schließlich lebe ich allein hier. Mittlerweile wohnt seine Frau aus Kampala bei ihm.«

»Du gehst von einem Priester zu einem verheirateten Mann …«

Sie sagte: »Ich muss mal nachdenken. Gehe ich zu ihnen, oder kommen sie zu mir? Kümmer dich nicht um Laurent.« Sie drehte sich mit ihrem Drink um, setzte sich neben ihn, in dieser Zeit der Stille, bevor die Insekten ihren Lärm machten, um Insekten wie sie selbst anzuziehen, mit denen sie Sex haben und Millionen neuer Insekten machen konnten. »Du sagst, du kommst zurück, um für die Kinder zu sorgen. Aber du bist kein Priester mehr.«

»Ich hab's dir doch gesagt, ich war nie einer.«

»Was bist du jetzt, ein Adventist vom Siebten Tag? Die kümmern sich um Kinder. Wirst du die Beichte abnehmen? Das hast du immer gern gemacht.«

»Ich werd mit Leuten reden, versuchen, ihnen zu helfen. Das kann ich auch wie bei einer Beichte machen, wenn sie wollen.«

»Ja, und wirst du Buße aufgeben?«

»Das kann ich nicht mehr.«

»Hast du's Laurent gesagt?«

»Beim nächsten Mal, wenn ihm klar wird, dass ich richtig hier bin und nicht nur zu Besuch oder zufällig vorbeikomme – deswegen war er hier, wie er mir erzählt hat. Aber wenn man zufällig vorbeikommt, wohin ist man dann unterwegs? Die Straße endet hier. Er fragte, ob ich gewusst hätte, dass ich zurückkomme.«

»Was hast du geantwortet?«

»Ich hab gesagt: ›Erst als ich hier war.‹«

»Mit ein wenig Übung«, sagte Chantelle, »könntest du Visionär werden, den Leuten erzählen, was dir die Heilige Jungfrau sagt, gute Ereignisse, die sich in der Zukunft ereignen werden. Die Leute würden das sehr mögen und dich belohnen, dir Hühner, Tomaten, einen Scheffel Mais bringen …«

»Bananenbier?«

»Das magst du nicht, hast du gesagt.«

»Ich sagte, ich habe es nie probiert. Weißt du, wie du dich anhörst?«

»Mal überlegen«, sagte Chantelle. »Bestimmt wie die Frau, die von dir beklaut wurde, was für dich der Grund ist, weshalb du sie verlassen hast.«

Terry sah Chantelle bewundernd an, lächelte und schüttelte wohlwollend den Kopf. Er stand auf, beugte sich über ihren Stuhl und küsste sie auf den Mund, es war ein langer, zärtlicher Kuss.

Er sagte: »Du bist die Visionärin. Sag mir die Zukunft voraus.«

Sie sagte: »Du meinst, was du mal wirst, wenn du groß bist oder wenn dein Geld alle sein wird?«

Er sagte: »Ich kann jederzeit mehr beschaffen.«